講談社文庫

人でなしの櫻

遠田潤子

講談社

目次

序章　腐れ胡粉《ごふん》　7
一　焰《ほのお》　53
二　人形　137
三　嫦娥《じょうが》　177
四　蓮情　263
五　ジュ・トゥ・ヴ　293
終章　人でなし　349
ギャラリスト浅田檀の邂逅《かいこう》　371

人でなしの櫻

序章　腐れ胡粉《ごふん》

秋の日暮れは知らぬ間に暗くなる。

荒れ放題の庭のあちこちから虫が鳴き出した頃、門の前に車が駐まった。

腐れ胡粉を作っていた清秀《きよひで》は乳棒を持つ手を止めた。この家を訪ねる客は二人しかいない。一人はレクサスか年代物のジャガーで来る。もう一人はやはり年代物のダットサントラックだ。どちらも画室まで勝手に入ってくる。

今、聞こえてきたのはダットラの音だ。清秀はあぐらの足を組み替え画机に向かった。一つ息を吸って乳棒を握り直す。もうすこし胡粉を空擂《からず》りしなければならない。

日本画で用いる白の絵具《えのぐ》を胡粉という。古くは鉛などから作られたが、現在はハマグリ、アワビなどの貝を細かく砕いて作られる。溶いた胡粉は腐りやすくあまり日持ちがしないが、わざと胡粉を腐らせて使う技法がある。それが今、清秀が作っている腐れ胡粉だ。

胡粉と少量の丹《たん》を乳鉢に入れ乳棒で丁寧に擂《す》り潰《つぶ》す。用いるのは粗悪な最下等の胡粉だ。上等の物を使うとなぜか良い腐れ胡粉にはならない。

ときどき指で触れて擂り具合を確かめた。充分滑らかになったら、鍋で煮溶かした膠《にかわ》をすこしずつ加えてかき混ぜる。これも一番安い膠を使わなければならない。

「竹井《たけい》さん、いはるー」ガラガラと玄関のガラス引き戸を開ける音がした。「お邪魔しまーす」

浅田檀《あさだまゆみ》の声だ。清秀は返事をせず胡粉と膠を混ぜ続けた。根を詰めるとすぐに息が切れる。息を整えようと深呼吸をすると胸と背中のどこかが痛んだ。一旦眼《め》を閉じ痛みをやり過ごす。

コツコツと杖《つえ》の音が廊下を近づいてきた。

「あ、いはった。よかった」

画室の入口には浅田が立っていた。右手に杖、左手に紙袋を提げている。清秀を見た途端、嬉《うれ》しそうな顔で文句を言った。

「竹井さん、髭《ひげ》くらい剃《そ》らはったら？　やつれて見えてせっかくのイケメンが台無しやで」

これ、鯖寿司《さばずし》、と言って紙袋を横に置くと、浅田檀はデッサン用の椅子に腰掛けた。身体《からだ》の正面で杖を突いて畳の上の清秀を見下ろす。

「あ、なに？　胡粉溶いてはるん？」

膠を混ぜて練った胡粉は茹《ゆ》でる前の白玉団子の生地によく似ている。耳たぶほどの柔らかさにするのも白玉団子と同じだ。

よし、硬さはこれでいい。次は百叩《ひゃくたた》きだ。清秀は胡粉団子を丸めて乳鉢に叩き付けた。胡粉と膠を完全に馴染《なじ》ませるための大切な工程だ。これを百叩きと言って均一になるまで何度も繰り返すのだ。

叩き付けた団子を紐《ひも》のように長く伸ばしてみた。すると、途中でぶっつり切れた。綺麗《きれい》に細く伸びないのはまだ完全に膠と胡粉が混ざり合っていないからだ。清秀は胡粉を丸めて団子に戻すと再び叩きはじめた。

「竹井さん、最近、うちに全然顔出してくれはらへんから心配してたんや。ちゃんと描いたはんの」

浅田檀は京都寺町通《きょうとてらまちどおり》、下御霊《しもごりょう》神社の近くで小さな画廊を経営しているギャラリストだ。五十半ばの小柄な女性でいつも杖を突いている。幼い頃のインフルエンザ脳症の後遺症で左足に軽いマヒがあって正座ができないので畳の部屋でも椅子の生活だ。皮肉交じりに言うには「障害者手帳で美術館巡りをするのが趣味やった」とのこと。絵画鑑賞好きが高じて画廊主にまでなり、新しい才能を求めて片端から個展をのぞく生活だ。自宅のガレージにはダットラばかり三台並んでいて毎日京都の町を走り回っていた。

「あら、あっちの絵、今度の蓮《はす》」隣室を覗《のぞ》いて声を弾ませた。

画室は二間続きの和室でどちらも庭に面している。手前の八畳の部屋は胡粉を溶いたり、膠を煮たり、紙に滲《にじ》み止めのドーサを引いたり、といった作業に使う。奥の十二畳の部屋は描画専用だ。

隣室の机の上には描きかけの絵が広げてある。浅田檀がよっこらしょと立ち上がり畳を杖で突きながら絵を見に行った。

清秀はかまわずに作業を続けた。再び胡粉団子を紐状に伸ばす。今度は綺麗に伸びたので楕円《だえん》にまとめて紐を掛けた。後は腐らせるだけだ。

「今年のはまた派手やねえ。綺麗やわ」

隣室で浅田檀が一人で騒いでいる。浅田檀は蓮の花が好きで描けばいくらでも買うと言った。以来、年に一、二枚のペースで描き続けて今では十数作の「蓮シリーズ」となっていた。

「ええねえ。こんなに派手やのに端っこの白がしっかり主張してる」

紙全体を無数の紅紫《こうししょく》色の蓮が埋め尽くす構図で余白はすこしもない。だが、これらの紅紫の蓮は主題ではない。この絵の中心は右下隅に一輪だけ咲いている白蓮《びゃくれん》だ。白蓮の花弁には真っ白な腐れ胡粉をたっぷりと盛り上げてある。非常にバランスの悪い、しかし面白い絵になった。

浅田檀は紙に顔を近づけて鼻をひこつかせると声を立てて笑った。

「やっぱり相当臭うねえ。この腐れ胡粉の使い方が竹井さんらしいわ。ほんでタイトルは？」

「一天四海」

「全世界か。つまり蓮の花がこの世のすべてていうこと？　また大きく出はったもんやね」

呆《あき》れた口調だが嬉しそうだ。しばらくじっと眺めていたが、やがて、はっと息を呑《の》んだ。「一天四海っていう品種の蓮は白地の花弁に紅色の絞りがすこし。この絵は仰山の紅色の蓮の中にたった一輪の白蓮。色のバランスが逆転してる。面白いわ。わざと？」

描きたいように描いただけだ。この絵に計算はない。清秀が黙っていると、浅田檀は勝手に満足そうにうなずいた。

「とにかくさっさと仕上げて次の絵描いてくれはらん？　なんでか知らんけど竹井さんの絵は置いたらすぐ売れんねん。物好きがいはるみたいやから」

現在、画壇ではまるで評価されない清秀だが描いた絵は確実に売れる。なぜなら昔からコアで熱心なファンがいるからだ。

「とにかく描いて。朴念仁《ぼくねんじん》の竹井さんから絵を取ったらなにが残んねんな」

言いたいことを言う少々調子のいい中年女だが、清秀のような偏屈な作家には優しくて面倒見がいい。

「鯖寿司食べはるんやったら、お茶淹《い》れるけど？」

「いや」

「ほな、とりあえずコーヒーね。あれ、使わせて、あれ」勝手に台所に入ると、サイフォンの準備をはじめた。「サイフォンって喫茶店ごっこみたいで楽しいわあ」

やり手のギャラリストのくせに妙に子供じみるときもある。杖を振り回して喜ぶこともあるがあまり鬱陶しいとは感じない。清秀が会話をする数少ない人間だ。

はしゃぐ浅田檀を無視し、手を洗って金マルに火を点《つ》けた。ゆっくりと煙を回しながら紐を掛けた胡粉を見る。なぜ俺はこんなことをしているのだろう、と他人事《ひとごと》のように思う。

しばらくすると少々薄めのコーヒーが出てきた。黙って飲む。

「ほら、この前買《こ》うたんやけどなかなかええ感じやろ」

杖の握りを見せた。黒漆に紅葉と流水が螺鈿《らでん》で施されている。足の悪い浅田檀は杖コレクターで百本近くの杖を持っていた。シンプルなオーク材もあれば、竹、スワロフスキー付きなど様々だ。季節、服の色、その日の気分に応じて杖を選ぶらしい。

「合成樹脂やと硬くて手に馴染まへんのよね。やっぱり自然素材が一番。なあ、竹井さん。いつになったら私の杖のデザインしてくれはんの。かわいらしくてカッコええやつ描いてえや」

喋《しゃべ》りながらあたりを見回し、あれ、という顔をした。

「竹井さん、どっか悪いん」

机の隅に置いてあった薬袋を目敏《めざと》く見つけた。途端に顔が曇る。

「胃の薬」

嘘《うそ》ではない。胃薬も入っている。痛み止めを飲むためのものだ。

「あら、胃が悪いん。コーヒーなんか飲んで大丈夫なん」

黙って二本目の煙草《たばこ》に火を付けると、浅田檀が大真面目に説教をはじめた。

「竹井さん、もう三十五やろ？　身体は大事にせなあかんえ。四十過ぎたらあっという間にガタが来るから。創作やる上で一番大事なことはとにかく健康。体力があらへんかったらなんも描けへんからね」

それからしばらく健康法やら最近の画壇の傾向やらとりとめのない話を喋りまくった。清秀は相槌《あいづち》一つ打たなかったが、浅田檀は満足したのか上機嫌で帰っていった。

再び画室が静かになる。いつも通りの部屋に戻っただけなのに人がいなくなって得られた静寂は妙に痛い。

清秀は画室に戻ると描きかけの蓮を見下ろした。極細の面相筆を用いて針山のように鋭《とが》く尖らせて盛り上げた腐れ胡粉は剣呑《けんのん》でいながら艶《なま》めかしい。もし、俺が地獄に堕《お》ちて針の山を登らされるなら、と思った。腐れ胡粉でできた針山であってほしい。それはきっと最大の褒美になるはずだ。

先程作った胡粉団子を甕《かめ》に入れて厳重に密閉した。懐中電灯とスコップ、それに甕を抱えて縁側から庭に出た。

山が深いので底冷えのする夜だった。風がないのでいたるところから虫の声が湧き上がってやかましいほどだ。懐中電灯片手に草むらに足を踏み入れると一瞬虫の声が止《や》んだ。と同時にキンモクセイの甘い匂いが襲ってきて思わず息を詰めた。この匂いは子供の頃から苦手だ。だが、花は美しいと思う。秋空に輝けば金の砂子を撒《ま》いたようだ。

半ば草に埋もれた飛び石を踏んで隅に植わったキンモクセイに向かった。根元には去年、一昨年、一昨昨年《さきおととし》に作った胡粉塚がある。なんの目印も置かないのは埋めた場所を他人に知られないためだ。

清秀は懐中電灯で塚を照らした。荒らされた形跡はない。思わずほっと息を漏らしながらも心の中で舌打ちする。俺はまだあの男に怯《おび》えているのか、と。

腐れ胡粉が完成するには時間が必要だ。まず、胡粉団子を甕に入れて土中に埋め、数年放置して腐らせる。水分が抜けて完全に乾燥すれば出来上がりだ。こうやって腐らせた胡粉は厚く盛り上げて塗っても中央が割れたりくぼんだりしない。別名、盛り上げ胡粉、置き上げ胡粉とも言う。

この腐れ胡粉を用いた最も有名な絵が長谷川等伯《はせがわとうはく》の長男、久蔵《きゆうぞう》が描いた国宝「櫻図《さくらず》」だ。等伯の描いた「楓図《かえでず》」と並んで安土桃山《あづちももやま》時代の傑作とされる全四面の金碧障壁画《きんぺきしょう》だ。元々は六面あったと言われているが、度々の火災や盗難に見舞われて現在の形になった。京都東山七条《ひがしやましちじょう》の智積院《ちしやくいん》に展示されていて、清秀は数え切れないくらい足を運んだ。

金箔《きんぱく》地に満開の櫻の木が一本描かれている。幹は太く描かれ存在感があるが荒々しくはない。細く繊細に描かれた枝の先で無数の八重の櫻の花が開いている。花は腐れ胡粉を用い、こんもりと厚く盛り上げて描かれていた。胡粉の潔い白さは初々しく輝く花の覚悟を表し、盛り上げた厚みは花の重みで枝がたわむ様子を感じさせた。

それでもこの絵は柔らかく細やかで軽やかだ。見る人の心を一瞬で摑《つか》む圧倒的な艶《あで》やかな春がある。

久蔵は己の才をすこしも疑っていない。櫻が己の美しさを疑わないように、久蔵も無心で櫻を描いている。驕《おご》らず、卑屈にもならず、長谷川一門の次期当主としての誇りが満開の櫻のようにごく自然に咲いている。

『本朝画史《ほんちょうがし》』には「櫻図」を評し、こうある。

——清雅　父にまさる

父、等伯を超える才能の持ち主だ、と。

だが、この絵を描いた翌年、二十六歳の若さで久蔵は急逝した。死因は不明で当時の画壇で権力を握っていた狩野《かのう》一門に暗殺されたという説まであるほどだ。

期待していた後継者である長男を失い絶望の底で等伯が描いたのが、あの「松林図屏風《しょうりんずびょうぶ》」だ。寂寥《せきりょう》たる松林を描いた水墨画の最高傑作だ。絵の前に立つだけで蕭々《しょうしょう》と風が吹く。その凄《すさ》まじさは胸に迫る、としか言えない。

後継者を失った長谷川一門はやがて途絶えた。だが、久蔵の遺《のこ》した櫻は今も咲き続けている。

清秀は金マルに火を点けた。マールボロ・ゴールド。若いときからずっとこれだ。この煙草を選んだのはパッケージが「櫻図」の金雲を思わせる色をしていたからだ。

腐れ胡粉という先人の知恵にも多少の欠点はあった。文字通り「腐れ」ているので臭いがする。清秀は慣れているがそれでも気にならないというわけではない。煙草を喫《す》うようになったのはその臭いを誤魔化すためという理由だった。

咳《せ》き込みながら煙を回す。ふいに背中が激しく痛んで思わず呻《うめ》いた。

すこし前、腫瘍が見つかった。すでに全身に転移があり手遅れだという。ほっとしたような気もするし頭がおかしくなりそうな気もする。これでようやく死ねるという安堵《あんど》と、もう描けない、このままなにも遺せず死ぬという絶望だ。

煙草をくわえたまま去年の胡粉塚の隣に穴を掘った。先程作った胡粉団子を収めた甕を穴の底に据えると丁寧に埋め戻した。今日作った腐れ胡粉が完成するのは何年も先だ。その頃には俺はこの世にはいない。それがわかっていながら甕を埋めずにはいられない。そう、これは俺が満足するための儀式だ。

煙草を喫っているのにキンモクセイの匂いが強すぎる。気が遠くなりそうだ。清秀は息を止めて画室に戻った。

描きかけの蓮の絵の前に座った。同じ手で二本の筆をクロスするように持つ。返し筆と言って筆の二本遣いの技法だ。一本は顔料を含ませた彩色筆、そしてもう一本は水を含ませた水筆だ。

本朱と群青《ぐんじょう》を混ぜて溶いた絵皿に彩色筆を浸し、蓮の花弁に丁寧に色をのせていく。綺麗な発色だ。上手《うま》く行っている、と思った。岩絵具《いわえのぐ》を混ぜるときにはそれぞれの粒子の大きさと比重が揃《そろ》っていないと分離してしまう。わざと分離させることもあるが、今はできるだけ均一に塗りたい。次に筆を入れ替え水筆でぼかしていく。良い調子だ――。

だが、すぐに筆が止まった。描きはじめたもののなぜか集中できない。ふいに爪が伸びているのが気になってきた。だが、爪には白いところなどどこにもない。すでに深爪になっている。それでも切りたいという欲求を抑えられない。

清秀はため息をついて筆を置き、傍らの爪切りを取り上げて爪を切った。一種の強迫神経症だとわかっている。だが、子供の頃からの癖でどうしようもない。願わくば、と思う。自分が死ぬときには決して爪が伸びていて欲しくない。短い、白いところなどない爪で死んでいきたいのだ。

長谷川久蔵は二十五歳であの「櫻図」を描いた。己もいつか「櫻図」のような傑作が描けると信じていた。だが、清秀はもう三十五歳だ。そのいつかは結局来ないまま死んでいこうとしている。

そのとき、携帯が鳴ってどきりとした。見れば知らない番号だ。嫌な予感がする。そのまましばらく鳴り続ける携帯を見ていたが、諦めて九回目で出た。

「清秀さん、間宮《まみや》です。お久しぶりです。夜分にすみません」

やはり良い電話ではなかった。遠い昔に聞いた声だ。間宮功《いさお》はあの男の秘書兼運転手で、清秀が小学生の頃からずっと働いている。

「清秀さん、あの……お変わりはございませんか」

なにを焦っているのか、間宮はひどく早口だった。

「申し訳ありません。少々ご相談したいことが……」

あの男と争い家を出たのは高校二年生のときだった。あれから十八年が過ぎたが、一度も連絡を取っていない。なのにどうして間宮がこの番号を知っているのだろう。

「緊急の用件なんです。電話ではよう話せません。今からお会いできませんか」

携帯を耳に当てたまま清秀は黙っていた。虫の声が妙に耳についた。

「もしもし、清秀さん、聞こえてますか？」

「ああ」

「すみません。清秀さん。とにかく今すぐこちらにおいで願いたいんです」

出なければよかった、と今さらながらに思う。黙っているといっそう焦った声が聞こえてきた。

「電話では言えません。本当に緊急事態なんです。治親《はるちか》さんにも来ていただきますから。お願いします、清秀さん」

間宮が懇願した。清秀だけではなく治親伯父も呼ばれているという。なにかとんでもないことが起こったのは確かだった。

「わかった」

「ありがとうございます」間宮が安堵の大きなため息をついた。「そして、このことは誰にもおっしゃらないようお願いします」

電話を切って画机を片付けた。石鹸《せっけん》を使ってぬるま湯で丁寧に筆を洗う。放置すると筆先が固まってしまう。

画室の灯《あか》りを消す前にもう一度蓮の絵を見下ろした。一天四海。この世のすべて。狭い世界を這《は》って生きる俺には皮肉なタイトルだ、と思った。

黒のジャケットを羽織って家を出た。

清秀が住んでいるのは京都と大阪《おおさか》の境、大山崎《おおやまざき》の山奥だ。付近には有名なウィスキーの蒸溜所《じょうりゅう》があり、天下分け目の決戦の天王山《てんのうざん》がある。家は戦前に建てられた平屋で和室ばかり五つもある。広い庭と車庫がついて家賃が三万。田舎とはいえ破格の値段だ。車庫にはボロボロの初代パジェロがある。燃費の悪い金食い虫だ。

間宮の告げた場所は大阪市西区、靭《うつぼ》公園近くのマンションだった。戦後、靭公園は進駐軍の飛行場だった。滑走路を公園に転用したため東西に細長い公園となっている。ずっと京都に暮らす清秀にはあまり馴染みのない場所だ。バラ園があることくらいしか知らない。

マンションはかなり高層で、ざっと見たところ三、四十階くらいだろうか。灯りがついた窓は半分ほどだ。周囲に大きな木がぐるりと植えられていてエントランスは見えない。駐車場の入口らしきものはあるがシャッターが下りていた。

マンションの前にパジェロを駐め、間宮に連絡した。

「今、ゲートを開けますのでそのまま入ってください。車は手前の来客用スペースに駐めてください。一番奥に入口があります。その前でもう一度ご連絡いただけますか。ドアを開けます」

地下駐車場のシャッターが開いた。早速中に入る。パジェロを駐めて奥へ進むと並んだ車の中にあの男のマイバッハがあった。その先の入口はやはりオートロックだ。再び間宮に連絡する。

「ドアの前にいる」

「今、開けます。エレベーターがありますので、それで四十三階までお願いします」

ドアが開いた。ボタンは四十三階まで、つまり最上階ということだ。四十三階でエレベーターを下りて奥へと進み濃茶のドアの前に立つ。ずいぶん用心深いことだ。賭場か、と思いながら待つとガチャンガチャンと二段階の解錠の音がしてドアが開いた。

「……お待ちしておりました」

間宮功が真っ青な顔で立っていた。

会うのは十八年ぶりだ。髪はすっかり薄くなり逆三角形の尖った顔には無数の縮緬《ちりめん》皺《じわ》がある。深夜だというのに紺のスーツを着て臙脂《えんじ》の地味なネクタイをきっちり締めていた。以前から細かったのだが歳《とし》を取ってさらに痩せたように見えた。

「あの、清秀さん。すみません。あの……」

要領を得ぬ間宮を無視して中へ入った。廊下の先は広いリビングになっている。床は明るい白木のフローリングとタイルを組み合わせたもので、アクセントに毛足の長い絨毯《じゅうたん》があちこちに敷かれていた。部屋の中央には大きな薔薇《ばら》色大理石のテーブルがある。

「会長はソファに……」

見ると、大きな革張りのソファに頭まですっぽり毛布を掛けられた男が横たえられていた。毛布からは腕と足がはみだしている。無言で近寄り毛布を剝いで顔を見た。あの男が死んでいた。かっと眼を見開き中空をにらみつけている。死んでもなおこの世を支配しているつもりだろう。現世に対する凄まじい執着と未練が見て取れた。

――吐き気がする。

あの男の声が脳裏に響いた。湧き上がった怒りで一瞬、身体が震えた。

「清秀さん。眼を閉じてさしあげてください」

清秀は鼻で笑った。なぜそんなことをする必要がある。この世のすべてを自分のものにしないと気が済まなかった人間だ。死んだ後も自分の眼で見続ければいい。この男の死に顔はどんなふうに描こうか。墨一色で達磨図《だるまず》になぞらえるか。それとも極彩色の百鬼夜行図《ひやっきやこうず》の先頭に描いてやろうか。いっそデスマスクでも作って彩色するか。

「清秀さん……」

間宮が困った顔をする。この男は長年にわたってあの男の奴隷だった。その献身に苛立《いらだ》ちを覚えて乱暴に毛布を全部引き剝がした。白のスタンドカラーのデザインシャツにゆったりとした黒のパンツ姿だった。シャツはアイロンが掛かっていてパンツはきちんと折り目が付いている。身なりにうるさいあの男らしかった。

後頭部から出血していて革のソファに黒い染みができていた。殴られた痕か。

「説明してくれ」

「はい」間宮が真っ青な顔でうなずいた。「ここは会長の別宅でして……会長をこのマンションまで送り、私は下の駐車場で待っておりました。時間になっても下りてこられませんでしたが、一時間くらいの超過ならよくあることなのでそのまま待ちました。ですが、二時間を超えましたので念のため連絡を入れました。ですが、返事がありません。心配になりましたので部屋まで上がって、合鍵で中に入りました。すると、会長が倒れておられまして……」

「警察には？」

「いえ、まだ。ですが、治親さんにはご連絡しました。もうじきにいらっしゃるはずです。それで、今後のことをご相談しようかと」

「今後？」

「警察沙汰になりますと騒がれて、清秀さんにもご迷惑が掛かるかと……」間宮の言葉はひどく歯切れが悪かった。「あの、いろいろと、そういったツテがないわけでもありませんので」

「はっきり言うてくれ」

「すみません。あの、つまり、ここは警察を呼ばずに、穏当に済ませたほうがええかと思いまして……」

驚いて間宮の顔を見た。間宮の顔にはまるで血の気がなかった。血走った眼は飛び出しているように見えた。

「いえ、別にもみ消すとか大げさなことやなくても、ちょっと便宜を図ってもらえたらと」

死体の様子から自殺の線はない。どこから見ても殺人事件だ。それをなかったことにしようというのか。

「清秀さん、頼むからいろいろと呑み込んでください。そりゃあお若い頃にいろいろあったのはわかっていますが、ここは一つ大人になって……」

間宮が哀れっぽい声で呻いた。青黒い顔にひどく汗を浮かべている。

思わず鼻で笑った。三十五歳になっても大人になれと言われるのか。だが、あの男を許すことが大人になることだとしたら俺は絶対に大人になるつもりはない。

「なぜ俺の連絡先を知ってたんや」

「ご不快かもしれませんが、会長は常に清秀さんの動向を把握しておられました。今のお住まいにも行かれたことがあって……清秀さんはお留守でしたので、会長は勝手に上がって家を見て回られました」

「なに」

「申し訳ありません。ですが、玄関の鍵、あれではあまりに不用心です。取り替えたほうがええかと」

真面目でばか丁寧、融通の利かないところがあの男に気に入られた理由だ。

気を取り直して部屋を見回して気付いた。奥に階段がある。メゾネットタイプで上のフロアがあるようだ。階段の下に立って見上げると上りきったところにすぐドアがあった。不自然な位置だ。階段を上って確かめようとすると、間宮が慌てて制した。

無視して上るとドアには鍵がかかっている。しかも暗証番号を入力するタイプだ。

「開けてくれ」

「番号を知りません」

「なら、業者を呼ぶ」

「そんなことをすれば、会長のことがばれてしまいます」間宮がすがるような眼で懇願した。「清秀さん、お願いですから、なにも見なかったことにして階段を下りてください。清秀さんのためにもなりません。いえ、清秀さんだけではありません。『たけ井』全体に問題が及びます」

「開けてくれ」

清秀が静かに繰り返すと、間宮は観念したようにドアを開けた。

ドアの向こうには廊下が続いていて部屋が三つ並んでいる。静まりかえって物音一つしない。清秀は順番に確かめていくことにした。

一つ目の部屋は食堂のようだった。テーブルと椅子、冷蔵庫と食器棚が置いてある。テーブルの上には汚れた皿が置いたままで明らかに人が暮らしている気配があった。

次の部屋は子供部屋だった。床には人形とクマのぬいぐるみ、それに絵本や図鑑があった。ベッドはないから遊ぶための部屋なのだろうか。

どちらの部屋も白木のフローリングで絨毯は敷いていない。壁紙も白、ブラインドも白でまるで病室のように寒々しかった。

「清秀さん、お待ちください。すべてご説明しますので、こちらへ」

間宮の制止を振り切り三つ目の部屋を開けた。入口で足が止まった。

白々とした部屋の真ん中に大きなベッドがあって少女が腰掛けていた。なにも身につけておらず、ただ胸の前で大きな白いウサギのぬいぐるみを抱いている。清秀を見ると、少女は怯えたようにぬいぐるみを強く抱きしめた。

ぞくりと肌が粟立《あわだ》った。なんだ、この違和感は。なんだ、この恐ろしさは。なにか原始的なおののきがぬるりと背筋を舐《な》めるように這い上がる。

少女をまじまじと見る。中学生、いや、高校生くらいか。髪は胸の下まであるたっぷりとした黒髪だ。色白で華奢《きやしや》な体つきだが未成熟という感じはしない。肩から二の腕の線は柔らかで、ぬいぐるみに押しつけられた乳房はずっしりとたわんでいる。腰から尻へのくびれはまるで完璧な楽器のようだ。

なのに、全体の印象はどこか不均衡だ。少女の顔は真っ青で大きな眼は呆然《ぼうぜん》とこちらを見ている。不思議な表情だ。怖《おそ》れ、怯え、そしてわずかの期待と恍惚《こうこつ》。そのどれもが絶妙のバランスを保っていてまるで現実離れしている。絵の中の表情だ。「ダナエ」を思わせる。

そう、眼の前の少女はまさにヤン・ホッサールトの描く「ダナエ」だ。ホッサールトはルネサンス期に活躍したフランドルの画家だ。彼の描くダナエは、コレッジオやルーベンスが描く寝台の上で豊満な裸体を晒《さら》す成熟した女とはすこし違う。ホッサールトはダナエを青銅の塔に閉じ込められた少女として描いた。彼女は床に座り込み、すこし戸惑ったような表情で宙を見ている。片方の乳房を露《あら》わにし、膝を立て、軽く足を開いていた。その足の間に降り注ぐのはさらさらと流れる黄金の雨だ。彼女に懸想したゼウスが雨に姿を変えて思いを遂げた瞬間だ。

「ヤスノリは……」

少女は当たり前のようにあの男の名を呼び捨てた。一瞬、また肌が粟立った。表情がおかしいだけではない。この声はなんだ。舌足らずなのに低く甘い。この少女はなにもかもがちぐはぐで危なっかしい。

ヤスノリ、と呼び捨てたところを見ると、この少女はあの男の恋人か愛人か。それともデリヘルの類いか。だが、少女の表情を見ていると時代錯誤の言葉が浮かんできた。囲い者、と。

返事ができないでいると、少女の眼が不安げに見開かれた。胸に固くぬいぐるみを押しつける。それは胸を隠そうという意図ではなくたんに怯えているからのようだった。その証拠に下半身は完全に無防備だ。素裸なのに恥じらう素振りもない。

おかしい。なにか変だ。全身に冷たい汗が浮いた。この少女を見ていると不安になる。

「君は一体……」

途端に少女が拗《す》ねて今にも泣き出しそうな表情になった。少女はぬいぐるみを抱きしめたままベッドの上でアンモナイトかオウムガイか、というように身を丸めた。清秀は思わず息を呑んだ。もうヤン・ホッサールトではない。クリムトの描く成熟したダナエだ。うっとりと眼を閉じ、わずかに口を開いた官能の瞬間を捉えている。

またぞくりと肌が粟立つ。だが、それは恐怖からではない。己の奥で蠢《うごめ》くもっと腥《なまぐさ》いものだ。感覚が混乱し全身の血が冷たいまま沸騰したような気がする。

立ち尽くしていると後ろから腕をつかまれた。

「清秀さん、なにもかも話します。ですから、一旦、下へ降りましょう。ここではいけません」

間宮が懸命に訴えるので仕方なしに階下のリビングに戻った。間宮はもう一度階段上のドアに施錠した。

「清秀さん。申し訳ありません」

間宮は震える声で詫《わ》びた。その怯え方が尋常ではなかった。

「詫びはええ。とにかく説明してくれ」

「あの娘は蓮子《れんこ》と言います。もう十一年ここにいます」

「……レンコ？」

思わず問い返すと間宮が不思議そうな顔をした。

「はい。蓮の子でレンコです。知っておられたんですか」

清秀は愕然《がくぜん》とした。しばらく言葉が出ない。まさか。いや、偶然に決まっている。そう思いながらも、身体中を虫が這い回るようなちりちりとした不快を感じた。

「十一年と言うたな。あの男の子供か」

ならば自分の異母妹になる。血の繋《つな》がりがあるのか、と思った瞬間に湧き起こったのは親愛の情ではなくはっきりとした嫌悪だった。

「清秀さん、違うんです。娘と言っても会長の子供ではありません。ですが、十一年前から一人であの部屋で暮らしてます。一度も外には出てへんのです」

思わず間宮の顔を見た。間宮はうっすらと汗をかいていた。ぬるりと光る額が鱗《うろこ》のない魚の腹のようで醜かった。

「十一年前、会長はあの娘をこのマンションに閉じ込めたんです。そのとき、あの娘はまだ八歳でした」

間宮の言うことが理解できなかった。清秀は呆然とし鸚鵡《おうむ》返《がえ》しにつぶやいた。

「……十一年前、閉じ込めた」

八歳の少女を十一年間もこのマンションに監禁していたというのか。その言葉の意味を理解した瞬間、めまいと吐き気が襲ってきた。まさか。そんな酷《むご》たらしいことが本当に行われていたのか。信じられない、と言いかけて間宮の顔を見た。引きつって震えている。まるで笑っているように見えた。

「あの娘は今、十九歳です。ですが、自分のことを八歳やと信じてます」

間宮が顔を背け苦悶《くもん》の声を漏らした。

すべてが腑《ふ》に落ちた。違和感の正体がわかった。単に十一年間、外界から隔離されていたからではない。精神年齢と外見の乖離《かいり》のせいだ。危なっかしいのも当然だ。成熟した十九歳の女の身体を八歳の子供の心が操っている。

車で来ていることなど、もうどうでもよくなった。サイドボードからウィスキーを出し、眼に付いたグラスに注ぐ。オールドバカラだ。ストレートで一口あおって息を吐いた。

ジャケットの胸ポケットから金マルを取り出した。返事はわかっているのに訊《たず》ねた。

「灰皿は」

「いえ、ここには。会長は煙草がお嫌いでしたので」

リビングの大きな掃き出し窓を開けてルーフバルコニーに出る。キッチンの換気扇の下で喫うよりはマシだ。

大阪の街を見下ろしながら煙草に火を点けた。京都と違って高層ビル、タワーマンションが何本も建っている。山で遮られるずっと遠くまで無数の光が広がっていた。すぐ足許《あしもと》の光のない黒い帯は靭公園か。

ついさっきまで蓮を描いていた。なぜこんなことになったのだろう。蓮子、と清秀は呟《つぶや》いた。まるで蓮を穢《けが》されたかのようだ。清らかな蓮の葉にどす黒い血の玉が転がっている。あの男に監禁された娘の名が頭の中を回り続ける。蓮子。蓮子。どこへも行き着かないから旋回が止まることもない。

一本喫い終わって部屋に戻った。身体は冷えたがすこしも頭は冷えていない。もう一杯酒を注いだ。

「ほかに誰が知ってる」

「私だけです」

「治親伯父は」

「知りません。会長は治親さんのことを狢《むじな》やとおっしゃって、あまり信用しておられませんでした」

「狢？　そもそもあの男は人を信用したことがあるんか」

「それは……」

間宮が口ごもった。すこし傷ついたようだった。清秀は大きなため息をついた。間宮に八つ当たりしても仕方ない。グラスの酒を一口飲むと、間宮がおもねるような表情で話しかけてきた。

「でも、清秀さん、私たちが誘拐してきたわけやありません。会長はどこからか、あの娘を買われたんです」

思わず間宮の顔を見た。間宮は卑屈な愛想笑いを浮かべていた。

「小さな子供を誘拐して売る、そんな商売があるそうなんです」

自分たちが誘拐したわけではないから罪は軽い、とでも言っているように聞こえた。

「だから悪くないとでも？」

「いえ、そんな」

間宮がびくりと震え後じさりした。清秀は舌打ちし額に落ちた髪をかき上げた。

「あの男は……蓮子という名を知って買うたんか。それとも買うた後で蓮子と名付けたんか」

蓮子、という名を口にするには抵抗があった。そのせいで無理矢理吐き捨てるような言い方になった。

「知って買われたんやと思います。会長の趣味は薄々は存じ上げておりました。中学生にしか見えないような女の子をホテルに呼んだりしていたからです。でも、まさか、あんなことをするとは……」間宮の眼に涙が浮かんだ。声を詰まらせながら懸命に言う。「あの頃、私の妻が難しい病気になり、ずっと入院していたんです。治療にお金が掛かって、それを会長が援助してやるとおっしゃったんです。断れませんでした。私は会長の言うとおりにしただけなんです」

あの男に金で買われたのは間宮も同じだ。だが、言い訳を続ける姿はやはり醜いとしか思えない。清秀は眼を逸《そ》らせた。

「あの娘があの男を殺《や》ったのか」

「違います。私が部屋に入ったとき、会長はあの娘と揉《も》めておられました。会長は激《げき》昂《こう》して、あの娘の首を絞めようと……」

「首を？」

清秀は愕然とし鋭い声で叫んだ。女の首を絞めたのか、あの男は。

間宮ははっとし、震える声で言い訳のように言った。

「い、いえ。本気やなかったと思います。私は会長をお止めしようとしました。娘はそのすきに逃げようとして、会長を突き飛ばしました。それで、会長はその大理石のテーブルの縁に頭をぶつけられたのです」

監禁した娘に殺されたというわけか。思わず鼻で笑うと、間宮がすがるような眼をした。

「会長のお気持ちもわかってあげてください。清秀さんに出て行かれてお寂しかったんですよ。そうでなければ、こんなことをするはずがありません」

瞬間、かっと頭に血が上って手にしたグラスを床に叩き付けた。重いグラスは毛足の長い絨毯の上で弾むと割れずに転がった。くそっ、と怒鳴ると胸から背中に掛けて激しい痛みが走る。思わず呻き声が出たが息を吐いてなんとか痛みを逃した。

今さらながらにあの男との確執の根深さを思い知らされる。あの男は決して解けない呪いだ。とうの昔に絶縁したというのに、いまだに平静でいられない己にも大いに問題があることはわかっている。だが、あの男を許すことなどできない。あの男が昔やったことも、今やったこともだ。

「……下衆《げす》が」

清秀は拳を握りしめた。ごくごく短い爪が手の平に食い込むほどだった。あの男は正真正銘の人間のクズだ。鬼畜、畜生、外道。どの言葉を千回、一万回繰り返しても足らない。あの男はこの世の呪い、災厄、すべてのおぞましさを体現した人間だ。だが、その人間の血が己にも流れている。

「私は会長に言われてあの娘の世話をしていただけです。関わってはいません。一切口をきくな、と言われてました」

そのとき間宮の携帯が鳴った。慌てて確認すると安堵の表情を浮かべた。

「治親さんが来られたようです」

間宮がドアを開けた。治親伯父は慌てて駆けつけたのだろう。ピーコックグリーンのセーターに明るいベージュのパンツというラフな格好だ。肩まである綺麗な白髪をいつも後ろで一つ縛りにしているのだが、今夜は下ろしたままだった。それでも小綺麗に見えるのは日頃のたしなみのせいだ。

「間宮さん、清秀も。一体なにがあったんや」

清秀は黙って革のソファを指さした。治親はソファに近づくと、すこしためらってから毛布を引き剝がした。あの男の凄まじい形相を見ると、うっと声を漏らして一歩後退《あとずさ》った。

「康則《やすのり》……」

弟の死体を見下ろしながら呻いた。しばらくそのまま動かない。青ざめて沈痛な表情ではあったが、やはり死者を悼む素振りはみせなかった。

あの男はまだ眼を見開いている。乾いた眼球はじっと天井を見つめていた。清秀はぞくりとした。階上にいる娘を見ているように思えた。

「清秀、眼を閉じてやれへんのか」

鼻で笑って無視すると、治親が肩をすくめて小さなため息をついた。そして、あの男の眼を閉じると再び毛布をかぶせて、間宮を見た。

「間宮さん。これは一体どういうことなんか、僕に説明してくれへんか」

治親の声はもうすっかり落ち着いていた。温かみさえ感じられる口調で間宮に話しかけると、途端に間宮の顔が緩んだ。すがるような口調で治親に説明をはじめる。治親は監禁のくだりに衝撃を受けたようだったが、それでも黙って最後まで話を聞いた。

「ほな、今、上の部屋に康則が監禁していた娘さんがいはるんやな。そして、康則がその娘と揉めて首を絞めたが抵抗され……頭を打って死んだ、ちゅうことか。その娘の正当防衛やな」

「そういうことになると思います」間宮が渋々といったふうにうなずいた。

「で、揉めた理由は？」

「わかりません。会長の怒りは凄まじく、常軌を逸しておられるように見えました」

思わず笑ってしまった。常軌を逸する？　子供を十一年も監禁する人間にそもそも常軌など存在するのか。

治親が大きなため息をつきながらソファに腰を下ろした。ローテーブルを挟んで真向かいには死体が寝かされている。ちらと見たがすぐに眼を逸らした。眉間のあたりを揉みながら呟いた。

「これで『たけ井』は終わりかも知れへんな。もったいないことや」

まるで他人事のような治親の嘆きを聞きながら、清秀は床に転がるグラスを拾った。そして、もう一度酒を注いだ。

「床に落ちたグラスで飲む気いか」

治親が咎《とが》めた。死体を見たときよりもずっと不快な顔だった。こういった偏った潔癖さは竹井一族の特徴だ。その偏りが最も強かったのがあの男だ。人間的には最低だったがその完璧な料理で多くの人間を魅了した。

かまわず床に転がったグラスで清秀は飲んだ。また爪を切りたいと思った。

「現場保全せなあかんのやろうけどなあ」治親が立ち上がってサイドボードに向かった。グラスを取り出し酒を注ぐ。「これ飲んだら警察に連絡や」

そこへ間宮が慌てて割って入った。

「あの、ちょっと待ってください。私は今後のことをお二人に相談いたしたく」

間宮は落ち着きなく身体を震わせながら、おどおどした眼で清秀と治親を見た。

「今後のことか。間宮さん。あんたの言いたいことは想像はつくが、これは僕たちでどうこうできる問題とちゃうわ」呆れたように治親が言った。「たとえ康則の死因をごまかしても、監禁されている娘はどうするんや。始末するんか」

「始末やなんて……」

間宮が絶望的な表情になった。長年、あの男の秘書兼運転手を務めてきた男は最後まで忠義を尽くすつもりらしかった。その場に突っ立ったきり動こうとしない。あの男の悪魔的な支配力を見せつけられ、清秀はまた激しい憤りを覚えた。

「とりあえず先に二階を確認しよか」

清秀と治親が二階の部屋へ入ると、ベッドの上に座り込んだ蓮子が怯えた顔でこちらを見た。

「お嬢さん、大丈夫や。なんもしいひんから」

治親が笑顔で語りかけた。だが、蓮子の表情は強張《こわば》ったままだ。治親が近づいた途端、悲鳴を上げて逃げようとした。

「怪我《けが》があらへんか見るだけや。じっとしてくれへんか」

治親が辛抱強く言ったが、蓮子の耳にはまるで届かないようだ。それでも近づこうとすると、蓮子が一声叫んだ。

「ヤスノリ」

その声のあまりの悲痛さに清秀も治親も思わず立ちすくんでしまった。なんという声であの男を呼ぶのだろう。焼けた杭《くい》を胸に突き刺されたようだ。

「お嬢さん。頼むから落ち着きなはれ。僕たちは悪いことはしいひんから」

治親が言うと、蓮子はベッドの上で後じさりした。だが、後ろはヘッドボードだった。逃げられなくなった蓮子は凄まじい眼でこちらをにらみつけた。

治親が蓮子の腕を取った。次の瞬間、蓮子は治親の腕を振り払うとベッドを降りてドアへと走った。清秀は慌てて蓮子を抱き留め、捕まえた。少女は髪を振り乱し清秀の腕の中で激しく暴れた。

「ヤスノリ、助けて」

清秀は耳を疑った。まさか、あの男が死んだことを知らないのか。では、この少女が殺したのではないのか。間宮が嘘をついているのか。

「ヤスノリ、ヤスノリ」

蓮子は傷ましい声であの男の名を呼び続ける。息ができない、と清秀は思った。胸を掻《か》きむしられるようだ。これは母を呼ぶ赤ん坊の声、獣の仔《こ》の声だ。そこには他者が介在しない。ただ、名を呼ぶだけで少女はあの男との絶対的な繋がりを示した。

「いや、助けて。ヤスノリ、ヤスノリ」

蓮子が泣き叫び滅茶苦茶《めちゃくちゃ》に手足を振り回した。清秀は力尽くで押さえ込んだ。細いが柔らかい身体だった。

「頼む。大人しくしてくれ」

怯えるのも当然だ。この少女は十一年間、あの男以外の人間と接したことがない。この少女にとって清秀と治親は突然世界に現れた怪物ということだ。

この娘を落ち着かせる方法はすぐにわかった。それだけはしたくなかったがこの状況ではその方法を選択するしかなかった。清秀は覚悟を決め口を開いた。

「俺は『ヤスノリ』の息子や」

その言葉を聞くと蓮子はぴたりと暴れるのを止めた。清秀は逃げ出したくなるのを堪《こら》えもう一度繰り返した。

「安心しろ。俺は『ヤスノリ』の息子や」

蓮子が腕の中から清秀を見上げた。涙と鼻水で汚れた顔には驚きと困惑が浮かんでいる。

「俺は竹井清秀という。竹井康則の息子や」

蓮子はじっと清秀を見つめている。わずかに開いた唇が震えた。

「……キヨヒデ」

低くかすれた声で呟いた。ゆっくりと表情が変わっていく。安堵か、それとも勝利の宣言か。どちらともつかぬ笑みが広がっていった。

蓮子が腕の中で身をくねらせた。髪をかき上げ真《ま》っ直《す》ぐに清秀を見る。そして、今度ははっきりと微笑《ほほえ》んだ。

「キヨヒデ」

そのとき気付いた。蓮子の首には指の痕がある。あの男が首を絞めた痕か。清秀は一瞬息が詰まって己の喉に手をやった。苦しい。闇から白い手が伸びてくるのが見える――。

「清秀、ちょっと」

治親の声に我に返った。一旦部屋を出るよう言われ、廊下で話をした。少女はもうすっかり落ち着いて大人しくベッドで待っていた。

「陛下には康則の死体がある。あの娘を近づけへん方がええやろ。そやから、警察が来るまでおまえはここであの娘についてるんや」

治親はもう完全にいつもの余裕を取り戻していた。弟の死という衝撃はかすかに眉のあたりに残るやりきれなさに感じられるだけだった。

「俺が？」

「あの娘は僕では怯えてまう。おまえが居《お》ったるしかあらへん」

清秀は仕方なしに娘の部屋に戻った。蓮子はベッドに腰掛け軽く膝を開いている。相変わらず裸を恥ずかしがる様子はない。まさか、裸で生活させていたのではないだろうか。

ふっと聖アグネスの主題が頭に浮かんだ。キリスト教が迫害されていたローマ時代の聖女だ。長官の息子の寵愛《ちょうあい》を拒んだことで十三歳にして娼婦《しょうふ》に落とされることになる。裸で街を引かれて行く際、奇跡が起こった。突然髪が伸び彼女の身体を覆い隠したのだ。彼女は天使によって守られるが最後には剣で殺され殉教した。

十七世紀の画家、ホセ・デ・リベーラはその奇跡の瞬間を描いている。裸身を髪で隠し戸惑った表情で天上を見上げる稚《いとけな》い聖女アグネスだ。

蓮子の髪が伸びるところが浮かんだ。黒々とした髪が蛇のようにのたくり、見る間に裸身を覆う。

上村松園《うえむらしようえん》に「焰《ほのお》」という有名な絵がある。六条御息所《ろくじようのみやすどころ》を描いたものだ。長い黒髪は足許まで届き、そこで消えている。幽《かそ》けく、おどろおどろしく、それでいて生々しい力強さがある。一度絡みついたら決して解《ほど》けない。あれは男を絞め殺す髪だ。

ぞわりぞわりと全身の毛が逆立って息が詰まった。蓮子の髪が絡みついたかのようだ。俺はまた絞め殺されるのか。

落ち着け、と深呼吸をしながら部屋の隅のクローゼットを見る。中に服はあるのだろうか。勝手に開けていいものかわからない。

「服を着てくれ」

蓮子は小さくうなずくと、クローゼットから下着と服を取り出した。ちらと中が見えたが何枚も服が掛かっている。清秀はすこしほっとした。裸で生活させていたわけではないようだ。

蓮子が身につけたのはシンプルな青のワンピースだった。絹特有の上品な光沢がある。

清秀は美しい青に眼を奪われた。この色を出すには天然の岩群青か。惜しまずたっぷりと塗るのだ。そして――。

「ヤスノリは？」

こっそり垣根を跳び越えてくるような声がして、はっと我に返った。蓮子がじっとこちらを見ている。

蓮子の首には絞められた痕がある。間宮が言うようにやはりあの男を殺したのはこの少女だろうか。だが、あの男の死は完全に記憶から消えている。嘘をついている様子はない。よほどの衝撃による記憶障害か、それとも人格解離か。

返答に窮していると、蓮子の眼にさっと不安の影が差した。清秀は咄嗟《とっさ》に嘘をついた。

「竹井康則はしばらく来いひん」

無言で蓮子が眼を伏せた。そのまま傍らの大きなウサギのぬいぐるみを引き寄せ、膝の上に乗せる。

「ヤスノリはね、春になったら鶯餅《うぐいすもち》を持ってきてくれはんねん。豊臣秀吉《とよとみひでよし》の鶯餅。楽しみやね」

半ば独り言のようにウサギのぬいぐるみに話しかけた。ぎゅっと強く抱きしめるとベッドの上でゆらゆら左右に揺れる。

秀吉の鶯餅？　なんだそれは。清秀は立ち尽くしたまま額に手を当てた。火照っているかと思ったのに冷たい汗で濡《ぬ》れている。頭がおかしくなりそうだった。全身の毛穴の周り一つ一つを違和感と不快感が這い回っている。自分ではどうすることもできない生理的な嫌悪に侵されているのだ。

そう、これは原初の感覚だ。あの男の血を引いて俺が生まれたときからはじまっている。

「水を飲んでくる」

言い訳のように呟いて部屋を出るとふらつく足で階段を降りた。リビングでは治親が間宮に事情を訊《き》いていた。

「康則がやったことは少女買春とあの娘の監禁だけなんか。他にはどうや」

「それは……」

間宮がおどおどしながら清秀を見て慌てて眼を逸らした。この男もあの男の犠牲者だとわかっているが今は同情する余裕はなかった。

治親が清秀に気付いて振り返った。

「今、警察が着いた。じきに上がってくる」

清秀はグラスに酒を注いだ。ふいに氷が欲しくなり冷蔵庫を開ける。製氷室にはちゃんと純氷が入っていた。酒の上から氷を放り込み吐きそうになるのを堪えながら飲んだ。

治親は根気よく間宮に訊ね続けている。

「間宮さん、奥さんのことは気の毒やったと思う。そやけど、あんたは共犯者なんや。警察が来たら素直に喋ったほうがええ。すこしでも罪が軽なるようにな」

それでも間宮は喋らない。青黒い顔で震えているだけだ。治親がため息をついた。

そこへ警察が到着した。制服の警官が二人、部屋に入ってくる。

「お疲れ様です」

治親が警官を出迎えたとき、ふいに間宮が叫んだ。

「清秀さん、治親さん、申し訳ありません」

掃き出し窓に向かって走った。あっという間にバルコニーに躍り出る。警官が驚いて後を追ったが間に合わない。間宮は柵を乗り越え一瞬で夜に消えた。

清秀はグラスを握りしめたまま一歩も動けなかった。横で、治親が呻くように呟くのが聞こえた。

「阿呆《あほう》なことを」

部屋の中は一挙に慌ただしくなった。警官がひっきりなしに連絡を取っている。無線の音が頭に響いてひどく気分が悪い。

「おまえ、スーツは持ってるんか」治親伯父が訊ねた。

「いや」

「グレーの地味なやつを大急ぎで作るんや。これから忙しなる」

「俺には関係ない」

「阿呆。さっき自分で言うたやろ。竹井康則の息子、竹井清秀や、と」

治親は吐き捨てるように言うと背を向けた。警官と話しはじめる。

喪服ではない。グレーのスーツが必要になるのか。

清秀はのろのろと階段を上って蓮子の部屋に戻った。蓮子はベッドに腰掛けたまま不思議そうな顔で清秀を見つめた。その表情はこれまで多くの画家が表そうと執着してきた「無垢《むく》」そのものだった。

警察の聴取が終わって一旦帰宅が許されたときには、もう陽は高かった。

清秀は大山崎の家に戻ると真っ直ぐに画室に入った。いつもならまずは煙草に火を点けるのだがその時間すら惜しい。紙を置いて鉛筆を握ると興奮で手が震えていた。骨が軋《きし》むような衝動に突き動かされて蓮子を描いた。青のワンピースを着てベッドに腰掛けているところだ。構図はムンクの「思春期」に近い。だが、両の手は交差させずゆったりと両脇に垂らした。この少女に緊張はない。どちらかというと不気味な落ち着きがある。一見、無力に見えるが少女は世界に怯えてなどいない。それどころか見る者を怯えさせる圧倒的な立場にある。

一気に下書きを完成させると念紙を挟んで本紙に転写した。すこし休憩したいが休むとこの緊張が解けそうだ。墨を擂って骨描きをはじめた。

蓮子の顔の輪郭も髪の一筋一筋も指の小さな爪もごく細い線で丁寧に描いていく。息を詰めて線を引くと酸欠で頭がくらくらする。魚のように口をぱくぱくさせて息をしながら、ひたすら描き続けた。

青のワンピースには天然岩群青を使った。だが、べったりと均質に塗るのではなく粒子の粗いものと細かいものを混ぜて塗る。分離して流れた岩群青は軽やかでありながら不穏でもある。肌はほとんど白に近いほどの紅玉末《こうぎょくまつ》で塗った。薄く作った絵具を何度も重ね塗りして磁器のような滑らかな透明感が出るようにする。

すこし悩んで唇には櫻鼠《さくらねず》を差した。この色は淡い紅に薄墨を合わせてある。晴れやかな櫻ではなく喪に服する墨染の櫻の色だ。

肩から落ちる黒髪には細心の注意を払った。墨に胡粉を混ぜて具墨《ぐずみ》を作って塗り、その上に艶墨《つやずみ》で髪の一筋一筋を描く。上村松園の描く女の髪よりも、もっともっと繊細に幽けく消え入るように描くのだ。それでいて、たっぷりと重みのある主張する髪にしなければ。

最も大切なのはあの表情だ。ゼウスに犯されたダナエのような、そして聖なる娼婦、誇り高きアグネスの無垢な傲慢さを思わせる表情を描くのだ。

ふと思いついて、蓮子の櫻鼠色の唇からこぼれる櫻を一輪描いた。もちろん腐れ胡粉を盛り上げて描く。続いて、顎にも、胸許にも、膝の上にも花を散らせた。腐れ胡粉は岩群青のワンピースによく映える。蓮子は真っ白な花を吐き出し続けた。

その瞬間、蓮子の向こうにあの男の顔が見えた。かっと眼を見開いた醜い死に顔が清秀を嘲笑《あざわら》っている。


──吐き気がする。


あの男の声がはっきりと聞こえた。

虫唾《むしず》が走るような厭《いと》わしさに全身が震えた。清秀は思わず筆を投げ捨て呻いた。一体俺はなにをしているのだ。これはあの男の血か。己の中にあるあの男の血が蓮子を描きたいと欲しているのか。蓮子を描きたいという思いは純粋に絵を希求するものではなく、ただ薄汚いだけの垂れ流しの欲望か。俺はあの男と同類か。あの男と同じ畜生か。

描きかけの絵を見下ろす。途端に蓮子が腥く見えた。櫻鼠の唇は腐りかけの肉、透き通った硬質な肌は白黴《しろかび》に覆われているようだ。そして、重みのある黒髪は無言で訴えかけてくる。自分をこんなふうにした男を怨《うら》んでいる、と。

ここにいるのはあの男が壊した女だ。精神も身体もあの男に穢された哀れな女だ。その女に涎《よだれ》を垂らして飛びついて描いている己もあの男と同類だ。

弾《はじ》かれたように絵を押しのけた。画机の上の絵皿やら筆やらが飛び散った。

この絵は薄汚い。こんな絵は描いてはいけない。二度とあの娘を描いてはいけない。あの男と同じになる。あの男の血に従うな。あの男のようになってはいけない。

ふいに頭の中に雪が降り出した。どれだけ降っても積もることのない牡丹雪《ぼたんゆき》だ。ごうっと風が吹いた。牡丹雪は風にあおられ高く舞い上がると櫻になった。ひらひら、ゆらゆらと揺れながら清秀の顔にまとわりつく。息ができない。

十一年前、生まれてくるはずだった娘の名は「蓮子」だった。

あの男は実の息子の子供、つまり孫になるはずだった子供と同じ名を持った少女を買い、監禁したのだった。

一

焔《ほのお》

「たけ井」は京都上賀茂《かみがも》の地にある老舗料亭だ。

あたりは社家の並ぶ閑静な一角で、店の前には水路が流れてごく控えめな石橋が掛かっている。創業は室町末期で元は小さな茶店だった。町の中心からは距離があることもあり、さまざまな戦火にも巻き込まれず何百年もひっそりと営業を続けていた。

明治の頃、人目を避けようとした新政府の要人が頻繁に利用するようになって「たけ井」は活気づいた。当時の賑《にぎ》わいを示すように現在の「たけ井」には首相、大臣経験者の書や色紙が何枚も飾られている。だが、それは京都の料亭では珍しくもないことだ。「たけ井」がただの有名老舗料亭ではなくなったのは竹井康則の力によるものだった。

竹井康則が二十五歳という若さで店を継ぐとたちまち「たけ井」は注目を集めた。彼の料理の特徴は材料と技法への徹底したこだわりと圧倒的な独創性が同居していることだった。竹井康則は一切の妥協を許さなかった。食材を吟味して料理するのではない。「竹井康則の料理のためにだけ存在する」食材が存在し、彼はそれを使って料理をするのだ。

彼の料理はいつも完璧だと評された。力ずくで味わう人間の舌をねじ伏せ己の手中に閉じ込める。声も立てられないほど打ちのめすのだ。

かといって奇をてらうわけではない。あざとい演出は彼の最も嫌うところだった。食材の選択には貪欲で日本全国の郷土料理、世界各国の料理を積極的に取り入れた。だが、それは見た目ではわからず食べてみてはじめて気付くものだった。

たとえば、柔らかな乳白色の胡麻《ごま》豆腐がある。よくある八寸の一品に過ぎない。無論、国産の最上の胡麻を丁寧に当たって作ったものだ。そこに濃褐色のたれが掛かっている。甘味噌《あまみそ》だれか、とみな思う。だが、一口食べて驚くのだ。……これは甘さを抑えたチョコレートだ。スパイシーな風味は山椒《さんしょう》か、それとも胡椒《こしょう》か。わずかに香るのは青柚子《あおゆず》か。いや、すだちだ。すだちの皮をマーマレードのようにして細かく刻んで加えてあるのか。

また、鯛《たい》の塩釜《しおがま》はわずかにキンモクセイの香りがした。甘鯛《ぐじ》の松笠《まつかさ》揚げは仕上げに栗《くり》の花から取った癖のある蜂蜜をたらたらと回しかけて食べた。

みな、真似《まね》をしてみるが決して竹井康則の味にはならない。あの男のようにすべてをコントロールできないからだ。

かと言って息苦しいばかりの料理ではない。コースの最後に出されるスッポンラーメンは遊びの一皿だ。小さな唐子《からこ》の器で提供され、手延べ素麺《そうめん》の技法で作られた中華麺を使うので喉越しがいい。こればかり丼いっぱいに食べたいという客も多かった。

日本料理を志す者にとって「たけ井」の調理場は憧れの的だった。竹井康則の下で修業をしようと大勢の若者が門を叩いた。だが、そこで続く者は少なくほとんどの者が一年やそこらで脱落した。調理場に残った者は竹井康則の完璧な手足となった。調理場は一糸乱れぬオーケストラ、訓練された軍隊のようなものだった。

また、全国の有名作陶家は「たけ井」で皿を使ってもらうことを名誉だと考えた。康則の皿の選び方は独特だった。人間国宝だろうが若手新人だろうが一切気にしない。ただ一つ大切なのはその皿が自分に従うことだった。

竹井康則は主張の強い備前焼《びぜんやき》を好んで使った。存在感のある無骨で歪《いびつ》な備前に蒸しただけの鮮やかな色味の野菜を盛り合わせる。添えてあるのは塩だけだ。口に運んで気付く。すべての野菜にそれぞれ違った風味が付いている。でも、それがなんだかわからない、と。一見、破調に見えるがその混乱は仕組まれたものだ。皿と皿の上の料理、そして、それを食べる人間は完全に竹井康則の支配下にあるのだ。

夏には涼しげな青備前が使われた。藁《わら》を巻いてできた襷《たすき》の紋様が稲妻のようだ。そこに蓮根《れんこん》団子を置き、食感を楽しむために海ぶどうを添えて透明な餡《あん》を張る。まるで山の奥の深い湖のようだった。黒の薩摩切子《さつまきりこ》のロックグラスでトウモロコシの冷製スープが出ることもある。添えられたレバーペーストと交互に食べるようになっていた。

「たけ井」は最高評価の星を獲得し、それを維持し続けてきた。竹井康則はもはやカリスマで日本料理界の「帝王」と呼ばれている。その苛烈で容赦のない人格を批判する者もいるが彼の作った料理を批判する者はいない。彼はたびたびマスコミに登場し、その端正な容姿で熱狂的な信者を増やしていった。

*

はじめて食べたヤスノリの料理はプリンだった。

何も食べないことを心配したヤスノリがプリンを作ってくれたのだ。ざらりとした素焼きの器に盛られたプリンには真っ黒なソースが添えられていた。

――蓮子。お願いや。すこしでええから食べてくれ。

ヤスノリがたっぷりソースを掛けてくれた。黒いソースがプリンのてっぺんからねっとりと流れ落ちて器の底に溜《た》まる。乳色のプリンの周りに黒々と輝く輪ができた。甘くて、でもほんのすこし鼻の奥に残る香りがふわりと立ち上った。

恐る恐るスプーンを握った。そして、口に運んだ。

驚くほど美味《おい》しかった。こんなに美味しいプリンは食べたことがない。続けて二口、三口と食べると、ヤスノリがほっとしたように笑った。

――これは牛乳やなしに豆乳と生クリームで作るんや。中に刻んだ栗と黒豆を入れて固めに仕上げた。伊平屋島《いへやじま》の黒糖で作った塩気のある黒蜜ソースを作って、ほんのわずか丁字で香り付けしてある。

――丁字？

――クローブとも言う。釘《くぎ》みたいな形をしてるんや。古来より珍重されて正倉院御物《しょうそういんぎょぶつ》の中にもある。染料にも鬢付《びんつ》け油《あぶら》にも使われたんや。

あっという間にプリンを全部食べてしまった。すると、ヤスノリはええ子や、と誉《ほ》めてくれた。そして、丁字の匂いのする手で蓮子の頭を撫《な》でてくれた。

――蓮子はええ子や。

嬉しくてたまらず、でも、哀《かな》しくてたまらず、すこしだけ泣いてしまった。泣き止むまでヤスノリはずっと頭を撫でてくれた。

＊

警察の捜査の結果、十一年前のとある少女失踪事件が浮かび上がった。

三月の終わりのことだ。北関東《きたかんとう》の某県で、当時八歳の女の子が学校に行ったまま夜になっても帰らない、という通報があった。名は三木《みき》蓮子。三木家は半年前に家を買い東京から越してきた新参だった。

一帯は田畑と住宅が入り交じる典型的な田舎町だった。スプロール現象の周縁にあたり、ビニールハウスや畑の間に小綺麗な建て売り住宅が点在している。女の子はまだあまり土地勘がないので迷子になっている可能性もあると思われた。

警察と消防団、地元の有志が懸命に捜索を行った。すると、翌日、家からすこし離れたところにある畑の中の井戸から女の子のランドセルが発見された。だが、女の子の姿はなかった。

事件事故の両面から捜索が続けられたが三木蓮子は見つからなかった。誘拐の可能性も考慮されたが犯人からの連絡はなかった。なんの手がかりすらないまま半年経《た》ち、一年経ち、やがて捜索の規模も縮小された。

事件なのか事故なのか、決定的な証拠もなく年月が過ぎていった。古い地元の住民の中には神隠しだという者もいた。それでも両親は諦めなかった。蓮子の顔写真を印刷したビラを作って街頭で配った。役所、公民館、スーパー、図書館など、ありとあらゆる場所にビラを貼ってもらった。テレビにも積極的に出演し情報提供を呼びかけた。だが、有益な情報はなかった。

そんな両親の行動は地元住民には歓迎されなかった。

——あの新参一家が騒ぐせいでこのあたりが物騒なところだと思われる。

——治安が悪いと言われ土地を買い叩かれた。

三木家への風当たりが強くなった。その影響は女の子の兄である長男にも向けられた。三木達也《たつや》は当時中学生だった。引っ越してきたので皆とは小学校が違った。子供たちもよそ者に辛辣だった。

——テレビに出て独占インタビューとかやってさ、あれ、結構もらえるんだろ？　金目当てって、うちの親が言ってた。

——大げさに騒ぐの止めて欲しいんだよ。うちの兄貴、今度受験なんだ。推薦の印象悪くなったらおまえのせいだ。

やがて、達也は虐《いじ》められるようになった。だが、蓮子の捜索で頭がいっぱいだった両親は達也のことまで手が回らなかった。達也は不登校になり通信制の高校に進学したものの卒業できず、結局、今も定職に就かないままだという。

竹井康則の死因は脳挫傷だった。リビングの大理石のテーブルの縁に血と毛髪が付着していた。間宮の言ったとおりここで後頭部を強打したものと思われた。そして、蓮子の首の圧迫痕は康則の指と一致した。このことから、蓮子には正当防衛が認められるという判断だった。

蓮子は大阪市内の病院に入院し厳重な保護下に置かれた。清秀と治親はそれぞれ厳しい聴取を受けることになった。

「竹井康則が女の子を監禁していたことをまったく知らなかったんですか」

「知りませんでした。高校二年のときから絶縁していました」

——吐き気がする。

そうあの男に唾棄されたとき清秀の中で親子の縁は完全に切れた。それからは怒りと憎しみの対象でしかない。以来、あの男に会ったのは一度だけだ。

「なるほど。奥様を亡くされたのが十一年前ということですが、三木蓮子さんが誘拐されたのも十一年前ですね。なにか心当たりは？」

「ありません」

十一年前、蓮子が誘拐された日、清秀は大山崎の自宅にいた。ちょうど妻と子の四十九日だった。画室の隅にこしらえた小さな祭壇の前で、たった一人、坊主の上げる経を聞いていた。できすぎの偶然だった。

幸いだったのは、伯父が携帯電話の録音機能であの日の間宮との会話を録音していたことだ。

——間宮の証言は重要やと思たからな。こっそり録音しててよかった。

そう言って、治親伯父は痛ましそうな顔で笑った。


蓮子の身許《みもと》が判明し、連絡を受けた三木夫妻が大阪に到着した。

治親と清秀はグレーのスーツに身を包んで早速病院に向かった。蓮子が入院しているのは特別室だ。キッチン、シャワールーム、応接セットのある豪華な病室だ。無論「たけ井」が全額負担している。警察官も医師もカウンセラーも看護師も、蓮子の担当者はすべて女性で固められていた。清秀も治親もあの夜以来蓮子に会っていない。見舞いも許されていなかった。

三木夫妻が蓮子と対面している間、清秀たちはホールで待機していた。さすがの治親もすこし緊張しているのか、スーツのジャケットのボタンを掛けたり外したりしている。

「康則のマンションでは、あの娘はずいぶん混乱しとったからな。両親に会《お》うて自分のことを思い出したらすこしは落ち着くやろう」

そうであってほしい、と清秀は思った。あの夜から少女の姿が頭を離れない。あの男を慕って泣き叫んだり、身代わりに清秀を求める姿はあまりにも哀れだった。

「今日は弁護士抜きでとにかく頭を下げる。難しいことは言わずにひたすら謝るんや。初動が大事や」

世慣れた伯父の言葉に不快を感じたが、頼もしくもあった。

特別室へ続くドアが開いて、年配の男女が出てきた。三木夫妻だ。二人とも泣いていた。感動の涙でないのは一目でわかった。憔悴《しょうすい》と混乱の表情で呆然としているようだった。二人とも足許がふらついている。まだ五十代のはずだったが治親よりずっと年上に見えた。三木夫妻の後ろにはふて腐れたような顔をした若い男がいた。中途半端に伸びたくせ毛で小太りだ。兄の達也のようだった。

続いて、医師、看護師とカウンセラー、二人組の刑事が出てきた。みな表情は一様に険しい。

治親は軽く一礼し、近づいていった。清秀もその後に続いた。

「竹井治親と申します。このたびは弟の竹井康則がお嬢様に大変申し訳ないことをいたしました。心よりお詫び申し上げます」

「竹井清秀です。父のしたことをお詫びいたします」

二人揃って頭を下げた。

みるみるうちに三木茂夫《しげお》の顔に怒りが浮かび上がった。その横にいる三木優子《ゆうこ》も同じだ。二人揃って凄まじい憎悪の眼でこちらをにらんだ。

清秀と治親は深く頭を下げたままじっとしていた。すると、頭の上で三木優子の号泣が聞こえた。ゆっくりと顔を上げると、ちょうど三木優子が崩れ落ちるところだった。三木優子は床に膝を突き激しく泣いた。三木茂夫は妻をかばいながらもやはり泣いていた。三木達也はこちらをにらみつけながら立ったまま貧乏揺すりのように足を動かしている。

四十歳くらいの髪の短い女性刑事が清秀たちに厳しい口調で言った。

「すみませんが、今日はこれくらいでご遠慮ください」

「わかりました」治親は三木夫妻に向かって再び深く頭を下げた。「それでは日を改めて、またお詫びに伺います。今日は失礼いたしました」

二人で深々と礼をして立ち去ろうとしたとき、三木優子が叫んだ。

「蓮子を……元の蓮子に戻して」

清秀ははっと足を止め振り返った。三木優子は皺の目立つ顔を歪《ゆが》め大きく口を開けて言った。

「あんなに明るくてかわいい子だったのに、あいつのせいで……」

三木茂夫が懸命に妻をなだめた。まだ二十代に見えるおかっぱ頭の女性刑事が早く行け、と手で合図をした。清秀と治親は逃げるように立ち去った。

蓮子との対面は上手く行かなかったのか。治親はエレベーターに乗ると大きく嘆息した。清秀はずっと歯を食いしばっていた。すこし前から身体のあちこちが痛みはじめたせいもある。だが、それ以上にあの男への怒りがこみ上げて身体の中で暴れ回っていた。

「長期戦やな。覚悟せな」

治親伯父が冗談めかして言った。いつもの飄々《ひょうひょう》とした口ぶりは今日は薄ら寒く聞こえただけだった。ずっと黙りこくっていると治親がため息をついた。

「清秀、どうや、一緒に飯でも」

「いや。帰って仕事をする」

治親は残念そうな顔をしたが、ふいに真面目な顔になった。

「あんまり気に病まんことや」

歯を食いしばってうなずいた。

*

事件が発覚するとたちまち世間は騒然とした。

日本料理のカリスマが自身の所有するマンションで変死した。その部屋には十一年前に八歳で誘拐された女性がいた、というショッキングな話題にテレビも新聞もネットも飛びついた。

無論、人権に配慮して蓮子の身許については伏せられた。そして、いくら正当防衛とは言え康則の死因についても詳細は報道されなかった。

一般人の反応も過熱する一方だった。加害者と加害者一族、そして「たけ井」への凄まじい攻撃が起こった。「たけ井」には抗議の電話やメールが殺到し、本店はもちろん、ホテル、デパートなどの支店はすべて一時閉店となった。

治親と清秀にも取材が殺到した。

特に実の息子である清秀への風当たりは凄まじかった。若い頃の受賞歴も「コネ」と貶《けな》され、これまで描いた絵もテレビやネットで晒された。そこで特に世間の興味を引いたのは、蓮の連作ではなく妻子を描いた一連の作品だった。ある週刊誌はこんな見出しを付けた。

「息子は狂気の死体画家？　危なすぎる親子の真相」

その一方で、治親にはあまり被害がなかった。元々好感度が高かったせいもあるが、清秀がわかりやすい悪役になったことが幸いした。

弁護士を交え役員会が開かれた。これまで治親は名ばかりの取締役だったが、今後は代表取締役社長として「たけ井」の全責任を負うことになった。清秀も役職への就任を打診されたが断った。

「やめとけ。今さら俺を役員にしたら余計に炎上するだけや」

早急に清秀と治親がやらなければならないのは謝罪会見を開くことだった。くだらない、と顔をしかめると、治親が顔色を変えた。

「阿呆。今は『たけ井』の存亡の危機なんや。うちで、どれだけの人が働いてると思てるんや。みんな生活があるんや。今は無期限の営業自粛やが、できるだけ早《はよ》う再開せなあかん。康則のしたことは最悪や。そっぽ向かれて当然や。でも、やりようによっては世間を味方につけることができる」

治親が怒鳴った。清秀はその剣幕に息を呑んだ。いつも穏やかですこし斜に構えた男だ。感情をあらわにするのは珍しい。

「清秀。よう聞け。たしかに、僕の中には不誠実がある。どうやれば世間を上手く丸め込めるか、そう計算してる。でも、やらなあかん。僕の代で伝統ある『たけ井』を潰すわけにはいかんのや」

　穏やかな伯父がこれほどまでに激高するのははじめてだった。

　治親は作家だ。大学在学中に新人賞を取って華々しいデビューを飾った。男子大学生と人妻との情事を描いた受賞作『蘇生《そせい》』はベストセラーになり映画化もされ、治親は大いに名を売った。だが、その後は小説よりも有名料亭「たけ井」一族、あのカリスマ料理人竹井康則の兄ということで文化人、趣味人として活躍している。テレビや雑誌の京都特集では適度に高尚に芸術を語れるタレントとして重宝されていた。

　清秀と治親は顧問弁護士と詳細なリハーサルをして会見に臨んだ。主に話したのは治親だった。営業再開の予定はないこと、被害者、被害者家族への賠償金の支払いを最優先する、などなどだ。言い訳は一切せずすべての責任を取ると約束した。

「清秀さんにおうかがいします。竹井康則とは絶縁されていたそうですが、その理由はなんでしょうか」

「私が『たけ井』を継がず絵の道を選んだためです」

「自分の父親が非道な犯罪者だと知って、今、どんなお気持ちですか」

「……慚愧《ざんき》の念に堪えません。心よりお詫び申し上げます」

　様々な質問が飛び交った。会見は時間をオーバーしても続けられた。清秀と治親は打ち合わせ通り懸命に謝罪を続けた。

会見終了後、伯父の誘いを断って真っ直ぐ家に戻った。

疲れ切って身体がいうことをきかなかったがそれでも画机に向かった。浅田檀から頼まれている蓮の絵を仕上げなくてはいけない。

事件以来、浅田檀からは清秀を心配する電話やメールが何度も届いていた。だが、一度も返事をしていない。間の抜けた返事を送るくらいならさっさと絵を仕上げて渡したほうがマシだ。

そう思って描きはじめたのだがすこしも集中できなかった。風の音にも虫の声にも意識が散らされる。ちりちりとした焦燥感にかられて心が騒ぐ。まるでなにかに急《せ》き立てられているようだ。それでも描こうと努力したが痛みが出てきたので諦めて筆を置き、痛み止めを飲んで寝た。

その夜、夢を見た。

清秀は画室で筆を執っていた。筆を動かすと己の思った通り、この世に一本しかない正しい線が引けた。歓喜しながら描き続ける。

ほんの数度筆を動かしただけで紙に蓮子が立ち現れてきた。清秀は絵具を前に逡《しゅん》巡《じゅん》した。この身体をどう塗ろう。尻も乳房も腐れ胡粉でたっぷりと盛り上げて輪郭を取ろうか。いや、それとも薄く薄く流れるような墨の濃淡だけで影のように染めるか。濃い墨はだめだ。淡墨で描く。そうだ、朦朧《もうろう》としながらも生々しくなるような身体にしなければ。

清秀は蓮子の身体を墨で染めた。素晴らしい。思った通りの出来だ。興奮に震えながら今度は唇に眼を向ける。この唇には天然辰砂《しんしゃ》を使うか。それとも合成絵具の鮮やかな赤を使うか。いや、この絵に赤は強すぎる。わざとらしくて下品になる。いっそ淡い櫻鼠にしようか。そう、櫻鼠だ。唇も頬も爪も乳首も、迸《ほとばし》る甘く腥い乳のような櫻鼠を使おう。

絵具をたっぷり筆に含ませ蓮子の唇に櫻鼠を置こうとした瞬間、ぽたりと筆先から絵具が滴った。あ、と思った瞬間、櫻鼠がどす黒い血の色に変わった。蓮子の唇がまるで人を喰《く》ったように赤く汚れた。

全身に鳥肌が立った。思わず筆を放り出したとき眼が覚めた。

もう陽は高かった。全身が寝汗でぐっしょり濡れている。瘧《おこり》のような震えが止まらない。俺は夢の中であの娘を描いていた。そして、明らかに高揚していた。俺はやはりあの娘に執着しているのか。あの男と同じだというのか。

額の汗を拭って煙草に火を付けたとき携帯が鳴った。画廊主の浅田檀だ。蓮の催促か。話すのも億劫《おっくう》なので放っておいた。

するとまた鳴った。仕方なしに出た。

「まだや」

それだけ言うと、阿呆か、と言われた。

「今から行くから」

返事をする前に切れた。

一時間ほどしてダットラの音がした。放っておくと杖を突いてまた勝手に上がってきた。

「謝罪会見見たよ。竹井さんでも一応社会的なことできはるんや」浅田檀がずけずけと言葉を並べてきた。「竹井さんの絵、今、かなり引き合いが来てる。ネットではイケメン、めちゃくちゃカッコええって騒がれてはるわ。ねえ、やっぱり思い切って顔出しをしていかへん？　勿体《もったい》ないわ」

寝転がったままじろりとにらむと、浅田檀が大きなため息をついた。

「まあ、予想通りの反応である意味安心したわ。実は心配してたんや。竹井さんが普通の常識ある社会人の真似事しはって駄目になったらどうしよう、って」

大げさな口ぶりで言うと、いつものように鯖寿司の入った紙袋を示した。

「今、食べはる？」

「いや」

そう、とすこし残念そうな顔をして清秀に向き直った。手にした杖でとんとんと畳を突いた。

「……正直言うわ。今回のことで自分が鬼畜やと言うことがよくわかった。私は竹井さんがいい絵を描いてくれはったらそれでええと思てる。しょうもないマスコミ対応ですり減って欲しない」

言いたいことを言う。清秀が人として鬼畜なら浅田檀もギャラリストとして鬼畜だ。酷評された「屍図《しかばねず》」を絶賛し、その後も続いた連作をすべて買い上げてくれた。

浅田檀は勝手に画室に入って、あれこれ独り言のように世間話をしながら絵を見はじめた。いつものことなので放っておくと急に静かになった。

どうかしたのか、とのぞきに行くと浅田檀は呆然と絵を見つめている。しばらくそのまま動かない。視線の先にあるのはこの前途中で放棄した絵だった。青いワンピースを着てベッドに腰掛けじっとこちらを見ている蓮子だ。

やがて、浅田檀は信じられないといった表情で清秀に眼を移した。

「……これ、生きてる」

はっと浅田檀の顔を見た。浅田檀は頰を紅潮させ興奮していた。

「竹井さん、この少女、生きてるわ。死人やない。ちゃんと生きてる。竹井さん、一体、どないしはったん」

浅田檀は感極まったというふうに声を震わせた。

まさか本当に「生きている」のか。清秀は当惑した。「生きている」人間を描けたのは何年ぶりだろう。妻と子を喪《うしな》って以来どんな人間を描いても死んでいた。綺麗な死体しか描けなかったのだ。

「どこが生きてるように見える？ 今までの絵となにが違う」

「どこがどんなふうに、っていう技術的な問題やない。とにかく全然違う。生々しいねん。なにもかもが。服の下には身体があって、皮膚があって血が流れてて、ちゃんと体臭がある。月に一回生理が来る。見た目は少女やけど妊娠することもできる、って感じ」さらりと腥い単語を口にした。「これ、モデルがいるん」

「ああ」

「そう、じゃあ、よっぽどそのモデルと相性が良かったんやね。竹井さんの中のなにかが変わらはったんや。凄《すご》いわ。この少女は触媒やね」

清秀は青い服を着た蓮子を見下ろしながら途方もなく混乱していた。自分ではまるで実感がなかった。本当にこの娘は生きているのか。まさか本当に生きた人間を描けたのだろうか。死体画家と揶揄《やゆ》されたこの俺が。

「凄い、ほんまに凄い。この女の子は生きてる。竹井さんの絵とは思えへんくらいに」

浅田檀はまだ蓮子の絵に釘付けだった。凄い凄いと言いながら絵を見ていたが、ばっと顔を上げた。

「ねえ、もっと描いて。この子の絵が欲しい。いくらでも買うから描いて」

黙っていると、浅田檀が不思議そうな顔をした。

「なんで？　竹井さん、この子を描きたないん」

「いや」

「じゃあなんで」

清秀は返事ができなかった。それきり黙っていると、浅田檀が肩をすくめてため息をついた。

「竹井さん、このモデルを絶対手放したらあかんよ。この子は竹井さんを変えてくれる。竹井さんの絵を違う次元にする人間や。この子を描かはったらきっと凄い一枚ができる。そして、その絵は絶対に私が扱うから。約束や」

一方的に言い渡すと、薄いコーヒーを淹れて浅田檀は帰っていった。

一人になると金マルに火を点けた。手が震えているのが自分でもわかった。触媒だと浅田檀は言った。まさにその通りだ。あの娘を見た途端、己の中で変化が起こった。光も当たらぬ深淵《しんえん》で起こった震動は世界を揺り動かし粉々の瓦礫《がれき》に打ち砕いた。そうだ。あの娘なら己は「生きた」人間が描ける。あの娘でなら己は傑作が描けるかもしれない――。

清秀は絶望的な気持ちになった。せっかく生きた人間が描けたというのにそのモデルは絶対に使えない。蓮子は被害者で俺は加害者の息子だ。

では、俺はこのまま二度と生きた人間が描けないのだろうか。残された時間は少ないのだ。このままなにも遺せず死ぬしかないのか。いやだ。そんな惨めな人生があるか。俺は己にしか描けない一枚を描かねばならない。必ずあの櫻図を超える絵を描いてから死ぬのだ。

数口しか喫わない金マルが指の間で短くなった。火傷《やけど》しそうになって揉み消す。

俺はどうせ死ぬのだ。この世から消えてなくなるのだ。なんの斟酌《しんしゃく》が要る。くだらない良識に囚《とら》われて時間を無駄にする気か。最期の一枚を描くためなら外道に堕ちる覚悟が必要なのではないか。

そうだ、今すぐ蓮子を描くのだ。蓮子が入院している病院に乗り込んでモデルになってくれと頼んでみようか。いや、そんなことが許されるわけがない。あの両親は絶対に反対するだろう。ならば、こっそり病室に忍び込むしかない。せめてスケッチだけでもしたい。そんなことができるのか。いや、絵のためだ。やるしかない。

そこで、はっと我に返った。

今、俺はなにを考えた。絵のためならなにをしても許されると？　己の下劣な欲を満たすために蓮子を監禁したあの男とどこが違うのだ。そうだ、これは明らかにあの男の血だ。ただ薄汚いだけの芸術家の傲慢だ。肥大した自我の化け物だ。平気で人を踏みつけ、壊し、喰い荒らす。あの娘を描きたいという衝動を認めるとあの男と同じになってしまう。

清秀は頭を抱えた。絶対にあの男のようにはならないと誓ったはずなのに一体どうしてしまったのだろう。あの男が執着した女に俺も魅入られているのか。やはり俺はあの男の同類なのか。あの外道の血を引いた正統な後継者なのか。己の中に流れているあの男の血はどうやっても捨てられないのか。

堂々巡りだ。結局すべてがあの男の存在に行き着く。身体が内側からめくれ上がりそうなほど凄まじい嫌悪が突き上げてきた。己の醜さ、浅ましさに眼が眩《くら》む。くそ、と叫ぶと青いワンピースの蓮子を滅茶苦茶に破り捨てた。庭に持ち出し火を付ける。青い蓮子はあっという間に焔に包まれ灰になった。

俺はあの男の血の奴隷にはならない。あんな畜生になってたまるか。清秀は煙の昇る空をにらんだ。

＊

十二月に入った頃、間宮功の葬儀は家族のみでひっそりと行われた。

難病の妻は二年前に亡くなって同居していた娘夫婦がいるだけだった。清秀は治親と二人、喪服を着て娘夫婦の家に弔問に行った。

間宮の娘、亜紀《あき》は叡電《えいでん》の元田中《もとたなか》に住んでいた。出町柳《でまちやなぎ》からたった一駅なのに途端に空気が変わって山が近づいたという気がする。それでも京大《きょうだい》が近いので学生も多い。無人駅なので駅前は静かだが東大路通《ひがしおおじどおり》まで出ればそれなりに賑わう商店街もある。

間宮の家は駅からすこし離れた細道の奥にある一戸建てだった。門柱には表札が二枚並んでいた痕跡があったが、今は「間宮」一枚のみになっていた。それを見て治親が顔をしかめた。

「娘さんは結婚して、たしか矢部《やべ》いう名字に変わらはったと聞いたが、もしかしたら……」

二人を出迎えてくれたのは間宮の娘の亜紀だった。髪を後ろで一つにまとめて黒のタートルネックにグレーのスカートを穿《は》いている。痩せた逆三角形の顔は父親によく似ていた。幼い子がいるはずだが他に人の気配はなく小さな家は静まりかえっていた。

治親が弔意を述べ仏壇に手を合わせた。清秀もそれに倣った。

「矢部さん。このたびは康則がしたことで、お父上にご迷惑をお掛けしたことを心よりお詫びいたします。こちらでできることはなんでもいたします」

深々と二人で頭を下げた。そして、治親が持参の封筒を取り出した。

「些少《さしよう》ではありますが『たけ井』からのお見舞いです。今後のことはまたご相談させてください」

矢部亜紀は黙ったきりだ。封筒に手を伸ばそうともしない。

「どうかお納めください」

それでも矢部亜紀は動かない。治親と清秀が顔を上げると、矢部亜紀は眼に涙を一杯溜めてこちらをにらんでいた。

「もう矢部亜紀ではありません。間宮亜紀です」

「失礼しました」

治親が慌てて頭を下げた。

「父は長年、運転手として真面目に働いてきました。私は父と遊んでもろたことがありません。休みの日も、急な呼び出しに備えて待機してました。父は竹井康則の奴隷みたいなもんでした」

「長年のご苦労、本当に申し訳ありません」

治親が頭を下げた。清秀も黙って下げた。

「母が病気になって高額な治療費が掛かることがわかりました。ですが、父はどこからかその金を工面してきました。私が驚いて訊ねたら、なんも心配はあらへん、とそれしか言いませんでした。まさか、竹井康則が母の病気につけ込んで、父に犯罪の片棒を担がせたなんて……私は全く知らんかったんです」

間宮亜紀は仏壇の写真に眼を遣《や》ると涙混じりの声で続けた。

「私は気付くべきやった。母の治療費の不安があらへんようになったのに、なんで父はあんなに苦しそうやったんか。父はなにを悩んでたんか。もっと父のことを気遣《きづこ》うてあげたらよかった」

「気付かなかったのは私どもの責任です。間宮さんがご自身を責める必要はありません」

「それでも責めてまうんです。私は竹井康則が憎い。あの男のせいで父は犯罪者にされたんです」

「申し訳ありません。お父上に非はありません。竹井康則の非道を止めることができなかったのは、すべて『たけ井』の問題です。ですから、私どもで精一杯の対応をいたしたいと思います。どうか、お納めください」

治親は穏やかに言うと、封筒をほんのすこし間宮亜紀のほうに押しやった。間宮亜紀は黙ってその封筒を見下ろしていた。

「あの事件が発覚してすぐに夫は子供を連れて家を出て行きました。マスコミが押しかけたからです。その翌日には離婚届を出しました。犯罪者の祖父が居《お》ったら子供の将来に関わるからです。あっという間の出来事でした」

再び間宮亜紀の眼から涙が溢《あふ》れた。

「お金なんかもらっても……もう誰もいいひんのです」間宮亜紀は泣きながら封筒を押し戻した。「これを受け取ったら、竹井康則を許したことになる。私はよう受け取りません」

「間宮さん。おっしゃることはよくわかります。竹井康則が憎いのは私どもも同様です。あの男がしたことは決して許すことなどできません。ですが、世間から見れば、兄の私も、息子の清秀も同じ穴の狢です。そのことは重々承知しております」

「なら余計に受け取れません。この封筒を持って今すぐ帰ってください」

「間宮さん。お聞きください」治親は静かだが力強い声で語りかけた。「竹井康則のしたことが許されるとは思っておりません。ですが、だからといって謝罪をしないのは人間として間違っています。ですから、この封筒はお納めください。お子様と離れてお過ごしとのことですが、なにかあったときのためのものとお考えいただけませんか。お子様の為《ため》に受け取る、とそう思っていただけたら結構です」

「子供のために……」

「そうです。ですから、どうか」

しばらくためらっていたが、とうとう間宮亜紀は封筒を受け取った。清秀と治親はもう一度深く頭を下げた。

*

間宮の家に弔問に出かけた翌日のことだ。

蓮子が入院している病院から清秀に連絡があった。三木夫妻から話があるので病院に来てくれ、という。用件については教えてもらえなかった。勝手な判断で行動することはきつく止められていたのですぐに治親に連絡をした。

蓮子は厳しく面会を制限されている。清秀も治親も一度も許されないままだ。だが、それは救いのような気がした。あの娘のことを考えただけで動揺して肌が粟立つ。蓮子の後ろにはあの男がいる。己とあの男の断ち切れない繋がりを思い知らされるのだ。実際に会って冷静でいられる自信がなかった。

伯父と二人で病院を訪れた。案内されたのはナースステーション横の面談室だった。驚いたことに、そこには三木夫妻と蓮子の主治医、カウンセラー、担当看護師、それに刑事が勢揃いしていた。いないのは兄の達也だけだった。

三木夫妻はすっかり憔悴していた。以前に会ったときよりもかなり痩せて、げっそりと老け込んでいる。十一年ぶりに娘を取り戻した喜びはどこにもうかがえなかった。

まずは治親と二人で頭を下げた。すると、三木夫妻も表情は硬かったが一応頭を下げた。治親伯父の戦略である「一切言い訳しない謝罪」が通じているのかもしれなかった。

「本日はご足労ありがとうございます」話をはじめたのは主治医だった。「今日は、三木さんから、竹井清秀さんにお願いがあるということでお集まりいただきました」

俺を名指しでお願いとはなんだ？　清秀はちらと治親を見たが、心当たりはなさそうだった。だが、他の人たちはみな落ち着いている。三木夫妻の「お願い」の内容を知っているようだった。

三木茂夫は清秀に向き直り、すこしためらってから話しはじめた。

「今日、竹井さんに来ていただいたのはお願いがあるからです。蓮子は私たちのことをすっかり忘れています。どれだけ会って話しても思い出さないんです。昔の思い出も話しました。アルバムも見せました。でも、駄目なんです。一言も返事をしません。黙りこくったままなんです。無理に話しかけたり触れようとしたら、怯えて悲鳴を上げることもあります」

次に蓮子の母、三木優子がもうすでに涙を浮かべながら話を引き継いだ。

「それだけじゃないんです。全然食べないんです。病院の食事が駄目なのなら、あの子の好物を作ってあげようと思って……。今はホテル住まいだから、病室のキッチンで作ろうとしたら、あの子が怯えてしまって……。仕方がないから病院の調理場を借りて作って持って行ったんです。唐揚げにオムライスに卵サラダ、それに巻き寿司も……。でも、一口も手を付けませんでした。……今、あの子は点滴でしか栄養を取ってないんです」

涙混じりの声でつっかえながら話す。その後、主治医が口を開いた。

「食事を取らないというのは非常に危険な状態です。こちらとしても蓮子さんになんとしてでも食べられるようになって欲しいんです」

次にカウンセラーが話しはじめた。

「蓮子さんはマンションの一室で十一年間監禁されていました。そして、その生活を当然だと思っていました。あの部屋で竹井康則と暮らすのが幸せだと思い込まされているんです。だから、解放されて病院にいる今が、彼女にとっては監禁生活なんです」

そこで、治親が口を開いた。

「それはさぞかしご心配でしょう。蓮子さんが食べてはったのは竹井康則の料理です。『たけ井』には康則の料理を継承した板前が居ります。もしよかったら、うちから蓮子さんのご飯を差し入れさしてもらいますが」

「お願いします」三木優子が頭を下げた。「……私の料理は食べてくれないから……」

三木優子がまた泣き出した。すると、三木茂夫が軽く妻の腕を取ってそっとなだめた。そして、清秀に向き直った。

「それから、できたら蓮子と一緒に食事をして欲しいんです。そして、食べるように仕向けて欲しいんです」

「食事を一緒に、ですか。私にあの男の代わりを務めろと」

抑えきれず不快を表してしまった。治親がにらんだので慌てて頭を下げる。三木茂夫は清秀を一瞥《いちべつ》し、言葉を続けた。

「蓮子は保護されたとき、あなたにしがみついて離れなかったと聞きました。あなたには竹井康則の面影があるんでしょうね」

蓮子は部屋に入ってきた警官、救急隊員を見てパニックを起こした。そして、清秀の名を叫びながらしがみついた。誰にも引き剥がせないほどにだ。

「あのマンションで、蓮子は竹井康則と二人で食事をしていたそうです。息子のあなたなら蓮子も心を開いて食べるようになるかもしれません。お願いします」

三木茂夫の顔は苦渋に満ちていた。この決断に至るまで激しい葛藤があったことは容易に想像された。加害者の家族など憎んでも憎み足らない相手だろう。その相手に協力を依頼しなければならないのは一体どれだけ辛《つら》いことか。

それがわかっていても簡単に承諾できない。あの男の代わりを務めるなど絶対に御免だと思ってしまう。

清秀が黙っていると、治親がためらいながら口を開いた。

「こちらにできることならなんでも協力させていただきます。ですが、竹井康則の洗脳から解放しようと思うのなら、清秀は接触しない方がええんとちゃいますか」

蓮子が清秀を信用しているのは「ヤスノリの息子」だからだ。清秀が優しくするということは竹井康則の洗脳を継続させることになる。

そこで主治医がわずかに顔を歪めた。

「その通りです。蓮子さんの洗脳を解くためには、竹井康則は犯罪者で、自分はその被害者である、ということを認識させなければいけません。だから、竹井さんが竹井康則の代わりを務めて安心させる、というのは解決の先送りにしかなりません。ですが、このままでは蓮子さんは衰弱する一方です」

カウンセラーがそこで口を開いた。

「十一年間にわたる洗脳を解いて社会に復帰できるようになるには長い時間が掛かります。年単位での治療とカウンセリングが必要です。食べないままではどうしようもないんです」

「お願いします。蓮子を助けると思って協力してください」

三木夫妻が揃って頭を下げた。

どれだけ頼まれようと、どれだけ無情と罵られようとあの男の代わりなど勘弁してくれ。虫唾が走る。今すぐ断って席を立て。そう思うのに足が動かない。

清秀は途方もなく混乱していた。再びあの娘に会えるかと思うと歓喜と恐怖を同時に感じた。これは傑作を描くチャンスかもしれない。だが、描くとは対象物に没入するということだ。あの娘にどっぷりと浸って執着の沼に沈むということだ。あの男と同じになってしまう可能性がある。それだけは避けなければならない。

だが、ふっと思った。これは己があの男とは違う、あの男のようにはならない、ということを示す良い機会ではないか。そして、己の手であの男が壊した女を救えるかもしれない。それは非常に意義あることではないか。

「竹井さん、お願いします」

三木夫妻が繰り返した。清秀は返事ができず黙っていた。すると、治親がちらりとこちらを見た。その眼には穏やかだが有無を言わせぬ叱責が込められていた。混乱すら許されない。そもそも断れる立場にないのだ。承諾するしかなかった。清秀は頭を下げた。

「わかりました。できる限りのことをさせていただきます」

「ありがとうございます」

三木夫妻がまた頭を下げた。治親が慌てて言った。

「頭をお上げください。礼など結構です。こちらは取り返しのつかないことをしました。償っても償いきれないことです。せめてすこしでもご協力させてください」

その場にいるみなが安堵しながらも納得できないという表情をしていた。あくまでもこれは緊急避難であり清秀は必要悪な存在なのだ。

続いて細かい打ち合わせに入った。蓮子の両親、医療チーム、刑事らと様々な取り決めをして、清秀は何枚かの覚え書きにサインした。

すべてが終わって二人で病院を出たときにはすっかり暗くなっていた。

「清秀、食事でもどうや」

「いや、いい」

「そう言うな。今後のことで相談もあるんや。打ち合わせやと思って付き合え」

治親に連れて行かれたのは北浜《きたはま》にある会員制のフレンチレストランだった。石造りの大正《たいしょう》時代のビルを改装した店内は天井が高くて足許がやたらと寒い。店の中はクリスマスの飾り付けがされていて赤と緑と金色で埋め尽くされていた。

コースを食べるほど食欲がないのでアラカルトを頼むことにした。

「本店は最低、半年は休業する。禊《みそ》ぎ期間は必要やからな。デパートとホテルの支店はすべて一旦退店することになった。でも、向こうさんも半年も空き店舗があったら困る。そやから、うちの名前を出さへん店を作って出店する。うちで働いてくれてるのはみんな腕利きの人らや。手放すのは惜しい。働く場所を作らんとな」

　治親は運ばれてきた赤ワインをテイスティングし、結構、と言った。

「せやけどな、これは考え方によってはチャンスなんや。みんな、今までは竹井康則の味しか作らせてもらえへんかった。でも、暖簾《のれん》を変えたら自分の味で勝負できるわけや。やる気のある板前には願ってもない話やろ。それで有望な若手が出てきたら結局うちの得になる。万々歳やな」

　治親伯父がワイングラスを持ったまま、にっと笑って悪い顔を作って見せた。悪趣味な演技を楽しんでいるようだった。京都を舞台にした二時間ドラマの真犯人といったところだ。実際伯父はCMやドラマの出演経験があってそれなりに好評だった。

　だが、今はそんな演技ごっこに付き合う気力はない。さっさと話を済ませようとこちらから切り出した。

「間宮から聞いたところによると、あの男は少女買春の常習のようやな。つまり筋金入りのロリコンってやつや」

「そうやな」

　治親はつまらなそうにワインを飲み干した。

　テーブルの上には鴨肉《かもにく》とチーズ、それに野菜料理が並んだ。清秀は蓮根と牛蒡《ごぼう》を使った温野菜のサラダを食べた。ポロ葱《ねぎ》とにんじんのソースは「素材そのまま」を目指しすぎて味がほとんどなかった。

仕方なしにワインで口の中を誤魔化す。フルボディの赤は料理よりもずっとマシだった。

「俺の母親は十六であの男と結婚し、俺を産んだ。いくら三十年以上前の話やとしても早すぎひんか？」

「ま、たしかにちょっと早いな」治親が一瞬口ごもった。

「俺の母親とあの男はいとこ同士やったな。幼い頃からの知り合いっちゅうことやな」

「清秀。もうやめろ」

「伯父貴、なにか知ってるんやろ？　教えてくれ」

すると、治親はため息をついた。鬱陶しそうに眼を細めてじっと清秀を見る。

「そこまで言うなら教えてやる。本当はおまえには聞かせたなかった。墓まで持って行くつもりやった話や」

治親は綺麗な白髪をなでつけるとしばらくそのまま動かなかった。そして、また一つ大きなため息をついてから話しはじめた。

「桐子《きりこ》は父方の従妹で、康則とは八つ違いやった。康則は幼い桐子をかわいがってた。周りは仲良しいとこだと思てた。だが違《ちご》た」

ざわっと鳥肌が立った。まさか、と思った。

「周囲が気付いたのは桐子が高校に入った頃やった。体調不良で倒れ、妊娠していることがわかったんや。だが、桐子は相手の男の名を言わへんかった。男を愛してるから迷惑を掛けたない、と」

眼の前が暗くぼやけて治親の声が遠く聞こえる。清秀は声も出なかった。

「桐子が一番親しゅうしてた男は従兄の康則やった。康則を問いただすとあっさりと認めた。悪びれもしいひんかった。桐子を愛してる、と堂々と言うた。すると、桐子もうなずいた。私も康則さんのことを愛してる。なにもかも合意の上や。康則さんを責めんといて欲しい、と」

「あの男はいつから母に手を出してたんや」

「小学生の頃から、と」

「まさか……」

清秀は愕然とし、思わず手にしたナイフを落としそうになった。治親は一瞬口を閉ざしたが、すぐに話しはじめた。

「周囲は事を荒立てず康則に責任を取らせることにした。桐子は高校を中退し十六歳で結婚した。そして、生まれたのがおまえや」

清秀はナイフを握りしめたまま動けなかった。すべての感覚が遠のいて世界は縮こまり、ただ真っ暗闇の穴の底にいるような気がした。

あの男はまだ小学生だった母を穢し、傷つけ、支配下に置いた。そして、あの男を愛していると思い込まされたのだ。あの娘と同じように――。

誰も祝福しない、眉をひそめて軽蔑する交わりから俺は生まれた。薄汚い欲望と子供の悲鳴の間から生まれたのだ、俺は。

「清秀。あまり大げさに考えるんやない。たしかに桐子は若かったが当時の法律上は結婚できる年齢や。戦前ならよくある話や」

「戦前ならな」

清秀は乱暴にワインを注いで飲み干した。もったいない、と呟きながら治親がわざとらしく軽い口調で言った。

「三木蓮子のことやが、よほど康則はあの娘を大事にしてたんやな。そうでなければ、あんなに慕うはずがない。康則とあの娘にとっては幸福な日々やったんやないか。おまえが欲しい、あなたが欲しいという甘い甘い愛の生活ということや」

おまえが欲しい、あなたが欲しい、か。陳腐な美化だ。

浅田檀はあの絵の生々しさを指摘した。絵の中の蓮子は生きている、と。だが、それはみなあの男が与えたものだ。つまり、俺があの娘に見たものはあの男の置き土産、もしくは成果物ということか。

ワインが物足りなくなり勝手にウィスキーを頼んだ。それを見た治親が苦笑しながらワインをグラスの中でぐるぐる回した。

「もし、あの娘が真実を知ったなら完全に壊れてしまうかもしれんな。そうなったら、自分は八歳どころやなく赤ちゃんやから、なんて言い出すかもしれんな」

治親の言葉はまるで冗談でも言っているように聞こえた。清秀が思わずにらみつけるとわずかに肩をすくめた。

これは伯父の癖だ。ときどき人を苛立たせることを平気で言う。すべての物事を他人事として捉えるという悪癖だ。客観的と言えば聞こえはいいが要するに高みの見物だ。

むっとして黙っていると伯父のほうから謝ってきた。

「気を悪くしたならすまんな。何事もつい小説の題材として眺める癖がついてるんや」

「あの男は伯父貴のことを、狢、と言うてたそうやな」

「ずいぶんな言いようや」治親は苦笑すると、再び肩をすくめてため息をついた。「康則はだれも信用しいひんかった。周囲の人間すべてを試し、合格できひんかった人間は容赦なく切り捨てた。その上、たとえ合格したとしても再び試す。その繰り返しやった」

治親の言うとおりだった。清秀も切り捨てられた。

――吐き気がする。

あのときの怒りは忘れられない。そして、毎晩毎晩、あの男を殺す夢を見るようになった。

「僕なんか弟に見限られたんや。自分の兄には才能がない。そんな人間に気遣いは無用や、となぁ。僕は康則を見ていて思った。人でなしになれる、というのも一つの才能や。康則にはその才能があった」

人でなしの才能か、と清秀は心の中で吐き捨てた。

竹井康則が父らしいことをしたことは一度もなく、親としての情愛を示したこともない。だが、誰もそのことに疑問を持たなかった。竹井康則は天才料理人であるからだ。天才とは常人とは異なる人間のことだ。つまり、異常者と言うことだ。家庭内でどれだけ竹井康則が横暴で傲慢で理不尽だったとしても、それは天才の証明でしかなかった。

ただの暴君であれば、まだ堪えられた。だが、清秀の心を削ったのは父が向けてくる剝《む》き出しの憎しみだった。父は静かだった。その圧倒的な静けさはすべて清秀に対する悪意で満たされていた。彼の作る料理と同じで混じりけのない純粋で完璧な憎悪だ。呼吸ができないほど重く濃密で光すら吸収してしまうほど暗く深い。

清秀は幼い頃からずっと感じていた。父は自分を憎んでいる。それは自分が父の期待に応えられないからでもなく父の命令に従わないからでもない。ただ憎んでいるのだ。自分がこの世に存在することそのものを厭悪《えんお》しているのだ、と。

あの男を殺さねば生きていけない。そう思った。だから、毎晩父を殺す夢を見た。

清秀は黙ってウィスキーを飲んだ。溶けかけた氷の表面はぬるりと柔らかくグラスの底では酒が帯のように揺れていた。バランタインは今の心にはまろやかすぎた。今、必要なのはこんな洗練された酒ではない。もっと粗雑で荒々しい、喉と胃を焼く火のような酒が飲みたい。

「伯父貴。十一年前、夏梅《なつめ》が死んだときのこと、憶《おぼ》えてるか」

すると、治親はさっと眉を寄せた。

「ああ、もちろん。傷ましいことやった」

「あのとき、あの男がどんな反応をしたのか知らんか」

「康則は無関心のようやった。彼女の死を伝えたら、そうか、と言うただけや。でも、今頃それがどうしたんや」

「俺と夏梅は生まれてくる子供に蓮子と名を付けるつもりやった。あの男はそれを知っていた」

「蓮子？　ほんまか」

治親が驚き、まじまじと清秀の顔を見た。

「ああ」

「ほな、おまえの子供と同じ名前やったから康則はあの子を選んだ、と？」

治親が顔を歪めた。それからうんざりしたように軽く頭を左右に振った。

「なるほど、生まれてくる娘はおまえにとって一番大切な女になる。だから、おまえから奪い、傷つけたかったたということか」

「あの男はなんでそこまで俺を憎んだんや」

「さあな」

ほんの一瞬返答に間があった。嘘をついている、と確信した。

「伯父貴、今さら隠しごとはやめてくれ。俺はなにを聞かされても平気や」

「知るか。異常者の考えなんて僕にわかるわけないやろ」

「伯父貴は作家やろ。人間心理を洞察して書くのが商売とちゃうんか」

「阿呆《あほ》らしい。作家やから言うんや。他人の心の内なんてわかるわけがあらへん。心の闇を探るなんて噴飯もんや。小説家はそれをわかったように描いて読み手を騙《だま》すだけや」

清秀はざらりとした不快を感じた。騙す、というのが治親の自己韜晦《とうかい》であったにせよ、それは決して口に出してはならない言葉だ。安易に使えばあっという間に自分を汚染する。あの「櫻図」を見ろ。久蔵は人を騙すつもりで描いたのか。まさか。あり得ない。本物の絵は見る者への忖度《そんたく》など無視して成立する。あれは櫻だ。誰がなんと言おうと圧倒的に咲いているのだから。

「頼む。伯父貴。教えてくれ」

清秀が食い下がると、治親が眉を寄せ勘弁してくれ、という表情を作った。それから、痛ましそうにため息をついた。

「桐子はおまえを産んだ後に精神が不安定になった。康則からすればおまえが桐子を壊したんや」

「……俺のせいで自殺したんか」

清秀は掠《かす》れた声を絞った。今まではあの男のせいだと思っていた。あの男が母に酷《ひど》いことをしたのだろう、と。

「おまえのせいやあらへん。昔は知られてへんかっただけで、よくある産後うつ、育児ノイローゼや。それに気付いてやれんかった周りに問題がある」

では、俺が母を壊したというのか。瞬間、ひどく胸が痛んで咳《せき》が出た。慌ててナプキンを口に当て身を折り曲げた。

ようやく咳が治まって顔を上げると、治親が哀れみを湛《たた》えた眼で見ていた。

「清秀。もう考えたらあかん。なにもかも今さらどうしようもないことなんや。おまえ自身で折り合いを付けるしかないことや」

はじめて会ったときの蓮子が頭に浮かんだ。なにも身につけずただ呆然とベッドに腰掛けていた。その顔が、遠い記憶の中のぼんやりとしか思い出せない母に変わった。

母を壊したのは俺か。俺が生まれたせいで母は壊れたのか。

では、一体俺はどうすればよかったのだろう。答えは簡単。一つしかない。生まれてこなければよかったのだ。

「清秀。もうやめるんや。康則のことなんか考えてもしゃあない。あれは常人に理解できるような人間やない。ある種の災厄や。わざわざ近づいていくのは愚か者のすることや」

愚か者か。伯父の言うことは正論だ。だから、あの男と絶縁していた。なのに、また勝手に災厄のほうから近づいてきた。もしかしたら、災厄は外ではなく己の中にあるのかもしれない。

黙っていると、治親がわずかに苛立った表情を浮かべ立ち上がった。

「清秀。もう済んだことや。考えても仕方のないことは腐るほどある。康則もそのうちの一つっちゅうことや」

伯父なりの精一杯の慰めだった。感謝することはできたが納得することはできなかった。

＊

「カーテンを開けてええか」

キヨヒデが言った。蛍光灯の灯りでは飯が不味《まず》く見える、と。あの部屋でカーテンを開けるのはヤスノリの役目だった。ここではキヨヒデなのか。

「スッポンスープを持ってきた」

低い静かな声だ。ヤスノリによく似ている。冷たそうに聞こえるときもあるがとても気持ちがいい。他の人の声のように痛くない。

テーブルの上には黒い漆塗りのお重とおそろいの銘々皿、それにスープ皿が置いてある。二人分だ。スープ皿は紺と金の縁取りがあり、きらきら澄んだ金色のスープが揺れていた。

いただきます、と言ってキヨヒデがスープを飲んだ。スプーンを持つ手を見てはっとした。長い指と短い爪はヤスノリによく似ていた。

ヤスノリの指は浅黒くてひょろひょろした牛蒡のようだったが、キヨヒデの指はやっぱり長いが黒くはない。ヤスノリよりずっと白い。そして、爪はものすごく短い。深爪だった。

一口スープを飲んだ。甘くて濃くて厚みのある香りが口から鼻へ抜けていく。曖昧なところはすこしもなくて、よく切れる包丁で面取りした野菜のような正しさがある。

「美味しいか」

夢中で飲んでいるとキヨヒデが訊ねた。黙ってうなずくと、キヨヒデがすこし笑ったように見えた。

さらさら澄んでいるのにまるでスープ皿の底が見えないくらい深い。このまま溺れてしまいそうだった。

＊

ストックホルム症候群というものがある。

一九七三年にストックホルムで銀行立てこもり事件が発生した。その際、被監禁者が監禁者に対して親密な感情を抱くようになった。それは事件が解決して被監禁者が解放されてからも続いた。ＰＴＳＤの一種とされている。

被監禁者と監禁者の間の特別な感情のやりとりは決して異常なことではない。極限状態においては生き延びるための合理的な選択であり、生存本能によるものだからだ。ただ、監禁者が暴力を振るい被監禁者を抑圧した場合などは、この精神状況は起こらないとされている。

蓮子の場合もこのストックホルム症候群に適合すると思われた。

だからといって、竹井康則が蓮子に暴行を加えない優しい監禁者であったということにはならない。康則がどうやって蓮子を洗脳したのかはまだわからない。だが、それがどれほど過酷なものであったかは、蓮子の時間が十一年前で止まったことが証明している。

診察の結果、知能の発達に遅れはなく、十一年間の監禁生活における認知の歪みだという。いつ解放されるかもわからず、このまま一生監禁されるかもしれないという恐怖と絶望は想像を絶するものだった。その恐怖と絶望から逃れるため、失われていく時間に見ないふりをしたのかもしれなかった。

認知の歪みは恐ろしい。最もわかりやすい例は拒食症だ。拒食症の患者はたとえ自分が二十キロ台の骨と皮だけの身体になったとしても、鏡を見て「まだまだ自分は太っている。痩せなければ」と思う。

蓮子は鏡を見ても自分が子供にしか見えない。蓮子の眼には「八歳のままの自分」

が映っているのだ。だが、それは蓮子が誤っているのではない。生き延びるために、自分は八歳であるということを選択しただけだ。蓮子に自身の認知が歪んでいることに気付かせるためには、自分が被害者であるということを認識させなければならなかった。

病室には蓮子のかつての私物がたくさん置かれている。思い出す手がかりになればと、と三木夫妻が持ち込んだものだ。井戸から見つかったピンク色のランドセル、教科書、ノート、絵本、子供時代のアルバム、玩具などなどだ。だが、蓮子は一切興味を示さなかった。

食事が終わって清秀が病室を出ると、廊下で三木夫婦が緊張した面持ちで待ち構えていた。清秀は軽く一礼した。

蓮子との食事会にはいくつかの取り決めがあった。モニターでの監視、録画録音、それにドアを開けたままにすること、そしてミーティングだ。

面談室に入ると医師、看護師、カウンセラー、刑事が揃っていた。すでにモニターで確認済みだろうが、蓮子がスープを飲み重箱の料理にもすこし手を付けたことを報告した。

三木夫妻は涙を浮かべ何度も頭を下げた。二人とも心から安堵しているようだった。

その日から、清秀は病室に日参することになった。すこしずつ蓮子の食事の量は増えていった。

蓮子の舌はたしかだった。すべて「たけ井」の料理人が作った弁当だったが、出来の悪い料理があると戸惑った顔をした。清秀が食べて確かめると、ほんのわずか締まりがなくてぼやけた味になっていたり、その逆に強すぎてバランスの悪い味付けになっている。清秀は心の中で感服し、それから遣り場のない不快と怒りを覚えた。

要するに、蓮子は恐ろしいほど鋭敏な舌の持ち主へと躾《しつ》けられたのだ。あの男は十一年掛けて思い通りの娘を育てたということだ。

清秀との食事会が軌道に乗り、蓮子はずいぶん食べられるようになった。そろそろ次の段階へ進めてみよう、という医師の判断で三木夫婦も同席することにした。「たけ井」の弁当を四人分病室に運び、清秀、蓮子、三木夫妻の四人で食事をするようにした。だが、そうすると蓮子は一口も食べなかった。

実の娘に拒否された三木夫婦のショックは大きかった。

「死んでもなお娘を支配するあの男が憎い。殺せるものなら殺してやりたい……」

三木優子が吐き捨てるように言った。それを聞いた刑事は顔をしかめたが咎めはしなかった。

「竹井さん、あなたはよほど父親に似ているんでしょうね。蓮子がこれほど信頼するくらいだから」

三木茂夫の言葉に清秀は黙って頭を下げることしかできなかった。

食事会を繰り返すうち、清秀と二人だけのときには蓮子はぽつりぽつりと話をするようになった。

これまで緘黙《かんもく》を続けてきた人間が話すようになればそれは回復だろう。だが、蓮子の場合は違う。依存先を「ヤスノリ」から「キヨヒデ」に変えただけだ。

「この子はロンコ。ヤスノリが買うてきてくれはった」

ロンコは真っ白なウサギのぬいぐるみで首に赤いリボンを巻いている。あの夜も抱きしめていた。蓮子のお気に入りらしい。

「名前はあたしがつけてん。蓮子の妹みたいなもんやからロンコ、って」

蓮子はすこし得意そうな顔をしてロンコの長い耳を折り曲げたり伸ばしたりした。

清秀はなんとか笑おうとした。だが無理だった。

「あたしの本当のお父さんとお母さんは死なはってん。それで、別のお父さんとお母さんに育てられたんやけど、悪い人やってんて。あたしがええ子やなかったからって、いじめたり殴ったりして、あたし、そのショックで記憶喪失になってん。でもね、ヤスノリが助け出してくれはった」

清秀は呆然と蓮子を見つめていた。こんなにも蓮子が話したのはこれがはじめてだった。三木夫妻は廊下で待機している。この会話もモニターで聞いたはずだ。夫妻がどれだけ絶望したかは容易に想像できた。

「ヤスノリは優しくしてくれはった。ええ子やなくても大好きや、って。でもね、あたしは思ってん。ヤスノリのためにええ子になろう、って」

「そうか」

清秀は蓮子の顔を見ずに返事をした。たったこれだけの相槌を打つだけでも辛かった。これがあの男の十一年にわたる非道の結果だ。あの男は偽りを刷り込み、蓮子は疑いなく信じている。それだけではない。あの男を慕い完全に依存している。完璧な洗脳だ。

もし、今、ここで俺が本当のことをぶちまけたらどうなるだろう。

――蓮子、君は犯罪被害者や。竹井康則に監禁されて偽の記憶を刷り込まれた。君は八歳のつもりやが本当は十九歳や。君は洗脳されてあの男の非道を愛だと信じ込まされている。

だが、そんなことが言えるはずもない。蓮子は眼の前であの男が死ぬところを見たはずだが全く憶えていない。思い出すことを拒否している。それは身勝手な理由ではない。自分を守るためには必要なことだからだ。だから、誰も「ヤスノリが死んだこと」を告げられない。医師もカウンセラーも現段階では危険が大きすぎると判断している。

洗脳を解くためには真実を知らさねばならない。だが、その真実を知ればもっと大きな人格の崩壊を招くかもしれない。ジレンマだ。

ふいに激しい痛みが来た。清秀は慌てて痛み止めを飲んだ。そして、思い出した。そうだ、俺はもうすぐ死ぬのだった、と。

「君はヤスノリがいいひんときは一人で食事をしてたんやろ？」

「うん」

「なら、ここで一人でも食べるんや。多少口に合わへんでも我慢して食べるんや」

「我慢して食べたら、あたし、ええ子？」

「ああ」

「わかった。食べる」

蓮子は嬉しそうに笑った。暗澹《あんたん》たる思いがした。

その日の食事会の後のミーティングは悲惨だった。竹井康則がついた嘘が明らかになり三木夫妻は怒りと悲嘆に荒れ狂った。

清秀は痛みをこらえながらうなだれていた。途中から咳が止まらなくなって席を外した。廊下に出るともう気が遠くなりそうだった。

もし、妻と子が生きていたら、と思った。生まれてきた娘が八歳で誘拐されて監禁され異常者の玩具にされて、なおかつそれを愛だと思い込まされたら？

平静でいられるわけがない。法がどうあろうとその異常者を殺していただろう。そして、決して後悔しなかっただろう。

＊

ヤスノリの料理はみんな美味しくて綺麗だった。

金色のお皿に金色のスッポンスープが輝いている。皮に焦げ目が付いた鶏肉《とりにく》は口に入れるとパリパリ音がする。すりつぶした胡桃《くるみ》で和《あ》えた焼きイチジクは微《かす》かに山椒の香りがする。

トマトが丸ごと一個入った味噌汁もある。お椀《わん》の蓋を開けた瞬間、思わず声を上げてしまった。黒漆の椀にトマトの黄みがかった赤が映っている。箸でトマトを割ると、中から鶏の挽肉《ひきにく》、細かく刻んだタケノコとセロリが出てきた。

――蓮子。これはおまえに食べさせるためだけの料理や。

――すごく美味しい。

全部食べるとヤスノリは誉めてくれた。ええ子や、と。嬉しくて嬉しくて涙が出そうになった。

＊

清秀は毎日病院で蓮子と昼食を取るのが日課となった。一日でも休むと蓮子は不安がり、落ち着かなくなったり熱まで出したからだ。

当初、食事会後は必ず警察と医療チームでミーティングを行っていたが、毎日は無理なので週に二回になった。無論、カメラでの監視と録画録音は続いている。三木夫妻も必ず廊下で待機していた。

ある日のミーティングで年長の女性刑事からこんな提案が来た。

「蓮子さんは竹井さんとなら問題なく食べられますし、ずいぶん話もできるようになってきました。ですので、これからはすこしずつ竹井さんが会話をコントロールしてもらえませんか。竹井康則の死亡の経緯についてはもちろんのこと、監禁中に何があったか、第三者の関与はないのか、など訊きだしていただけますか」

「彼女を尋問しろと？」

不快が顔に出たらしい。刑事がじろりと落ち着き払った眼で見た。ショートカットの髪が伸びて不揃いだ。日に日に表情が険しくなっていくのがわかる。

「すこし踏み込んだ雑談をお願いしているだけです。取り調べめいたことをするのに抵抗があるのはわかりますが、彼女と話ができるのは竹井さんだけなんです」

そこで、カウンセラーが口を開いた。まだ若い女性だ。蓮子と年の近い人間を選んだと聞いた。

「自分の置かれていた状況を客観視することは回復の手助けになると思います」

「わかりました。上手くできるかどうかわかりませんが、やってみます」

「お願いします」三木夫妻が頭を下げた。

翌日、「たけ井」の用意した食事を持って病室に向かうと、廊下には三木夫妻といつものカウンセラー、それに男が一人待っていた。清秀をにらみつけてくる。久しぶりに会う三木達也だ。清秀は頭を下げたが、三木達也は無視した。これだけで胃がきりきりと痛む気がした。

病室に入ると蓮子が笑顔で迎えてくれた。

「今日もスッポンスープ？」

「いやか」

「いやちゃうけど……ちょっと飽きてきた」

「明日は別のものにする」

特別室なので簡単なキッチンがある。清秀はスープの缶を開けて小鍋に移して温めた。「たけ井」特製のスッポンスープ缶だ。一番の人気商品で桐箱に入った贈答用まであるくらいだ。

「あたしね、ヤスノリに言うたことがあんねん。――ほんまにお料理が上手やね。コックさんにならはったらええのに、って。そしたら、ヤスノリはなんて言わはったと思う？　私は蓮子のために作るのが好きなんや、って」

ときどき蓮子は突然饒舌《じょうぜつ》になる。その声からは幸福が溢れていた。だが、それは失われた、しかも間違った幸福だ。それでも、相槌を打たなければならない。わかっているのに声が出ない。

蓮子は関東で生まれ育ったはずだが完全に言葉が変わっていた。監禁されていた十一年の間、蓮子が言葉を交わしたのは竹井康則ただ一人だけだ。康則が使う京都弁に馴染んだのも仕方のないことだった。

スープがふつふつと泡立ちはじめたので皿に移した。今日は耐熱ガラスのスープボウルだ。きらきらして綺麗、と歓声を上げながら蓮子は早速スプーンを手に取った。

「ねえ、キヨヒデとヤスノリって似てはるねえ」

思わず蓮子を見る。熱いスープのせいか頬が紅潮していたが大真面目な表情だった。

「二人とも痩せてるとことか、あとは声とか。すこし低くて、冷たくて、でも気持ちがよくて落ち着く感じ」

ざわざわと総毛立つような気がする。あの男に似ていると言われるなど不快以外の何物でもない。

「それからね……」蓮子がじっと清秀を見つめた。しばらく眉を寄せて考え込んでいたが、やがてぱっと笑った。「手が似てはる。最初見たときに思た。ヤスノリもキヨヒデも指が長くて爪が短い。でも、ヤスノリよりキヨヒデのほうが爪が短い。それ、深爪やね」

くすくすと蓮子が笑った。無防備な笑顔だった。蓮子が竹井康則と康則の息子である清秀に寄せる無条件の信頼は十一年間の残酷の証拠だ。不憫《ふびん》と思いつつも、おぞましいと感じてしまう。

「でもね、ヤスノリとキヨヒデは匂いがちゃうわ。キヨヒデは煙草の匂いがする。でも、ヤスノリは丁字の匂い」

清秀はいたたまれなくなった。男の体臭を当たり前のように比較する「八歳の少女」をどうすればいい。ニコニコ笑って話し相手をしろとでも？　そうか、蓮子は鼻がええんやな、とでも言えばいいのか。黙っていると、蓮子が小声で言った。

「……ごめんなさい。スッポンスープ、飽きたなんて言うてごめんなさい」

蓮子がすがるような眼で清秀を見た。それは傷ましいほど切実な衝動の表れだった。

「いや」

「よかった」

蓮子が胸の前で手を合わせ祈るような仕草をしながらほっとしたように笑った。演技などではなく心から安堵しているように見えた。

蓮子は自分が「男」の顔色をうかがっていることに気付かない。愛情に見せかけた依存と支配に囚われたままだ。あの娘にとって清秀は「ヤスノリ」の代わりだ。蓮子は新たな支配者を求めている。

食べ終わると蓮子はベッドに腰掛けてぬいぐるみで遊びはじめた。ウサギのロンコに話しかけながら抱きしめたりキスしたりしている。やがてそれにも飽きたのか退屈そうに首を反らした。

ふと、顎から首、鎖骨に繋がる線に鳥肌が立った。なんという肌の質感だ。今にも破れそうなほど薄く見えてねっとりした厚みがある。思わず頭の中でスケッチをはじめてしまい慌てて想像上の鉛筆を投げ捨てた。

ふいに蓮子が口を開いた。

「ねえ、キヨヒデって青備前に似てはるね。うまいこと言えへんけど、なんか涼しくて、怖いような、嵐みたいな……」

青備前。あの男の好きだった器だ。黙っていると、蓮子がきょとんとしたような顔で見た。だが、この不快を説明することなどできない。

「ねえ、ヤスノリはなんで会いにきてくれはらへんの？」

「さあな」

「ねえ、もしかしたらヤスノリが心配してはるかも。やっぱり、あたし、帰らんと」

蓮子がベッドを降りようとしたので、清秀は慌てて制した。

「なんで？　あたし、もう怪我は治ったし、ヤスノリのところに帰る」

「無理や。もうあの部屋にいいひん」

「じゃあ、ヤスノリはどこ？」

「……それは知らん」

「ヤスノリがあたしを置いていくわけあらへん」

蓮子が叫ぶように言い返した。枕元のロンコを慌てて抱きしめる。そして、震える声で続けた。

「ヤスノリはずっとずっとあたしを守る、って言わはった。そやから、絶対に帰ってきはる……」

清秀は言葉を失い立ち尽くしていた。いつまで嘘をつき続ければいいのだろう。蓮子はなにも憶えていない。自分がヤスノリに監禁されていたことも、もうヤスノリがこの世にいないことも、自分がヤスノリを殺したかもしれないこともだ。

「ヤスノリに会いたい……」

蓮子が枕に顔を埋《うず》めて泣きはじめた。すると、モニターで蓮子の興奮を見たカウンセラーと三木夫妻が病室に入ってきた。驚いた蓮子が弾かれたように顔を上げた。怯えた表情でみなを見つめている。

「蓮子に一体なにをしたんですか？」

「いえ。なにも」

慌てて否定したが、夫妻は納得しなかった。

「カメラに映らないところでこっそりなにかしたのでは？　蓮子がこんなに興奮するなんて」

三木優子が青い顔で詰問した。三木茂夫は黙っているが明らかに困惑していた。夫妻の後ろには三木達也がいた。

「親父《おやじ》、欺《だま》されるな。そいつはあいつの息子だ。おまけに変態の死体画家だ」

「やめろ、達也」

三木茂夫がたしなめた。だが、三木達也は言葉を続けた。

「前から思ってた。加害者の息子に妹を任せるなんて絶対に間違ってる。時間は掛か

って も俺たち家族の手で蓮子の記憶を取り戻すんだ。……前から試そうと思ってたことがあるんだ」三木達也は病室に置いてあったピンクのランドセルを手に取った。「蓮子。おまえのランドセルだ。ほら、背負ってみろよ。さらわれた日のことを思い出すかも知れないぞ」

「三木さん、ダメです」

カウンセラーが慌てて達也を制止したが、達也は無視して蓮子に近づいた。蓮子はベッドの上で後退った。

三木家のすることに自分が口を出してはいけない。そう思いながらも清秀は言わずにはおれなかった。

「蓮子さんは嫌がってます。やめたほうがええのでは」

「うるさい。あんたはなにを言う資格もない。あんたはあいつの同類だ」達也が怒鳴った。

「でも、乱暴すぎる……」

「黙れ。あんたは口を出すな。誘拐された時間まで引き戻して蓮子に思い出させるんだ」

清秀は振り返って三木夫妻に助けを求めた。だが、夫妻は二人とも動かなかった。

「……いや、達也の言うとおりだ。試す価値はある」

三木夫妻は清秀には眼を向けず、じっと蓮子を見つめている。二人とも顔に血の気がなかった。

「三木さん、そんなやり方はいけません。蓮子さんが怯えてしまいます」

カウンセラーが懸命に達也を止めようとするが、逆に言い返された。

「じゃあ、あんたも静かにしてろよ。患者の前で争っていいのかよ」

カウンセラーがひるんだ隙に、達也は蓮子にランドセルを背負わせようとした。

「蓮子。いい子にしてろよ」

瞬間、蓮子の顔から表情が消えた。抵抗せず達也にされるがままになっていた。

清秀は飛びかかって二人を引き剝がしたい衝動を懸命に抑えた。俺は加害者側の人間だ。口を出す資格はない。

「さすがに小さいか。身体は大人だもんな」

達也が満足そうに呟いた。三木夫妻は興奮と戸惑いを浮かべながら蓮子の反応を見守っている。その眼には明らかな期待があった。

「なあ、蓮子、思い出してくれよ。俺と二人で蓮華《れんげ》畑で遊んだだろ?」達也が大きな口を開けて笑いかけた。「みんな、蓮子がいなくなって大変だったんだ。お父さんは仕事を辞めちゃうし、お母さんは泣いてばかりだし、お兄ちゃんは学校でいじめられたんだ」

達也はもう笑っていない。蓮子にスマホを向けた。

「ほら、蓮子。嬉しいだろ？　笑ってごらん」

蓮子は両腕をだらりと垂らして虚《うつ》ろな表情のままだ。達也が怒った声で言った。

「笑えよ。ちゃんとスマホのほうを向いて笑うんだ」

「もういい、達也、やり過ぎだ」三木茂夫が達也を叱った。「スマホを下ろせ」

だが、三木達也はかまわず蓮子の腕をつかんで正面を向かせようとした。蓮子は遣い手を失った文楽人形のようにぐにゃりと折れ曲がった。長い髪がばさりと前に落ちて顔に掛かる。

「やめろ、やめるんや」

堪えきれずに清秀は怒鳴った。瞬間、蓮子がびくりと跳ね上がり顔を上げた。清秀と眼が合う。その眼が赤く光った。清秀は思わず息を呑んだ。

「……ヒデ」

蓮子が身体をねじって清秀に向かって手を伸ばした。

「キヨヒデ」

凄まじい声だった。

言葉なのか、それともただの悲鳴なのか、もしかしたら獣の声か。それも、今まさに手の中で押し潰されようとする小鳥の声か。蓮子がすがるような眼で清秀を見ている。

「キヨヒデ、助けて」

一瞬で身体が凍り付いた。なのに、全身の血がぼこぼこと音を立てて沸いた。零下で沸騰しているのだ。自分でも理解のできない衝動が湧き起こって眼が眩んだ。

蓮子は無力なのに高圧的だった。助けを求めながらも命令していた。おまえはあたしを助けなければいけない、と。

「助けて、キヨヒデ」

蓮子の眼が遠い山並みの上を走る稲光のように光った。清秀は愕然として身体が動かなかった。ハレーションを起こしたように眼の前が真っ白になった。光ではない光、明るさではない明るさが世界を満たしていく。

三木夫妻が驚愕《きょうがく》の表情で清秀と蓮子を見比べた。その眼に嫌悪が浮かぶとみるみる膨れ上がった。

そこへ年配の看護師が様子を見に飛び込んできた。ランドセルを背負った蓮子を見て絶句したが、すぐに落ち着いて言った。

「全員病室から出てください」

呆然と立ち尽くしている清秀にもう一度言った。

「竹井さん、早く出て。ご両親もすみませんが」

我に返って病室を出た。足が震えていた。今、己の身と心に起こった衝撃はなんだろう。一体、あの娘になにを感じたのだろう。喉がからからだ。息ができない。やはり俺はあの男と同類なのか。いや、違う。そんなことがあるわけない。だが、恐ろしくてたまらない。俺はあの男と同じ外道に堕ちようとしているのか。

最後に出てきたのは三木夫妻だった。なにか言おうとするのを遮り、清秀は早口で言った。

「申し訳ありませんが、食事会はもう遠慮させてください」

「竹井さん、それは困ります……」

三木茂夫がなにか続きを言おうとした。だが、混乱しているのかそこで口ごもってしまった。清秀は返事を待たず一方的に告げた。

「やはり俺にはできません。それでは」

背を向け足早に廊下を歩き出す。こうするしかなかったのだ、と言い聞かせた。

＊

ソファに腰掛けるとヤスノリは髪を撫でてくれる。

――蓮子、ええ子や。私がこの世で一番大切なものは蓮子、おまえや。

蓮子は全身の力を抜いてヤスノリの指に身体を預けた。そのまま力を抜いてじっとしていた。静かだ。互いの心臓の音すら聞こえない。もしかしたら止まっているのかもしれない。

——ええ子や、蓮子は。

やがて、ヤスノリは立ち上がってオーディオのスイッチを入れる。流れてくるのは「ジュ・トゥ・ヴ」だ。

心臓が動き出した。蓮子は鼻歌で合わせた。まるでピンクの雲の中を漂っているような気がする。いつ聴いても美しい曲だった。

＊

翌朝、浅田檀に頼まれていた蓮の絵を仕上げた。署名をして落款《らっかん》を押したところに古いジャガーのエンジン音が聞こえた。

印肉を片付けて煙草に火を点けると、玄関の引き戸が乱暴に開けられて閉まる音が聞こえた。続いて廊下を足音荒く踏みならす音が近づいてくる。いつも行儀の良い男がどうしたのだろう。清秀は煙草をくわえたまま画室の入口に眼を遣った。現れた治親の顔は厳しかった。真っ直ぐ清秀に歩み寄るといきなり胸ぐらを摑んだ。

「おまえ、あの娘との食事を一方的に断ったそうやな。三木さんはえらい腹を立ててはる。一体なにを考えてるんや」

低い声で言うと乱暴に突き放した。清秀は呆気《あつけ》にとられ畳の上から伯父を見上げた。この手の下品な振る舞いは伯父の一番嫌うところだったはずだ。

「こっちは断れる立場違《ちゃ》うんや。向こうの言うことに従うしかあらへん。僕のこれまでの努力を無駄にする気か」

治親が怒気を露わにして清秀をにらみつけていた。怒りと軽蔑の入り交じった冷ややかな眼だ。

「俺にあの娘のお守りは無理や」

ほとんど喫っていない煙草をもみ消し吐き捨てるように言った。

「お守り？　なに偉そうなことを言うてるんや。僕らは加害者の家族や。被害者に償う責任がある。あの娘を回復させる義務があるんや」

清秀はなにも言えなかった。治親は鉛のような眼で清秀を睨《ね》めつけている。

「おまけに、長男の達也が暴走して三木家の中で揉めてはるそうや。おまえのせいで家庭争議勃発や」

「あの男が悪い」

思わず言い返すと、治親伯父がうっとうしそうに眉を寄せた。

「たとえ向こうが悪うてもこっちが頭を下げるんや」

「でも、無理なもんは無理や。俺はあの娘の相手は二度と御免や」

「阿呆。おまえはあの男の息子や。逃げたらあかん」

「逃げてるつもりはない」

「逃げてるのと同じや。おまえは康則の実の息子や。同じ血が流れてる。たとえ絶縁しようともそれは変わらへんのや」

よう考えろ、と言い捨て伯父は帰っていった。

清秀は画机の前で長い間じっとしていた。以前伯父はこう言った。折り合いを付けるしかない、と。だが、できそうもない。それに、もうそんな時間もない。

完成したばかりの蓮の花の絵を見下ろす。良い出来だ。だが、決して傑作ではない。俺の遺すべき絵はこんなものではない。早く傑作を描かねば。早く最期の一枚を描かねば。焦燥感に叫び出しそうになる。

――この女の子は生きてる。この子を描かはったらきっと凄い一枚ができる。

浅田檀の声が頭の中に響いた。

清秀は新しい煙草をくわえた。あまり乱暴に火を点けたので先端が数センチ焦げた。そして、真っ白な腐れ胡粉の蓮を見ながら己に言い聞かせた。諦めろ、と。

その夜、間宮亜紀から連絡があった。二人だけで話したいことがある、と。

翌日、清秀はパジェロで大山崎の自宅を出た。叡電の元田中にある間宮の家に着いたのは午後一時を過ぎた頃だった。

以前、治親伯父と間宮の弔問に来た。あれからひと月も経っていないのに遠い昔のような気がする。仏壇のある和室に通されたが、前に弔問に来たときよりも明らかに物が少なくなっていた。

まずは間宮の仏壇に手を合わせた。

間宮亜紀が熱い茶を運んで来た。清秀の前に置いてそれきりなにも言わない。世間話でもするべきか。清秀は逡巡した。

最初に口を開いたのは間宮亜紀だった。

「父の実家が亀岡《かめおか》の山奥にあります。古い農家で、だれも住まへんようになって大分経ちます。生前、父は手入れに通てて、私も子供を連れてときどき遊びに行きました」

なんのことか、と思ったがとりあえず黙って話を聞くことにした。習慣でポケットの煙草に手を伸ばしかけ、他人の家だと思い出して止めた。

「この前、父の遺品の整理をしに行ったんですが、箪笥《たんす》の奥から小さな貴重品入れが見つかりました。中を開けると、見たことのない通帳が三冊ありました。十一年前から、毎月五十万ずつ入金されてました」

亜紀が通帳を差し出した。清秀は受け取って中を確認してみた。

三冊の合計は一年で六百万、十一年で六千六百万。結構な金額だ。振り込みではなく直接現金を入金している。

「これは父への口止め料として、竹井さんが払てはったとちゃいますか」

「なぜ俺が？」

「あの事件、本当はなにもかも竹井さんが仕組んだんとちゃいますか。父の実家に出入りしてはったんでしょう？　父を脅してたんは竹井さんやないんですか」

「違います」

「庭の焼却炉から見つかりました。あなたが出入りしてはった証拠です」

間宮亜紀が茶封筒を取りだし清秀に押しやった。封筒を開けると中には焦げた紙片が入っていて、その一部に鮮やかな赤が見えた。清秀は紙片をよく見た。鳥の子紙《とりこがみ》に鮮やかな紅色で描かれているのは蓮の花だ。間違いなく自分の絵だった。一瞬で血の気が引いた。

「これは竹井さんの絵ですよね」

数年前に描いた蓮だ。輪郭線を強調し金泥《きんでい》を大胆に使った作品は下品な風呂敷《ふろしき》絵と揶揄する者もいたが、一方では評価する者もいた。画廊に置くとすぐに売れたと聞いている。

「描き損じを燃やしたということは、あの家で絵を描いてはったということやないですか」

「描き損じとちゃう。これは本物です」

「本物？　ほな、なんで燃やさはったんですか」

「俺は燃やしてません。……誰かが燃やしたんです」

はっと間宮亜紀が清秀の顔を見た。そして、恐る恐る言った。

「じゃあ、父が勝手に燃やしたんですか」

「いや、あの男が命じたんでしょう」

「……竹井康則が？　まさか……」

間宮亜紀は絶句し、またちらりと清秀の顔を見た。そして、慌てて眼を逸らした。

清秀は焼け焦げた絵を見つめたまま、じっとしていた。動悸《どうき》がする。手足が冷たい。耳鳴りがしている。恐ろしい予感がしている。だが、確かめなければならない。

「燃え残りはこれだけですか？　他には？」声が震えているのが自分でもわかった。

「燃え残りのゴミはそれだけです。でも、父は実家の掃除をした後、いつもゴミを庭先でドラム缶に入れて燃やしてたんです。手伝おうとすると断られました。今から思たら、父の顔は険しくてどこか不自然に怯えてた……」

間宮亜紀の顔は青ざめていた。清秀の顔をうかがいながら話しているのがわかった。

「いつから？」

「私が高校の頃からやと……たぶん、あの入金の頃から」

やはりか。耳鳴りが消えてすうっと頭の中が晴れたような気がした。そうか、あの男は絶縁したくらいで俺を憎むのを止めなかったというわけだ。当たり前ではないか。あの男は徹底的にやるだろう。

浅田檀はこう言っていた。

――なんでか知らんけど竹井さんの絵は置いたらすぐ売れんねん。物好きがいはるみたいやから。

そう、とんだ物好きがいたものだ。あの男は間宮に命じ、俺の絵をすべて買い集めて焼かせたのだ。

清秀は燃え残りの絵をもう一度見つめた。周囲の音が完全に消えた。静寂すらない。なにもない。

俺がこれまで描いた絵は焼かれた。すべて焼かれた。残っていない。

そのことだけがぐるぐると頭の中で回り続けてそれ以上考えが先へ進まない。

「ほな、竹井さんは何も知らはらへんかったんですね。そんな……」

間宮亜紀の声が遠くで聞こえた。返事ができない。確かめなければ。本当に俺の絵はすべて焼かれてしまったのか。

うろたえる間宮亜紀を無視して清秀は浅田檀に電話を掛けた。

「これまでに俺の絵を買うた奴《やつ》のことを知りたい」

「いきなりなんやの」

「教えてくれ」

遮って強く言うと、浅田檀が息を呑んだ。そして、しばらく迷ってから返事があった。

「表に出たないから内緒にしてくれと言われてるんやけど……主に大作を買わはったのは『ロータス』って会社。詳しいことはわからへんけど、節税対策コンサルティング……ってとこやと思う」

「『ロータス』？」

思わず鸚鵡返しに言った。ロータス、つまり蓮。やはりあの男だ。ここでも「蓮」にこだわっている。

「その会社の人間に会《お》うたことはないんか」

「直接会うたことはいっぺんもないわ。間に代理人が入ってて」

「おかしいと思わへんかったんか」

「絵を買う人は好きやから買わはるとは限らへん。節税とか投機目的とか。詮索しないのがルール。それに、好きやから買わはったとしても、秘密にしておきたいコレクターもいてはる。わかるやろ?」

たぶん「ロータス」というコンサルティング会社は清秀の絵を買うために設立された。買った人間がわからないようにするための実体のない幽霊会社だ。

「ほな、俺の絵はもう一枚もないんか」

「私の手許にはあらへんわ」

絶望的な返事だった。

「『蓮を持った女』は? 修復した『孾の孕女《はらみめ》』は? 『屍図』と『衣領樹《えりようじゆ》』と『非時香菓《ときじくのかくのみ》』は? それも『ロータス』が買うたんか」

「えーと、その辺りのやつは全部『ロータス』が買うてはるわ」そこで浅田檀がすこし改まった調子で言葉を続けた。「竹井さん、どうしはったん? トラブルやったら私が対処するけど」

浅田檀がなにか言っていたがもう口をきく気力もない。そのまま電話を切った。

俺の絵は焼かれた。これまで描いた絵はすべて焔に投げ込まれた。あの四作も焼かれてしまった。俺の絵はもうない。

眼の前が暗い。ただ焰だけが見える。闇の中にごうごうと渦を巻いて立ち上る。焼かれているのが俺の絵だ。散り散りの灰となって吹き上げられ、灼熱《しゃくねつ》の風にあおられ虚《むな》しく舞い続ける。

俺はもうこの世になにも遺せない。死んでもなにも遺らない。

「私はこのお金をどうしたらええんでしょう」

間宮亜紀の声に、清秀はのろのろと顔を上げた。なんとか口を開いた。

「竹井治親に相談してください。弁護士でも税理士でも紹介してくれる」

話せるのが自分でも不思議だった。間宮亜紀は清秀の言葉を聞いてしばらく考え込んでいたが、やがて意を決したように言った。

「父があの男に命じられたとはいえ、あなたの絵を焼いたことは本当に申し訳なかったと思います。あのお金はお返しするべきなんでしょう。でも、正直に言うと、私はあのお金が欲しい。受け取ったら竹井康則の思うツボなのかも知れんけど、子供たちのことを考えると……」

あの男の思うツボか。思わず嗤《わら》うと途端に咳が出た。苦しくて涙を浮かべながらしばらく咳き込んでいると、間宮亜紀が痛ましそうな顔をして眼を逸らした。

「ああ、それで結構」

そう、なにもかもあの男の思うツボというわけだ。

間宮の家を出てなんとかパジェロに乗り込んだ。途端に我慢ができなくなった。

「くそ」

思わず大声で吐き捨てると痛みで眼の前が一瞬暗くなった。

そうまでして、あの男は俺の絵をこの世から消し去りたかったのか。俺はそこまで憎まれていたのか。実の父親にそこまで憎まれていたのか。それほどまでに自分の息子が憎いか。自分の息子の絵が憎いか。十一年間も絵を燃やし続けるほどに。

わかっている。これはくだらない感傷だ。どうせ生きていたとしても、ただの才能のない画家だ。遺せたとしてもつまらない絵だ。焼かれたからといって誰が惜しむわけでもない。俺一人が勝手に騒いでいるだけだ。俺は久蔵にはなれないのだ。混乱してまともなことが考えられない。頭の中に巨大な車輪があってぐるぐると回転し続けている。

清秀は歯を食い縛り血が滲むまで拳を握りしめた。

前にも同じことがあった。高校一年生の時、はじめて公募展で入賞した作品をあの男に焼かれた。そのときに、書きためたデッサンもスケッチも画材もなにもかも、あの男に燃やされ叩き壊された。

あれから、あの男を見返そうと懸命に描いた。だが、それも再び燃やされたのか。

結局、俺の人生は無駄だった。妻も子も死なせ、なにひとつ作品を遺せない。

頭の中の車輪がどんどん大きくなり回転速度が上がっていく。己の中に残っていた人間らしい部分をすり潰してしまう。

俺の絵は焼かれた。これまで描いた大半が失われた。殺してやりたい。あの男を殺してやりたい。だが、あの男はもう死んだ。殺すことすらできない。

どこまであの男は俺を憎むのだろう。死んでもなお、俺を憎み、嘲り、傷つける。

俺を憎むなら憎め。いくらでも地獄の焔を燃やして勝手に呪い続けろ。その代わり関わるな。放っておいてくれ。なのに、なぜ俺に拘《こだわ》る。俺の生まれてくるはずだった子と同じ名を持つ娘まで手に入れて満足か。その異常な執着心はなんだ。本当は一体なにを求めているのだ。

だが、あの男と俺は一体どこが違うというのだろう。俺は五百年も前の絵に取り憑《つ》かれ、挙げ句、妻子を失った。あの男の壊した娘を哀れだと思いながらも嫌悪し、なおかつ描きたいと思っている。俺もあの男と同じことをしている。絵のためにあの娘を食い散らかそうとしているのだ。

どうやって家に帰ったか憶えていない。気がつくと画机に向かっていた。

血の滲む手で紙に線を叩き付けるような勢いで描く。我知らず唸《うな》り声を上げていた。

蓮子がこちらに向かって手を伸ばしてくる。

――助けて、キヨヒデ。

助けを請うているのに取り殺そうとしているようだ。その激しく荒々しい動きは踊っているようにも見えた。己の欲と感情を微塵《みじん》も抑えず、すべて解き放った獣の舞だ。そう、バレエで言うなら『ジゼル』だ。第一幕の終わり、男の不実を知り剣を自らに突き立てようと踊る狂乱のジゼルだ。

首筋を、肩を、胸を、腹を、尻を、足を紙に表せ。惜しむな。己の中にあるイメージをすべて絞り出して線に変えろ。そして、色を置け。

清秀は蓮子の顔を描いた。眼は切れ長の奥二重。額は広く綺麗な半月だ。輪郭は小さな卵形で、鼻筋が通っていて小鼻は小さめだ。唇は薄めで少々大きい。

一瞬たりとも蓮子が頭を離れない。墨を擂りながらも膠を煮ながらも頭の中で踊っている。咳き込むと身体中が激しく痛んだ。だが、それは病気の痛みなのか、それとも蓮子の剣による痛みなのかわからない。

蓮子は両手を突き出し真っ直ぐにこちらを見つめている。その眼に金泥をのせた。能面で言う泥眼《でいがん》だ。山姥《やまんば》の面に使われる。

しばらくじっと考えてはっと気付いた。一気に筆を動かす。

蓮子の頭に二本の角を描いた。血の滴るような真っ赤な角だ。振り乱した黒い髪から突き出ている。細筆に持ち替え赤い角に絡みつく髪をごく細い線で描いた。

息をするのも忘れて描くので酸欠でくらくらしてきた。頭の中にだん、だん、と音が響いている。狂い舞う蓮子が足を踏みならす音だ。

己の手がもどかしい。もっともっと早く動かないのか。余すところなく描き表したい。息づかいも、ほんのわずかの視線の揺れも、なにもかもだ。

だん、だん、だん。

蓮子の足の下にはなにがある？　そう、骨だ。この女が喰らった男の骨だ。清秀は蓮子の足許にしゃれこうべを描いた。

だん、だん、ばりん。だん、ばりん。

狂う蓮子は骨を踏み潰していることに気付かない。彼女の眼には足許に広がる男の骨などすこしも映らないのだ。あの男も俺も粉々になるまで踏み潰される。

夜が明けるまで清秀は地面を埋め尽くす骨を描き続けた。

翌朝、清秀は浅田檀に電話を掛けた。ダブルキャブのダットラを一台貸してくれ、と。

＊

年が明けて、月の高い夜だった。

清秀はパジェロで病院に向かった。コールが鳴り響き多忙なナースステーションの隙を突いて蓮子の病室に入った。

蓮子は眠っていた。清秀はカーテンを全部開けた。月の光が一斉に部屋を満たす。病室が青白く輝くとざわっと肌が粟立った。

蓮子が眼を開けた。清秀を見ても驚いた様子はない。ゆっくりと身体を起こした。月の明かりで見る蓮子はすこし痩せたように見えた。

清秀は蓮子に絵を見せた。蓮子は表情一つ変えず角を生やしてしゃれこうべを踏み潰す自分の姿をじっと見ていた。

病室に備え付けのクローゼットを開けるとあの青いワンピースがあった。清秀は無言で蓮子に渡した。蓮子はじっと清秀を見上げていたが、やがて黙ってパジャマを脱いだ。

廊下の角でナースステーションの様子をうかがう。しばらく待って一瞬ナースステーションが無人になった隙に二人で通り抜けた。エレベーターで一階に降りる。エレベーター内の鏡には清秀と青いワンピースを着た蓮子が映っていた。明るいLEDライトの灯りで見る青は不穏なほど鮮やかで、どことなく攻撃的に見えた。

夜間救急出入り口を二人で堂々と通ったがなにも言われなかった。蓮子をパジェロに乗せると思い切りアクセルを踏んだ。

吹田《すいた》インターの手前でパジェロを乗り捨て、浅田檀から借りて駐めておいたダブルキャブのダットラに乗り換えた。すでに画材と身の回りの物はすべて積みこんである。胡粉塚も掘り起こして腐れ胡粉を取り出し、完成した物も未完成の物もすべて荷物に加えた。

ダットラの後部座席に蓮子を乗せようとしたら大きく首を横に振って嫌がった。だが、日本中にNシステムがあると聞いた。車のナンバーだけではなく運転者、同乗者の顔の撮影まで行われている、と。いつまでも蓮子を助手席に座らせるのはリスクが高すぎる。無言で蓮子を後部座席に押し込んだ。

高速もバイパスも使えない。一般道でひたすら西を目指す。旧道を走って兵庫県を抜け岡山県に入った。津山《つやま》近くの暗い山道をしばらく走ったところではじめて蓮子が口を開いた。

「どこ行くん？」

「夏蜜柑《なつみかん》の家」

ミラーの中で蓮子がわずかに不思議そうな顔をしたがそれ以上は訊いてこなかった。黙って暗い窓の外を見ている。

事故を起こしたりスピード違反で捕まっては大変だ。制限速度で走行車線を走る。背中は冷たい汗でじっとりと濡れていた。

トンネルに入ると音と光の変化に蓮子は落ち着かないようだ。軽く耳を塞ぎじっと前を見ている。長い四十曲《しじゅうまがり》トンネルを抜けたときにはほっと息を吐いた。

「ロンコを連れてくるの忘れた」

ぽそっと呟き、それからまた息を吐いた。

二　人形

清秀の記憶の中の母は人形だ。

飾り棚にあった古い博多《はかた》人形のような真白い顔で清秀を見下ろしている。伊万里《いまり》焼やマイセンといった磁器の持つ透明感のある白さではない。柔らかで光を吸収してしまうような粉引《こびき》の白だった。

あれは奥の座敷《ざしき》の床の間の前だった。あたりは静まりかえって物音ひとつしない。書院の円窓からまどろみを誘うような午後の光が射《さ》し込んでいた。

母の手が近づいてくる。清秀はほんのすこし首をすくめた。もしかしたら、頭か頬を撫でてくれるかもしれないと思ったからだ。久しぶりに母に触れてもらえるだろうか。本当に母は俺に触れてくれるだろうか。期待に胸が高鳴った。だが、母の手は頭も頬も素通りして首で止まった。

母は無表情だった。人形ですら微笑んでいるのに母は完全な無表情で清秀の首を絞めた。清秀は気を失いかけながら母の顔の白さについて考えていた。

助けてくれたのは治親伯父だった。母が馬乗りになって清秀の首を絞めているところを見つけ、慌てて引き剝がしてくれたのだ。治親伯父が清秀の介抱をしている間に母は家を飛び出した。そして、その夕、深泥池《みどろいけ》に浮いているのが見つかった。

父は母について一切語らなかった。母について話してくれたのは治親伯父だった。

――桐子は綺麗な顔をしてた。絵が上手で花の絵ばかり描いてたな。油でも水彩でも、いつでも赤い花の絵を描いてた。

自分を殺そうとした母を怨む気持ちはすこしもなかった。あの男と暮らしているのだ。おかしくなって当然だ。

清秀は赤い花の絵を描く母を想像した。人形のような白い顔をして白い指で筆を持っている。その筆の先から赤の絵具が滴り、ぽとりと落ちた。紙の上で滲んで広がっていく。その波紋がふいに池になった。母がゆっくりと沈んでいく。

――その絵、残ってへんのか。

――桐子は描いてもすぐに捨ててしもたからな。たぶん、一枚も残ってへん。

――そうか。

――なあ、清秀。おまえは母親似や。おまえにも絵の才能があるかもしれへんな。

治親がいつもの飄々とした笑顔で言った。それが、清秀が絵を志すきっかけだった。

長男治親。二男康則。二人は異母兄弟だ。治親は正妻の子で康則は先代が仲居に産ませた子だった。

先代のときの「たけ井」はただ老舗というだけで京都に数ある料亭の一つに過ぎなかった。今の「たけ井」の繁栄の基礎を作ったのはその妻だ。老舗呉服店の娘として生まれて葵祭《あおいまつり》の斎王代《さいおうだい》に選ばれたこともある美人だった。はかなげな外見とは裏腹にかなりのやり手で女将《おかみ》として客あしらいに手腕を発揮した。政財界の大物に気に入られ、女帝として「たけ井」を守り立てた。治親はそんな美人の母に似た優男だった。

先代はそんな妻に息苦しさを感じたのか、田舎から出てきた年若い仲居に手を付け子供を産ませた。それが康則だ。

先代はごく平凡な料理人だったが才能を見抜く眼はあった。早い段階で康則の料理人としての非凡な才に気づくと周囲の反対を押し切り跡取りと定めた。成長した康則は期待以上の手腕を発揮して二十五歳で跡を継いだ。

長男治親と二男康則は水と油だった。治親は人懐こくて愛想が良く誰からも好かれた。趣味人、文化人として有名になり、独身主義を貫いて上手に女遊びをしていた。

一方、康則は頑固で冷徹で孤独癖があった。人と群れることを好まず上手く立ち回ることはできなかったが、その圧倒的な料理の腕ですべてをねじ伏せた。自分にも他人にも一切の妥協を許さない厳格で狭量な性格は、彼のカリスマ性を高める方向に作用した。

康則が総料理長に就任すると「たけ井」はあっという間に超一流の料亭になった。その評価は国内に留まらずミシュランで最高評価の星を獲得するに至った。「たけ井」で修業して有名になった料理人は数多い。当然、清秀も父のように料理人になるのだと思われていた。

清秀が十三歳のときだ。

治親伯父は当時少々面倒な女と付き合っていた。女はごく普通の人妻で東京に住んでいたのだが、治親と京都の町を歩きたい、しかも、こそこそせずに堂々と、と無茶なことを言い出した。だが、テレビにも出て顔の広い治親だから、そんなことをすればすぐにバレてしまう。そこで、清秀がカモフラージュとして選ばれた。清秀は人妻の息子役だ。治親は知り合いの母と息子を案内している、という芝居をしたのだ。

三人で京都観光をした。清秀は人妻からつかず離れずの距離を保った。傍目《はため》には思春期で母親にわざと無愛想な態度を取る息子に見えただろう。丸三日の間、清秀は不倫旅行に同道した。バカバカしいとは思ったが伯父に不快感はなかった。治親伯父らしいな、と思っただけだ。実際、伯父は独身で非常に女性にもてたし、相手が既婚者であることも珍しくなかったからだ。その際に訪れた寺の一つが東山七条にある智積院だ。

花が終わって葉櫻の美しい時分だった。まずは近くにある三十三間堂《さんじゅうさんげんどう》を見て、それから三人で智積院にお参りした。桃山時代の庭園を眺めた後、収蔵庫をのぞくことにした。

伯父が解説してくれた。

「ここに収められてる絵には哀しい歴史がある。秀吉には鶴松《つるまつ》という息子がおったが、幼くして亡くなってもうた。哀しんだ秀吉は我が子を弔うために祥雲寺《しょううんじ》を建てた。その寺を飾るために、長谷川等伯一門に絵を依頼したんや。当時、長谷川一門は売り出し中やった。画壇を支配していた狩野一門に対抗する新興勢力というわけやな。長谷川一門が秀吉からこの仕事を任された、というのは非常に大きな意味のあることやった」

収蔵庫の中は他に観光客の姿はなかった。長方形のなにもない部屋の四方ぐるりに障壁画が飾られていた。

「祥雲寺はもうのうなってしもたが、絵はこの智積院に移され大切に伝えられてきたんや。そのほとんどが国宝や。特に有名なんは等伯の『楓図』と、その息子の久蔵の『櫻図』や」

女はうっとりと治親の解説を聞いていた。治親は言葉を続けた。

「ほら、色とりどりの絢爛豪華《けんらんごうか》な障壁画や。櫻や野の花が咲き乱れ紅葉が色づいてる。死んだ子供があの世で寂しゅうないように、幸せに暮らせますように、と」

まあ、と女が治親に寄り添った。人目がないので慎む必要はないと判断したらしい。清秀はため息をついて絵に眼を遣った。手前にあるのは「楓図」だった。中央に太い幹の楓が描かれていた。

清秀は「楓図」の迫力に驚いた。中央にこんなに太く大きく幹を描くのか。圧迫感を感じさせるほどの重々しさがある。だが、周囲の秋草や花は華麗で、様式化された紅葉した葉の描き方は有無を言わせぬ力があった。

凄い、と清秀は思った。漠然と絵の道に進みたいと思っていたが日本画を意識したことはなかった。だが、いざちゃんと見てみると面白い。

部屋の隅で治親と女は抱き合っている。清秀は無視して次の絵に足を進めた。その絵の前に立った途端、足が動かなくなった。いや、足だけではない。金縛りに遭ったように全身が動かなくなった。

櫻が咲いていた。

満開の櫻だ。真っ白な花が画面一杯に咲いていて、その周囲を金色の雲が覆っている。長谷川久蔵の「櫻図」だった。

清秀は息をすることもできず、瞬きをすることもできず、呆然と立ち尽くしていた。何も音が聞こえない。頭がじんじんと痺《しび》れたようだ。絵を見ているのに、あまりに苦しすぎて見ているのかどうかもわからなくなった。

ふらふらと絵に近づいた。ガラスケースの中をのぞき込む。近くで見ると金色はくすみ絵具の剝落も目立った。だが、そんなことも気にならないほど花が眼の前に迫ってくる。

じっとよく見ると花はただ白い絵具を塗っているのではない。一輪一輪が分厚く盛り上がっているのだ。その花は白磁のような透明感のある白ではない。白粉《おしろい》の白、人形の白、密度のある白だ。

俺は描かなければいけない。

天啓というよりも強迫に近かった。それは空のずっと高く、天上のどこかから落ちてきた稲妻のようなものだった。稲妻は先端の尖った野太く荒々しい杭で清秀を情け容赦もなく抉《えぐ》り、貫いた。

俺は絵を描かなければいけない。久蔵のような櫻を。

杭は焼けたように熱かった。清秀の身体を内から焦がした。清秀は絵の前に立ち尽くし呆然と繰り返した。俺は櫻を描かなければならない、と。

それが、すべてのはじまりだった。清秀は治親に金を借り、こっそりと画塾に通いはじめた。理解のある治親はマンションを使わせてくれた。そこは治親が夜だけ逢引《あいびき》に使う部屋で、昼間は清秀が自由に絵を描くことを許してくれた。清秀は息をひそめて絵を描き続けた。

長谷川久蔵の「櫻図」の櫻の花は腐れ胡粉で描かれている。清秀は本を見ながら腐れ胡粉を作って庭の隅に甕を埋めた。目印に石を置いた胡粉塚を見下ろしながら数年後の完成が楽しみでならなかった。

その頃すでに竹井康則は星付き料理人として日本料理界に君臨し、そのカリスマ性を遺憾なく発揮していた。いつも仕事で忙しく、清秀は幼い頃からほとんど父とまともに会話したことがない。父が清秀に向かって言葉を掛けるときは常に命令、もしくは指示だった。双方向の会話ではなく一方的に伝えられるもので、それは絶対だった。父は板場で采配を振るうのと同じ言葉で息子に接した。

清秀が絵を描いていることが父に知られたのは、高一の時に描いた絵が京都学生美術展に入賞したからだった。絵のタイトルは「白《びゃく》」という。暗い深い池に浮かぶ無数の櫻の花を描いたものだ。入賞という実績をひっさげ、清秀は微かな期待を持って父に訴えた。

「料理人にはならへん。芸大に行って絵の道に進みたい」

だが、父はまるで相手にしなかった。

「高校を卒業したら私の師匠筋に当たる料亭に修業に行くんや」

「料理に興味はない。俺は絵を描きたいんや」

清秀はきっぱりと言い返した。すると、父は激高した。そして、清秀の部屋に侵入し、これまで描いた絵、画材、画集など絵に関するすべての物を焼いた。その中には入賞作品も含まれていた。

父は「白」を炎に叩き込み、それが燃えて行く様をじっと見ていた。灰のひとかけらも見逃すまいとするようだった。

清秀は怒り、父に詰め寄った。絵は己のすべてだった。殺してやりたい、とまで思った。だが、父はまるで相手にしなかった。ただ、激高する清秀を一瞬で凍らせるほどの凄まじい眼で見ただけだった。そこにあるのは底なしの憎しみだった。

瞬間、清秀は理解した。父が俺を遠ざけていたのは無関心だったわけではなく、仕事に忙しすぎたからでもない。父は俺を無視したことなど一度もない。日常生活で接点を持たなくとも一度も俺を忘れたことなどない。父は俺を憎み厭い続けている。今、この瞬間も怨念のような悪意を滾《たぎ》らせているのだ。

伯父に相談すると仲裁に入ってくれた。だが、父は耳を貸さなかった。ただただ清秀が自分の命令に従うことを要求した。無論、清秀は反発した。

なぜ父はこれほど俺に執着するのだろう。清秀は不思議でならなかった。息子に愛情があるわけではない。あるのは凄まじい憎悪と嫌悪だけだ。ならば一切無視して関わらなければいいだろう。なのに、なぜ従わせようとする。それほど俺を拒むのなら勘当すればいいだろう。

絶縁の決定的なきっかけは腐れ胡粉だった。

高校二年の冬のことだ。清秀は庭の隅に作った胡粉塚の様子を見に行った。甕を埋めて二年半。そろそろ中を確認しようと思ったのだ。だが、塚は無残に壊されていた。割れた甕の破片があたりに散らばり穴には雨水が溜まっていた。清秀が丁寧に練った胡粉団子は泥と一緒に踏みにじられ跡形もなかった。

かっとして清秀は父の元に怒鳴り込んだ。

「俺はあんたの言いなりにはならへん。絶対や」

父はしばらく黙っていた。やがて、顔を歪めてこう言った。

「吐き気がする」

一瞬であたりが凍り付くかのような凄まじさだった。清秀は一瞬言葉を失った。父はこの世のありとあらゆる穢れを見たかのように言ったのだ。

「吐き気がするんや」

父は清秀をにらみ据え、ごく静かな口調で繰り返した。その眼の凄まじさと口調の静けさの乖離が恐ろしかった。清秀はなにも言い返すことができなかった。

それが父との最後の会話になった。清秀は父と絶縁し家を出た。と言っても、高校生なので金もなければ行く当てもない。とりあえず伯父の家に転がり込んだ。

伯父は清秀を温かく迎え入れてくれた。

「昔、僕も同じことをしたなあ。料理人にはならへん。小説家になる、と言うて親とケンカをした。結局、康則が継いでくれたから僕はお役御免になったんや」

清秀が芸大に進学するときには奨学金の保証人になってくれた。

当時、こんな下世話な見方をする者たちもいた。

――あの父親には到底敵《かな》わへんと知ってはるから息子さんは逃げはったんやろ。

そんなときに清秀を庇《かば》ってくれたのが治親伯父だった。

「あれは逃げたんやありません。筆一本で生きていこうと覚悟を決めて絵を描いてます」

治親がいなければ今の清秀はなかった。感謝してもしきれない相手だった。

それから若き俊英日本画家として脚光を浴びいくつか賞も取った。あの男の影が脳裏にちらつくこともあったが見ないふりをした。あの頃はなにもかもが上手く行くと信じていた。

＊

水原《みずはら》夏梅と出会ったのは院生の時だった。当時、清秀はいくつもの賞を取り注目の若手作家だった。大きな公募展を控え一日中絵を描いていた。

清秀が描こうと思っていたのはストレートな裸婦像だった。何人ものモデルを雇いスケッチを繰り返した。だが、納得のいくものはすこしも描けなかった。

ある夏の日、清秀の画室に夏梅がやってきた。裸婦モデルははじめて、という夏梅はひどく緊張していた。最初、痩せて垢《あか》抜けない女だと思った。だが、すぐに着痩せするタイプだとわかった。清秀はオーソドックスに夏梅を立たせた。それから椅子に座らせ、今度は横たわらせた。

だが、どんなポーズをとらせても夏梅はぎくしゃくして不自然になる。出来損ないの看板絵を描いているような気がしてきた。

「そうやない。もっと自然に」

清秀は苛々して次第に口調がきつくなった。だが、一向に夏梅はリラックスできなかった。

「違う。頼むからちゃんとしてくれ」

公募展までもうあまり余裕がない。なのに、下絵すらできない。このままでは間に合わない。結果を出してあの男を見返してやると誓ったがその願いは叶《かな》わないのか。

「もうええ。金は払う、帰ってくれ。時間の無駄や」

冷たく言い捨てると、夏梅は今にも泣き出しそうな顔をした。次の瞬間、ぱっと夏梅の胸が赤くなった。泣くのを堪えようと激しく上下する胸が綺麗な薔薇色に染まったのだ。清秀は眼を見張った。この胸を描きたい、と思った。

清秀は画室を見渡した。スケッチするために買った蓮が活《い》けてあった。花は終わって花托《かたく》だけになっていたが、葉と茎は美しい緑青色《ろくしょう》のままだった。

「もうすこし付き合ってくれ」夏梅に蓮の葉を渡した。「茎の部分を持って葉で顔を隠してくれ。正面を向いて立っているだけでええ」

顔が隠れると安心したのか、一瞬で夏梅の身体から余計な力が抜けた。

その瞬間を今でも清秀は憶えている。顔を隠し、誇らしげに乳房を突き出した女の身体が鮮烈に匂い立った。それは花の匂いではなくまだ湿り気を帯びた夜明けの気配だった。清秀は一心不乱に描いた。小さいけれど精巧な足の指の爪、さわさわとかき分けたくなる陰毛、毛穴、ほくろ、重みを感じさせる吸い付くような白い肌など、ただひたすらに写し取った。

その夜、清秀は夏梅と寝た。

不思議なセックスだった。はじめて抱く女なのにはじめてのような気がしない。互いの性器が完全に適合しているのを感じた。何千、何万という組み合わせの中から正しい結合を見つけたのだ。緊張も高揚もないが、これまで覚えたことのないほどの満足に包まれた。

「あたし、ぶちすごい田舎で育ったけぇ。もう何年も帰っちょらん。家がどうなっちょるのかも知らん」

夏梅は布団の上に横たわり軽く片膝を立てている。枕元の黄みを帯びた白熱灯の灯りで乳房や腹に影ができて黄昏《たそがれ》の砂丘のようだ。慌ててスケッチブックを取り出す。起き上がろうとするのを制止し、描いた。

「まわりは夏蜜柑の畑で、すごくええ匂いがする。それから、裏山で自然薯《じねんじょ》が採れるんじゃ」夏梅が一瞬堪えるように眼を閉じた。「お祖母《ばあ》ちゃんが美味しいとろろ汁を作ってくれた。ムカゴのご飯も……」

自然薯、と言った瞬間、夏梅の表情が揺れた。彼女の心に大きなうねりが起こったのがわかった。懐かしさやら寂しさやらといった感情が一時に押し寄せたのだ。だが、彼女は堪えた。小鼻が膨らんで唇の端が震える。軽く寄せた眉の動きに清秀は目を奪われた。

「動くな、そのままや」

一心に夏梅の表情を描いた。だが、すぐに自分が冷静ではないことがわかった。夏梅の心に起こったうねりに呑み込まれたようだった。スケッチブックを放り出し再び夏梅を抱いた。

次の日も夏梅を描き、そして抱いた。画室で描くのに飽きると夏梅を庭に立たせた。夏梅はその名の通り夏の庭がよく似合った。緑がしっくりと馴染むのだ。猛々《たけだけ》しい雑草の中に埋もれるように座らせても不思議と柔らかく凪《な》いで見えた。

「緑が似合う」

思わず言うと、恥ずかしそうに、でも嬉しそうに笑った。

「田舎育ちじゃけぇ」

夏梅はこれまでモデルに来た女と違って日本画のことをなにも知らなかった。ずっと洋画家のところばかりでモデルを務めていたという。だから、清秀の画室にある鍋やコンロ、乳棒や乳鉢、大量の白い小皿を見て眼を丸くした。

日本画は油彩と違って描くまでに必要な作業が非常に多い。チューブから出てくる油絵具をカンバスに塗ればいい、というわけにはいかない。

まず、紙の準備をしなければならない。画材が滲まず定着するように、和紙一面に礬水《どうさ》、ドーサと呼ばれるものを塗る。これは煮溶かした膠、水、明礬《みようばん》を混ぜて作る。このドーサの濃度は季節や温度、紙の種類などによって工夫する。湿気の多い日にはドーサを引くな、と言われているほどデリケートなものだ。

絵具も様々だ。高価な天然岩絵具から、比較的安価な合成岩絵具まである。岩絵具は溶かした膠を混ぜ指で丁寧に練って使う。群青などは一度練ったものの上澄みを捨てて二度練りが必要だ。また、膠を鍋で煮溶かし、胡粉を練り、天然緑青を焼いて色を変えたりする。どれも手間の掛かる作業だ。それに、人によってそれぞれやり方や配合が違う。みな、日本画家は試行錯誤しながら自分にとって最適な方法を見つけていくのだ。

真剣に鍋をかき混ぜる清秀を見て、夏梅が面白そうな顔をした。三千本《さんぜんぼん》膠を煮溶かす際は沸騰させてはならない。湯煎に掛け、六、七十度の温度でかき混ぜながら溶かす。しかも、これは腐りやすい。

「芸術家っちゅうより、ラーメン作っちょる貧乏学生さんみたいじゃ」

それは頭でっかちの清秀の気負いを軽くしてくれる気持ちのいい誉め言葉だった。

夏梅が清秀の家に居着くようになって十日ほど過ぎた。絵とセックスを繰り返すだけの日々だったが、そのどちらも分かちがたいものだった。絵を描く合間に夏梅を抱くのか、夏梅を抱く合間に絵を描くのか。どちらかというと絵とセックスは同義のように思えた。

夏梅は寝物語にぽつぽつと自分の生い立ちを語るようになった。

夏梅の生い立ちは少々複雑だった。夏梅の祖母は夫と死に別れた後、夏梅の母を連れて農家の男と再婚した。だが、再婚相手は血の繋がらない娘をかわいがらず、夏梅の母は中学を出るとすぐに家を出た。広島《ひろしま》、大阪、京都とあちこちを転々とし、やがて未婚で夏梅を産んだ。狭いアパートで独りで赤ん坊を育てていたが、三歳の時に虐待の通報があって児童相談所の職員がアパートを訪れた。職員が赤ん坊の様子をチェックしている間に、夏梅の母は着の身着のままで部屋を出て行った。それきり行方知れずだ。

夏梅は祖父母の家に預けられることになった。だが、祖母は夏梅が小学校三年生のとき亡くなった。祖父は血の繋がらない孫など育てるつもりはなかった。母の消息は依然として知れず、夏梅は施設に入ることになった。その祖父も夏梅が中学生の時に亡くなった。

「その家は山の高いところにあって、風の向きで波の音が聞こえるんじゃ。ときどきは潮の匂いも。でも、やっぱり夏蜜柑の匂い。嫌なこともようけあった家やけど、ふっと懐かしゅうなる」

翌朝はよく晴れた。夏梅を乗せてパジェロで出かけた。

山口《やまぐち》県の山奥、荒々しい日本海《にほんかい》を望む岬の中程に小さな集落がある。そこからすこし離れた山の中に一軒だけぽつんと建っている古い農家で夏梅は育った。誰も住まなくなってから月日が経過してずいぶん家は傷んでいた。

「おばあちゃんにはかわいがってもろうたけど、おじいちゃんはね……。連れ子の子供なんて、血が繋がっちょらんけぇ仕方ないんじゃやけど」夏梅が寂しげに眼を伏せた。「あたしは水原やけど、おじいちゃんとおばあちゃんの名字は本庄《ほんじょう》。『上山《かみやま》の本庄さん』に預けられちょる水原、って感じで呼ばれちょって……」

上山、と呼ばれるのは、家が山の高いところにあるからだ。土地と建物の名義は死んだ祖父のまま放置されていた。聞けば、祖父は祖母の連れ子の夏梅の母とは養子縁組をしていないという。夏梅が幼少期を過ごした思い出の家ではあるが相続権はなかった。

裏には山から湧く水を溜める石造りの水槽がある。水は流れていたが落ち葉が一面に浮いていた。

庭からすこし下ったところに夏蜜柑の畑を区切る石垣があった。清秀と夏梅は並んで腰掛け海を眺めた。眼の下には青いガラス板のような夏の海が広がって空と水平線がちょうど半々になっている。一見凪いだように見えるが、所々に波が立って岸に近いところでは波頭がくるりと裏返っていた。大きな絵刷毛《えはけ》で無造作に払ったような波だ。

「子供の頃はようかしらわれた。……おまえの名前は変じゃのう。ここの名産は夏蜜柑で梅じゃないけぇ、って。あたしは自分が間違っちょるような気がして……」

夏梅がぽつりぽつりと話す。

「お母さんはなんでこねーな名前を付けたんじゃろう。もしかしたら夏蜜柑が嫌いじゃったんかな、って」

ふいに夏蜜柑の匂いが寂しくなって胸の奥に突き刺さるような気がした。だが、それは郷愁を伴う心地よい痛みだった。

腐れ胡粉はその名の通り腐っているので多少臭いがある。ここでなら夏蜜柑の匂いにかき消され嫌な臭いは気にならないだろう。

自然薯が見たい、と言うと夏梅が困った顔をした。

「自然薯って探すのが難しいけぇ」

「かまへん。探す」

「今、夏じゃけぇ、花が咲いちょるかもしれん。白い小さい花」

二人で山に分け入り自然薯を探した。全身汗みずくになりながら斜面を這い回る。だが、どこにも見当たらない。やはりダメか、と苛立ってきたとき、茂みに隠れるように白い花が見えた。近づいて確かめると、ごく細い蔓《つる》が伸びて木に絡まりすこし細長い心臓形の葉が向かい合って並んでいた。

「あった、これ、自然薯」

夏梅が笑い出した。あー、疲れたと言い、そのまま座り込んでしまう。

清秀はじっと小さな花と葉、蔓を見下ろしていた。秋になればここにムカゴがなるのか。たしかに葉も蔓も目立たない。俺一人では決して見つけられなかっただろう。夏梅のおかげだ。清秀も夏梅の横に腰を下ろした。

もう蜜柑の匂いはしない。夏の山の青い匂いが勝っている。

「よかった、見つかって。もし見つからんかったらどうしようと思うちょったけぇ」

夏梅が大きな息を吐きながらこちらを見た。そして、驚いたような顔をした。

「清秀さん、笑《わろ》うちょる」

思わずにらんでしまった。夏梅は一瞬ひるんだように見えたが、すぐに気を取り直して言葉を続けた。

「これまでずっと機嫌悪そうな冷たくて怖い顔じゃった。でも、はじめて笑うた。もっと笑うてたらええのに」

子供の頃から愛想がない、かわいげがない、朴念仁だと言われ続けてきた。なにか馬鹿にされたような気がして顔を背けると、夏梅が困ったような顔をした。

「気を悪うしたらごめんなさい」

そこで話が途切れた。夏梅はうつむいてしまった。なにか言わなければならないと思うがなにを言っていいのかわからない。ただ黙って夏梅を見ていた。

うつむく夏梅の首筋には汗の玉が浮いている。ここに自然薯の蔓を絡ませてみたい、と思った。丸い小さな汗の玉がムカゴだ。

家に戻って湧き水の水槽で汗を流した。夏梅の濡れた髪が額や首に貼り付いているのを見ると、我慢ができなくなった。抱き寄せ、唇を吸う。全身から夏蜜柑の匂いがした。瞬間、理屈も理由もなしに理解した。俺はもうこの女と離れることはできない、と。

公募展に出した「蓮を持った女」は特選を取り、蓮の花が大好きな浅田檀が声を掛けてきた。

――この蓮、凄い。この女の人も凄い。どっちも清らか。でも血の匂いがして腥い。あなたの絵は祈りであると同時に呪い。

浅田檀は清秀の生い立ちと竹井康則との確執を知ると理解を示してくれた。

――確かに竹井康則は天才。でも、天才は周りを喰い尽くす。たまったもんやないわ。でも、あの手の人間を気にしたらあかん。竹井さんは自分の絵を描かはったらええねん。

夏梅と暮らすようになって一年ほどした頃、妊娠がわかった。そのきっかけは「臭い」だった。日本画の材料は結構臭う。膠を溶かすときも、明礬も、もちろん腐れ胡粉も臭う。腐れ胡粉を使って花を描いていたとき、ふいに夏梅が吐いた。トイレに駆け込み出てこない。しばらく経って戻ってくると真っ青な顔でこう言った。たぶん妊娠してる、と。

清秀は当惑した。自分が父親になるなど想像もしなかった。口には出さなかったが、はっきりと恐怖を感じた。

翌日、検査の結果、妊娠が確定すると清秀はいっそう混乱した。夏梅の妊娠を喜ぶことができないくせに堕ろしてくれとも言えない。なのに、父親になる覚悟ができなかった。

夏梅は思い詰めた様子だった。良い返事が得られないことを覚悟しているようだった。ただ黙って唇を嚙《か》んでいる。うつ伏せた顔が哀れだった。

清秀はずいぶん迷ったが、正直に言うしかないと決心した。

「俺は自分が結婚して子供を持つなんて想像したこともあらへんかった。自分が親になるなんて、到底信じられへん」

「うん」

夏梅はうつむいたままだ。

「でも、子供は絶対に殺したない」

　はっと夏梅が顔を上げた。驚きと怯え、そしてわずかの期待が見て取れた。清秀は静かに言葉を続けた。

「俺は小さい頃、母親に首を絞められたことがある。もうすこしで死ぬとこやった。だから……俺は絶対に子供を殺さへん。中絶なんてさせへん」

　今でも恐ろしくてたまらない。口の中がからからに渇いて話すだけで痛かった。

「それやのに、怖い。自分が親になるなんて、許されるわけがないと思てる」

　すると、夏梅がじっと清秀を見た。そして、わずかに眼を細めた。

「あたしは絶対に子供が欲しいと思うちょった。そんで、自分が夢見よった幸せな家庭を作るんじゃ、って」

　そう言って夏梅は清秀の手を握った。そして、静かに頭を下げた。

「清秀さんが叶えてくれた。感謝しちょる」

　だれかに「感謝している」と言われたのは、はじめてだった。微笑む夏梅を見て、清秀は全身に柔らかい痺れを感じた。突然どこからか夏蜜柑の匂いが漂ってきたような気がした。

　夏梅と籍を入れ、治親伯父にだけ報告した。治親は驚いていたがずいぶん喜んで結構な金額の祝いをくれた。

「まさかおまえが結婚とはな。しかも、じきに父親か。僕は負けてしもたなあ」

独身貴族の伯父は冗談めかして笑っていたがほんのすこし寂しそうだった。

その夜、清秀は夏梅の腹に手を置きながら虫の声を聞いた。

「子供が生まれたら、夏蜜柑の家に住まへんか？」

権利関係を片付け水回りをリフォームする。縁側に面した二間続きの和室を画室にしよう。夏蜜柑の香りを吸い込みながら絵を描きたい。絶対にいい絵が描ける。

「あたしゃあええけど……じゃけど、すごい不便じゃ。大丈夫？」

「ああ」

「そう。清秀さんがそう言うんじゃったら」夏梅が微笑んだ。

だが、結局、夏梅は二度とあの家を訪れることはなかった。

＊

腹の子が女の子だとわかると夏梅は「蓮子」と名付けようと言った。

「はじめて清秀さんのモデルをしたとき、慣れちょらんかったけぇ怖かったけど、あの蓮の葉っぱを渡された途端、急に落ち着いたんよ」

「ああ。一瞬で雰囲気が変わった」

「清秀さんもそう。一瞬で険が消えた。あたし、蓮の葉っぱの陰からずっと清秀さんを見てたんじゃ」

清秀は照れくさくなって鼻で笑ってごまかした。それでも夏梅は嫌な顔ひとつしなかった。

「生まれてくる子は蓮子。竹井蓮子。綺麗で涼しそうな名前」

夏梅は清秀の反古《ほご》に何度も「蓮子」と書いて、近くで見たり遠くで眺めたりと嬉しそうだった。

つわりは重く夏梅は一日中青い顔をするようになった。

「つわりがえらいのはあたしの名前のせいかもしれん。夏の梅はまだ青いから毒があるんじゃやって」

「種を守るための毒や。夏梅もどんどん出したらええ」

清秀は夏梅の腹をそっと撫でた。腹が膨らんでくると皮膚が引っ張られてぴんと張る。迂闊《うかつ》に触れると破れはしまいか、と心配になるほどだ。日々変化する夏梅の腹はどれだけ撫でても飽きることはなかった。

「怖いこと言う。あたしはえらいのに」

腹の子を守るための毒は母体を攻撃した。夏梅のつわりはどんどん重くなった。水を飲んでも吐くという状態が続いた。一時は入院して点滴も受けた。

ようやくすこし落ち着いたのは六ヵ月を過ぎた頃だった。だが、血圧が高い状態が続き、やはり安静の指示が出ていた。

清秀は妊婦の裸婦像が描きたくて夏梅にモデルを頼んだ。無理なポーズは取らせず、ただ仰向けに横たわってもらった。膨らんだ腹からは胡粉を盛り上げた櫻の花がこぼれるように咲いている。その絵は「櫻の孕女」と名付けた。清秀は幸福で美しい妊婦像を描いたつもりだった。

ぞっとする、と言ったのは画壇の重鎮とされる男だった。以前、個展開催を巡って、結果的に清秀が不義理を働くことになってしまった経緯がある。その男は「櫻の孕女」は醜くおぞましい絵だ、と言い切った。実際、その絵は一部の人間には評価されたが大多数の人間には不快感を持って見られることが多かった。だが、その理由が清秀にはわからなかった。

「なんでや？　この絵のどこが気持ち悪いんや」

夏梅は困った顔をしたがなにも言わなかった。この疑問に答えてくれたのはギャラリストの浅田檀だった。

「お腹《なか》の子が死んでるからや。その櫻は死んだ胎児を養分にして咲いてる。それがぱっと見た瞬間にわかるんや」

ぞくりとした。なんの根拠もないのに浅田檀の言うことが正解だとわかった。だからこそ認められなかった。

「奥さん、妊娠してはるんでしょ？　だからこそ、こんな絵を描かはったんや。言うたら悪いけど、この絵、竹井さんの拗《ねじ》くれたトラウマだだ漏れや」

夏梅の腹の中で胎児は死んでいる。つまり、俺は無意識に子供の死を願っていたということか。血の気が引いた清秀に、さらに浅田檀は追い打ちを掛けた。

「竹井さんのお母さんは早くに亡くならはったんやろ？　たぶん、その絵は夏梅さんやなくて、ほんまはお母さん。お腹の中の子は竹井さん自身。竹井さんはお母さんのお腹に還《かえ》って生まれ直したかった。でもそんなん不可能やとわかってはるから、櫻を描いて昇華させせようとした。それがうまく行かず死んだ赤ん坊になった。私の解釈はこういう感じ」

清秀はなにも言い返せなかった。ただ、歯を食いしばって立ち尽くすことしかできなかった。訳知り顔の浅田檀の精神分析は不快で腹立たしかったが、心の底では納得させられていた。これは認めたくない己の精神の恥部だ。ただただ幼稚で浅ましい。

「櫻に取り憑かれた画家っていうたら江戸時代には三熊思孝《みくましこう》がいる。思孝の妹の露香《ろこう》、弟子の広瀬花隠《ひろせかいん》なんかは櫻ばっかり描いてはった。櫻専門画家という特異な一派。でも、竹井さんはそうなったらあかん。それはっかりたくさん描いたらええって もんやない。竹井さんの櫻はもっともっと剣呑であるべきや。描き散らして安売りしたらあかん」

ずっと黙っていると、さすがに気の毒に思ったのか浅田檀が慰めてくれた。

「だからこそ、私みたいに竹井さんの絵を好きな人もいるんやけどね。でも、もし本気で売れたいと思てはるんやったら、もうちょっと幸せな絵を描いてもええんやないの」

幸せな絵とは何だろう。清秀は画廊を出るとその足で智積院に行き、長谷川久蔵の「櫻図」に向かい合った。

この絵は何度も不運に見舞われている。火災や盗難に遭ったがその度なんとか守られてきた。だが、もう本来の姿ではない。避難時に持ち出される際に襖《ふすま》から切り取られたからだ。また、長い年月の間に金箔は剝落し、色は褪《あ》せ黒ずんだ。そして、いくら腐れ胡粉と言っても見るたびに剝落が進んでいるのがわかる。この絵をはじめて見たのは中学生の頃だ。今から十年以上前だ。あの頃は腐れ胡粉の櫻はもっともっと美しく咲いていた。五百年前はもっと絢爛豪華に咲いていただろう。

大書院にはこの絵の複製がある。当時の色を再現したという複製はプリントで鮮やかな金、青、緑、そして白がべったりと平面に印刷されている。もちろん腐れ胡粉を盛り上げたりしていない。

清秀が観《み》ている櫻は久蔵の描いた櫻ではない。五百年経った櫻だ。その五百年が絵をくすませボロボロにした。それでもなおこの絵に惹《ひ》きつけられる。

人間に五百年という時の流れを理解することはできない。理解しようと思うなら五百年生きてみるしかないからだ。時代を経た作品の価値というものは、それは決して人間には理解できないというところにある。

「死んだ子供のための櫻か……」

清秀は「櫻図」の収蔵されたガラスケースの前にいつまでも佇《たたず》んでいた。

その夜、家に帰って「櫻の孕女」を見た。絵の中で妊婦は微笑んでいた。腹の子が死んでいるのに平気で笑っていた。まるでその死を喜ぶかのようだった。

瞬間、この絵を忌む人間の気持ちが理解できた。そうだ、たしかに醜くおぞましい。ぞっとする。

そのとき、夕飯ができたと夏梅が呼びに来た。顔を上げて妻を見る。途端に、色白の夏梅が死人にしか見えなくなってきた。死人が死んだ胎児を宿しているように思えた。

清秀は自分の絵に堪えられなくなった。庭に降りるとライターで絵に火を点けた。そして、無造作に地面に放り投げた。すると、それを見ていた夏梅が慌てて庭に降り、火の点いた絵を拾い上げた。手で叩いて火を消そうとする。

「やめろ。火傷する」

だが、夏梅は言うことをきかない。手で火を消してしまった。絵は右下の隅がすこし焼けたがほとんどは助かった。

「阿呆」

思わず怒鳴りつけると、夏梅がきっとにらんだ。

「清秀さん。これはあたしと赤ちゃんの絵じゃ。燃やすなんて酷い」

「その絵は出来損ないや」

「そねーなの関係ない。これは清秀さんが描いてくれたんじゃ。たとえどれだけ貶されようが、この絵はあたしの宝物じゃ」

夏梅は涙を浮かべて言った。

「おまえに絵のなにがわかるんや」

そんな身内の感傷になんの意味がある。画壇で評価されなければ意味がない。あの男を絵でねじ伏せなければならないのだ。

「わからんでも、この絵は大事な絵じゃ」夏梅が涙を溜めた眼で、すこし引きつった笑みを浮かべた。「清秀さん。もっと描いて。もっともっと、あたしと赤ちゃんを描いて。誰がなんと言おうと描いて」

夏梅の声はすこし震えていた。その手は赤く、顔は灰と煤《すす》で黒く汚れていた。

「やかましい。しつこい」言い捨てて夏梅に背を向けた。「仕事するから出て行け」

墨を取って乱暴に擂る。こんな荒々しい擂り方では良い墨にならないのはわかっていた。

どうせ描いても酷評される。その原因はすべて己の内にある。自分でもどうしようもない。俺が生きた絵を描けないのは俺が死んでいるからだ。母が白い顔で俺の首を絞めたとき俺は本当は死んでしまったのだ。

八ヵ月に入ると、夏梅の腹はずいぶん大きくなった。

「清秀さん。この前、お義父《とう》さんが連絡くれちゃって……会うてきた」

夏梅の顔はすこし青かった。緊張して声が固い。

一瞬で身体が冷えたような気がした。清秀は呆然と夏梅を見た。よほど恐ろしい顔をしていたのだろう。夏梅が息を呑んだ。

「あの、お義父さん、ええ方じゃったよ。あたしのお腹を見て、すごく気遣うてくれた」

清秀は無言で夏梅を見つめていた。怒りが頂点に達すると言葉も出ないらしい。自分でも不思議なくらいに落ち着いていた。

「お義父さんね、清秀さんと仲直りしたいて言うちょられた。ほんとは優しい人なんじゃや。清秀さんにしたことを後悔してる、謝りたい、て」

「それで？」

冷え切った声に夏梅がひるんだが、すぐに懸命に言葉を続けた。

「清秀さんが『たけ井』の跡を継げへんかったことにショックを受けて、つい酷いことをしてしまった。でも、それは自分の我《わ》が儘《まま》やった。清秀さんのしたいようにさせればよかった、て」

――お腹の子は順調なんか？　男か女か、もうわかってるんか？

――はい。女の子です。蓮子、って付けようと思うちょります。

――そうか、蓮子か。ええ名前や。

「身体を大事にするんやで、なにかあったらいつでも頼ってきてくれ、て言うちょられた」

夏梅は立ち上がってボロボロの整理簞笥の抽斗《ひきだし》を開けた。

「これ、お義父さんがくれちゃったんじゃ。……今までの過ちがお金で済むとは思えへんけど、孫のためやと思て受け取ってくれ、て」

分厚い封筒だった。厚さからすると三百万ほどか。

清秀は封筒を手に取らず、ただ黙って見下ろしていた。あの男と絶縁して以来、一円も受け取っていない。芸大へは治親伯父に保証人になってもらい奨学金を借りて進学した。そして、生活のため、高価な絵具を買うためひたすらバイトをした。なのに、あの男は金で妻と孫を買おうというのか。

清秀は封筒をつかむと夏梅に突きつけた。

「返してこい。あの男の金を受け取るくらいやったら、死んだほうがマシや」

思わず声を荒らげると夏梅が強い眼でにらみ返した。

「清秀さん、わかっちょるの？　うちらにゃあお金がない。この子を産んで育てていくお金もない。清秀さんが一所懸命絵を描いちょるのはわかっちょるけど……じゃけど、売れんかったらどうしようもない。絵具は高いし……」

「あの男に恵んで貰《もら》うなんて絶対にできひん。おまえが返さへんと言うなら俺が返してくる」

清秀は家を飛び出した。「たけ井」に乗り込むと、あの男は厨房《ちゅうぼう》にいた。清秀が近づいていってもなにも言わない。他の大勢の料理人たちも驚いたふうで誰一人言葉を発する者はいなかった。清秀は封筒を床に叩きつけると無言で厨房を後にした。

自分が悪いことはわかっていた。だが、今は夏梅に会いたくなかった。かと言って「櫻図」を見る勇気もない。仕方なしに二月の京の町をひたすら歩き続け、夜が明けるまで安酒を飲んだ。

一晩経つとすこし頭が冷えた。

あの男の世話になるつもりは毛頭ない。だが、そのことで夏梅を責めたのは間違いだった。夏梅はよかれと思ってしたことだ。夏梅の生い立ちを考えれば祖父母への憧れは当然ではないか。

牡丹雪が降りしきる中、清秀は大山崎の家に戻った。

玄関の鍵は開いていた。部屋の中は冷え切って外と温度が変わらなかった。居間に人の姿は見えない。台所をのぞくと床に夏梅が倒れていた。

一目見ただけで息がないことがわかった。食事の用意の途中だった。まな板の上には包丁と水菜の大株がある。ガスコンロの上には土鍋があって、大きな昆布が一枚入った出汁《だし》が張ったままだった。テーブルの上には薄切りの豚肉と豆腐が置いてある。清秀の好物、豚と水菜のはりはり鍋だった。

清秀は白い息を吐きながら膝を突き夏梅の手を握った。ほんのすこしでも温かみがあるのではないか、という期待は虚しく裏切られた。それから、膨らんだ妻の腹に触れた。すっかり硬くなっていてどれだけ感覚を研ぎ澄ましても胎動は感じられなかった。

台所の窓から空を見上げた。後から後から雪が落ちてくる。すぐに溶けて積もることのできない牡丹雪は虚しくないのだろうか。どれだけ降っても消えてしまうのに。

なにひとつ痕を残せないのに。

　夏梅の横でスケッチブックを広げた。手が凍えているせいで何度も鉛筆を落とした。それでも一心不乱に描き続けた。今、描かなければ妻も子も消えてしまう。描くことでしか己の中にとどめておくことができない。清秀は夏梅の亡骸《なきがら》をひたすら写し続けた。

　解剖の結果、死因はくも膜下出血だった。妊娠高血圧症によるものだろう、とのことだった。清秀は夏梅の死亡届と胎児の死産届を出した。死産届には名を書く欄がなく性別を記入するのみだった。死んだ娘に名を贈ることすらできず清秀は絶望した。浅田檀の言葉が思い出された。「櫻の孕女」のような絵を描いたせいだろうか。無意識のうちに胎児の死を願っていたのだろうか。

　清秀は来る日も来る日も考え続けた。

　彼岸では時が流れるのだろうか。もしかしたら、あの世では月が満ちてきちんと生まれているのかもしれない。だとしたらどんなにいいだろう。夏梅と蓮子のいる場所はきっと極楽だ。だが、俺はそこへ行けるのだろうか。妻と子を見殺しにした男が行けるのだろうか。

　そう思いながら完成させた絵には「屍図」と名付けた。

　女が白い雪原に倒れ凍り付いている。その腹は膨らんでいるが女もその腹の中の赤子も二度と動くことはない。空を覆うのは濃い雪雲だ。牡丹雪が降りしきる。死んだ女と赤子は孤独だ。誰にも見つけてもらえない。

「屍図」も酷評された。安直なデスマスクで人の死を感傷的にしか捉えられない皮相な絵である。古今の九相図《くそうず》のような凄味《すごみ》がない、と。

ごく一部だが絶賛してくれた人間もいた。浅田檀は「櫻の孕女」に続く傑作だと褒めてくれた。

来る日も来る日も妻と子を描き続けた。

夏梅と腹の中の子と一体どちらが先に息絶えたのだろう。もしできることなら二人一緒に逝ったのであって欲しい。夏梅は赤ん坊を抱いて三途《さんず》の川を越えたのであってほしい。

くだらない夢想だ。そう思いながらも描かずにはいられなかった。赤ん坊を抱いて川を渡る女の姿だ。そして、川岸には満開の櫻を描いた。花には丹で染めた腐れ胡粉を用いた。

この絵のタイトルは「衣領樹」だ。衣領樹とは三途の川のそばにあって死者から剝ぎ取った衣を掛ける木だ。この世ではじめての死者が川を越えたときからこの櫻は満開だった。そして、この世の最後の死者が渡りきるまで決して散らず花を咲かせ続ける。

だが、この絵は凄まじすぎて絵とは呼べない代物になった。ただの未練であり悔恨であり、自分の過ちを絵として昇華させて責任逃れをしようという欺瞞《ぎまん》で、要するに清秀の精神の抱えた汚泥の垂れ流しにすぎなかった。

「衣領樹」は清秀の評価を決定づけた。挙げ句、こう揶揄する者もいた。あの男は死に取り憑かれている。「死体画家」もしくは「死体愛好家」だ、と。

あれから生きている人間が描けない。誰をどんな風に描こうと、たとえ笑っていようと、飛び跳ねていようと、清秀が描くとその人間は死んでいた。

筆を握るたび妻と子を思い出す。絵具も、水も、胡粉も、櫻も蓮も、なにもかもだ。死体しか描けないことがわかっていてもそれでも描かずにはいられないのだった。

行き着いた果ては仏画だった。

東京国立博物館に有名な「菩薩立像《ぼさつりゆうぞう》」がある。鎌倉時代の作で眼と唇には水晶がはめ込まれていた。わずかに腰を捻《ひね》って立ち、すんなりとした細身なのに肉身を感じさせる。柔らかな衣の線が非常に美しい。清秀はこの菩薩立像を思いながら夏梅を描いた。

菩薩が金の雲の上に立っている。S字を描くように身体はゆるやかに捻《ねじ》れ、薄い衣の作る襞《ひだ》は身体の線をくっきりと浮かび上がらせていた。弓なりの眉は村はずれの小川に掛かる小さな石の橋のように秘《ひそ》やかだ。胸元の瓔珞《ようらく》は繊細に描き込まれ、風に鳴るしゃらしゃらという音まで聞こえてくるようだった。

一見、ごく普通の美しい菩薩のお姿だった。だが、一つ普通とは違うところがある。一つはこの菩薩の腹が膨らんでいること、もう一つは鮮やかな金色の実を掌《てのひら》に載せていることだ。

この絵のタイトルは「非時香菓」という。

ときじくのかくのみ、とは日本書紀によれば常世の国にある不老不死の象徴だ。今の橘《たちばな》のことだとされる。

夏梅の手の上で夏蜜柑がきらきらと輝いている。妻と子のいる常世の国では橘ではなく夏蜜柑が非時香菓なのだった。

——清秀さん、笑うちょる。

夏梅がそう言ったとき俺はどれだけ嬉しかっただろうか、と思った。

三

嫦娥《じょうが》

浅田檀のダットラで険しい山道を走り続ける。やがて、中国山地を越え日本海側に出た。

当然、警察の捜査がはじまっているだろう。乗り捨てたパジェロは人目に付かない場所に隠してある。警察が見つけるまでにはまだまだ時間がかかるはずだ。警察がパジェロを追っている間にできる限り遠くまでダットラで走る。

「夏蜜柑の家」は本州のほぼ西端、長門《ながと》市だ。日本海を望む山の中に夏梅が幼い頃に暮らした家がある。夏梅と腹の子が生きていた頃はそこを画室にして家族で住もうと話していた。

清秀は年に一度、妻と子の命日には必ずここを訪れる。二人の墓があるわけでもないが、この夏蜜柑の家で過ごすことが正しいような気がした。この一日だけは決して筆を執らないと決めている。ただ海を眺めて過ごすのだ。

ダットラで車一台がやっと通れるほどの道路を上っていった。舗装はされているが路面はひどく傷んでいる。車はガタガタと揺れた。山を抜けた先には絶景で有名な神社がある。海に向かって並んだ朱塗りの鳥居がインスタ映えすると評判になり、海外からも観光客がやってくるという。県外ナンバーの車でもそれほどは怪しまれないはずだという読みがあった。

山口県は柑橘《かんきつ》類の栽培が盛んだ。長門市には夏蜜柑の原樹があり天然記念物に指定されている。また、萩《はぎ》では維新後の士族の窮状を救うために夏蜜柑の栽培が奨励された。今でも町のいたるところに夏蜜柑が植えられている。

途中で小さな集落に差し掛かった。道の両側は果物畑で金色の夏蜜柑が陽に照り映えている。畑の切れ目からは時折海が見えた。本来ならどれだけ美しいだろう。だが、今はそれを楽しむ余裕などない。誰かに呼び止められはしないか、見つからないかと気になり冷や汗が出て動悸がした。誰にも会わず通り抜けたときにはほっとした。

「あれ、夏蜜柑？」

「ああ」

蓮子は窓の外を食い入るように眺めている。

「ヤスノリが夏蜜柑のお菓子を持ってきてくれはった。夏蜜柑の中にゼリーが詰まってるのと、羊羹《ようかん》が詰まってるのと二種類。どっちも美味しかった」

　ふいに蓮子が鼻歌を歌い出し、清秀はぎょっとした。どこかで聞いたことのあるメロディだが思い出せない。聴いているともどかしくなる。

鼻歌が止んだ。蓮子が黙り込む。だが、清秀の頭の中では先ほどのメロディがぐるぐると回ったままだ。我慢しきれず訊ねた。

「それ、なんて歌や」

「『ジュ・トゥ・ヴ』」

ジュ・トゥ・ヴ。フランス語か。意味は「おまえが欲しい」だ。

「いつもヤスノリと一緒に聴いとった……」蓮子がどこか遠くを眺めながら言った。「あの曲を聴いてたら身体がふわふわした。ピンクの雲に包まれてるみたいな気持ちになった。部屋の中にピンクの雲が広がって、あたしもヤスノリもその雲の中に居るみたいで」

　それきり蓮子は口をつぐんだ。まるで電池が切れたようだった。

　曲がりくねったカーブを辿《たど》りながら山の奥へと入って行く。急坂を登り切るすこし手前で細い脇道に入った。草が生い茂って轍《わだち》すらない。昨年、清秀が訪れて以来誰も通った形跡はなかった。

　前方に半ば廃屋のような一軒家が見えてきた。雑草だらけの庭をぐるっと回って家の裏手に車を駐めた。たとえ脇道に入ってきてもここなら見えない。

車から降りると山の冷気に思わず身体が震えた。真冬の海風に耳が凍りそうだ。枯草がざわざわと揺れて凄まじい。清秀は歯を食いしばってぐるりとあたりを見回した。

ここは清秀にとって叶うはずだった夢の残骸だった。住むはずだった家、幸せにするはずだった妻、生まれて来るはずだった娘。結局、何一つ手に入れることができなかった。そして、その夢を壊したのは清秀自身だった。

そうだ、夢を壊したのは己自身。そして、ここで己自身も壊れるまで絵を描くのだ。

蓮子を車から降ろすと、不安そうに家を眺めている。清秀は鍵の掛かっていない玄関を開けた。家の中は真っ暗で埃《ほこり》と黴の臭いがする。まず、縁側の戸を開けた。雨戸の立て付けが悪くて苦労したがなんとか全部戸袋に押し込むことができた。

光と風が入ると家の中の様子が見えてきた。一年近く閉めきっていたが思ったよりは荒れていない。雨漏りの痕もなく動物が侵入した様子もなかった。

縁側に面した広い座敷の真ん中には囲炉裏《いろり》がある。灰も残っているし五徳はしっかりしている。炭を足せばすぐに使えそうだった。

蓮子をさらって逃げると決めて思いつく限りの準備を整えてきた。

まず病院に行って出せるだけの痛み止めを出してもらった。それから、浅田檀に電話で用件を伝えたあと寺町通の画廊を訪れた。

――使ってないダットラ？　ガレージに入れっぱなしのやつでええの？

――車検は？

――一応通してるけど。

――しばらく貸してくれ。ついでに冬タイヤも頼む。

――竹井さん、パジェロはどないしはったん。事故った？

――俺が車を借りたことは誰にも言わんといてくれ。

――ちょっとちょっと、どういうことやの。

――絵を描く。

――絵を描くって……今さらなに言うてはるん。

浅田檀は当惑した表情で清秀をじっと見ていた。清秀がそれ以上なにも言わないでいると、やがて諦めたふうにため息をついてコツコツと杖で床を突いた。

――わかった。その代わり、絵、期待してるから。

山水を溜める水槽は落ち葉で一杯だったが、水は流れていて淀《よど》んでいるわけではなかった。底を浚《さら》って掃除をすれば飲用として問題ない。

風呂とトイレは大きな問題だった。ガスが使えないので風呂は薪《まき》で沸かす必要がある。「薪ストーブ」用の薪をホームセンターで買って積んできた。トイレは汲《く》み取りでこれも我慢するしかなかった。

発電機にガソリンを入れてポータブルテレビを繋ぐ。携帯は居場所を特定される危険があるため使えないので家に置いてきた。情報はテレビとラジオに頼るしかない。

米やレトルト、インスタント食品などを大量に用意してきた。その夜は、飯盒《はんごう》で米を炊きレトルトのカレーを食べた。最初、蓮子はとまどったようで手を付けなかった。

「食べろ。これからは贅沢《ぜいたく》できひん」

清秀が食べはじめると、蓮子も恐る恐るスプーンを握った。すこしほっとした。

夕食の後、清秀は持参したバリカンで頭を丸めた。指名手配されるのですこしでも外見を変えなくてはならない。洗面所の鏡で見るとどこから見ても囚人だった。

蓮子は驚いた顔で見ていたが、ふいに眼を輝かせた。

「ねえ、あたしも髪の毛切った方がええ？『ローマの休日』みたいに」

思わず胸が痛くなるほど無邪気に弾んだ声で言う。なのにその口から出た古い映画のタイトルはどこか腥く聞こえた。

「いや」

蓮子の外見も変えたほうがいい。そのために手っ取り早いのは長い髪を切ることだろう。だが、それは絶対にできない。あの髪を描けなくなってしまう。

「そう。残念。でもね、ヤスノリも切ったらあかん、って言うてはったから」

その夜は風呂を沸かす気力はなくそのまま眠ることにした。蓮子は疲れていたのか、清秀が布団の用意をしている間にもう寝息を立てていた。清秀は眠る女を見た。眼を閉じていれば、なにも話さないでいれば蓮子はごく普通の十九歳の女だった。大阪から山口まで長距離を運転してきたところだ。疲れ切っていて本当は今すぐ横になりたい。だが、あれほど渇望していた女が手の届くところにいる。描きたいという欲望を抑えることができなかった。

清秀はスケッチブックを取り出し蓮子の寝顔を写すことにした。ランタンを調節し明るさを絞る。柔らかく仄《ほの》かな灯りで描きはじめた。

これまでは蓮子の顔を思い出して描くことしかできなかった。だが、今は寝息が掛かるほど近くにいる。歓喜で手が震えるような気がした。

尖らせた鉛筆で蓮子を徹底的に写す。髪は床の上に扇のように広がり、あらわになった耳はどこか剝き出しの内臓を思わせた。丁寧に耳の形を写し取り、もみあげを細かい線で髪の一本一本を描いてから指の腹で擦《こす》って陰影をつけた。

どうせなら身体も描きたい。そっと布団をはいでパジャマのボタンを外した。膨らんだ胸が静かに上下している。柔らかな肩も尻もくびれた胴もなにもかもが満開の櫻のような、今が盛りの若く美しい女の身体だ。

両腕は身体に沿って緩やかなカーブを描いて投げ出されている。手の指は軽く折り曲げられて、まるでこの世に爪を立てているようだ。だが、その爪は深爪ではない。あくまで健康な爪で俺にはないものだ。清秀は眠る女を取り憑かれたように描き続けた。

もっともっと描きたいのに眼が回ってきた。かなり体力が落ちている。くそ、すこし休憩か、と思ったときはっと気付いた。

蓮子が眼を開けてじっとこちらを見ている。一瞬、どきりとして心臓が止まりそうになった。

ランタンの灯りの中で蓮子が身体を起こす。ゆっくりではあったがためらいのない動作だった。そして、いきなり清秀の唇を吸った。挑むように舌を絡めてくる。それと同時に清秀の股間に手を伸ばした。強く胸を押しつけながらゆっくりと下半身を回すように揺らした。

マンションの一室に閉じ込められた蓮子にとってはヤスノリがこの世に存在するただ一人の人間だった。そのヤスノリと深く繋がることは自分の存在を確認するためには絶対に必要な儀式だったに違いない。自覚のない性欲はあまりにも残酷で抗《あらが》いようのないほど淫靡《いんび》だった。

清秀は筆を握りしめていた拳を開いた。畳の上に墨を含んだままの筆が落ちる。ゆつくりと蓮子の乳房に向かって手を伸ばし、かつてあの男が触れた肉を摑んだ。瞬間、長い首を反らして蓮子が呻いた。ためらわず蓮子の唇を強く吸った。

あの男の抱いた女を抱く。あの男よりもずっと激しく抱く。思い知らせてやる。俺はあの男とは違う。あの男の従属物ではない。決してあの男に叩き潰されたりはしない。

蓮子の手が清秀の中心に触れた。両の手で包み込むようにして、そのまま動かない。清秀の熱を確認しているようだった。

一気に劣情が猛った。その瞬間、わかった。己がどれだけこの女を欲していたか。はじめて会ったときから描きたくて描きたくて、抱きたくて抱きたくてたまらなかったのだ。これはあの男の女を寝取って意趣返しをしたい、という卑しい欲望か。それがわかっていてもこの女が欲しくてたまらない。否応《いやおう》なしに惹きつけられる。この女の隅から隅まで、髪の毛一本、血の一滴まで己のものにしたい。

蓮子が両の掌で清秀を包んだままこちらを見上げた。ランタンの淡い光の中で黒い眼が熾火《おきび》のように光った。擦るわけでも強く握るわけでもないのにたまらない。白く細い手で囲われもう逃げられない。己のものにしたい、という思いとは裏腹にこの娘に所有されている。俺はこの娘に隷属させられている。

こらえきれず、清秀は蓮子をうつ伏せにして背後から繋がった。あの眼は恐ろしすぎる。この娘の支配を跳ね返すにはこうするしかなかった。

蓮子が声を上げた。苦痛でも歓喜でもない。はじめて陸に上がった生き物が叫ぶような原始的な、それでいて甘美な声だった。

母もこんなふうに壊されたのだろうか。自らあの男の唇を吸い、包み、叫んだのだろうか。そして、そんな自分に堪え切れず俺の首を絞めたのだろうか。

あのとき、俺を殺せていたら母は生き続けることができたのだろうか。

深く深く、この世の底の底、決して光の届かぬ水底へと沈んでいく。俺も外道だ。俺も畜生だ。妻と子を死なせたときからとっくに地獄に堕ちている。今さらなにを恥じる？

蓮子とのセックスは夏梅とのセックスの対極にあるものだった。夏梅を抱いたときはこう思った。正しい結合だ、と。そして、緊張も高揚もない代わりにこれまで覚えたことのないような深く静かな満足と幸福を感じた。そして、心の底から思った。この女が愛《いと》しい、と。

だが、蓮子とのセックスは違和感と眩惑《げんわく》の塊で恐ろしく不安定な結合だった。互いの性器はほんのすこし擦れただけで耳障りな不協和音を響かせた。清秀が突いて蓮子が声を上げるたび世界にヒビが入り、清秀が掻き回して蓮子が息を吐くたび世界が灼《や》かれた。

全身が恐ろしく鋭敏な感覚器官になっている。蓮子に触れる部分すべてが快感を訴えてきた。激しすぎて痛い。剣の山の上で交わっているようだ。全身を切り裂かれてずたずたになっているのにこの女と離れられない。

この女が愛しい、ではない。この女を大切にしたい、でもない。ただこの女が欲しい。この女のすべてを自分のものにしたい。己はこの女でなければだめなのだ。

壁に蓮子と己の影が映って揺れる。二つの影が溶けてぐにゃぐにゃと混じり合った。まるで見かけ倒しの滑稽な怪物の姿のようだ、と思った。

＊

ヤスノリとよく映画を観た。お気に入りは可愛《かわい》いショートカットの王女様が出てくる『ローマの休日』だった。

ある夜、ヤスノリが新しい映画を観ようと言った。タイトルは『汚名』だ。鼻が高くて眼が大きくて睫《まつげ》毛の長い女の人がドレスを着ていた。そして、話をしたり電話をしながら、男の人とキスをする。ちょっとキスをして、一旦止めて、それからまたキスをして、また止めて……の繰り返し。細切れの長い長いキスシーンだ。

――この映画を撮ったときは、三秒以上のキスは禁止されてたそうや。

そういうと、ヤスノリが唇を吸った。そして、すぐに離した。

――映画の真似？

返事をせずにヤスノリがまたキスをした。今度はすこし長かった。そして、また離した。ヤスノリが腰に手を回してきた。そのまま窓際に連れて行かれた。そして、ヤスノリは夜の街を見下ろしながらまた唇を吸った。かと思ったらすぐに離した。あ、と声が出た。

ドキドキする。いつキスがはじまって、いつキスが終わるかわからない。

――蓮子。今度はどんな菓子が食べたいんや？

――葛……。

葛櫻、と答える前にまた唇を吸われた。長い長いキスだ。まだ終わらない。とっくに三秒以上経っている。なんだか笑い出したくなった。こんなことをしていたら話もできない。でも、懸命に笑いを堪えた。

ようやくヤスノリの唇が離れた。もう笑うどころではなくなっていた。

その夜、一時間近くキスを続けた。いろいろなところでキスをした。キッチンでも、風呂場でも、洗面所でも、テーブルの上でも、椅子の上でもだ。

ずっと歩き回っていると足が疲れてきた。思わずよろめくと、ようやくヤスノリがキスを止めた。そして、ソファに座らせてくれた。

――よう頑張ったな。蓮子はええ子や。

そう言って頭を撫でてくれたのだった。

＊

清秀は庭に立っていた。手に持っているのは胡粉塚を作ったときのシャベルだ。まだ泥が付いたままだった。

――吐き気がする。

眼の前にあの男がいた。あの男はそう言い捨てると、まるで蟻《あり》の巣でも壊すかのように清秀が作ったばかりの胡粉塚を踏み潰した。そして、侮蔑と憎しみしかない眼でこちらを見た。

清秀は凄まじい怒りが身体を灼くのを感じた。化け物のような叫び声を上げシャベルを振り上げた。そのまま、渾身《こんしん》の力を込めてあの男の頭に振り下ろした。

べこん、と不快な音がした。あの男の頭が割れて血が飛び散った。粘っこい膠のようなどろどろとした血だ。清秀の顔に飛沫《しぶき》が掛かった。とんでもない熱さだった。まるでぶつぶつと噴いている炊き立ての餡のようだ、と思った。

清秀は再びシャベルを振り上げあの男の顔面を打った。あの男は声も立てずに倒れた。その背中へ何度も何度もシャベルを振り下ろす。あの男は声も立てない。動かない。息が切れるまでシャベルで男を打ち続けた。

ふっと気がつくとシャベルもあの男の死体も消えていた。そして、眼の前に白い人形が立っていた。足がすくんで動くことができない。表情のない人形はじっとこちらを見つめている。なんと恐ろしい眼だ。震えが止まらなかった。

ゆっくりと人形の腕が動いた。白い陶器の指が清秀の喉に触れる。その冷たさにぞくりと全身が粟立った。

いや、人形ではない。母だ。あの男を殺した罰を与えに来たのだ。母は決して己を許さない。己は母に殺されるのだ。

母の手がすこしずつ喉に食い込んでくる。苦しい。息ができない。涙が溢れる。死にたくない。助けてくれ。でも、母に触れてもらっている。今、己は嬉しくてたまらない。母の手はなんと心地よいのだろう。苦しくて嬉しくてたまらないのだ。早く殺してくれ。早く。

泣きながら眼を覚ますと見慣れぬ家の中だった。ぼろぼろの襖や染みだらけの壁を見回し、横にいる女に気付いた。ああ、と思う。昨日、この女を連れ出して夏蜜柑の家に逃げてきたのだった。

手には握りしめたシャベルの硬さを、首筋には母の冷たい手を感じながら、清秀は身を起こした。

母に殺される夢は幼い頃から何度も見ている。恐ろしくて苦しくて身体が震えてしばらくは動けない。だが、すこし大きくなるとその四肢の震えは歓喜の痺れでもあることに気付いた。殺される夢なら母に会える。首を絞められる夢なら母に触れてもらえる。己は母にもう一度殺されたがっている、と。

成長すると父を殺す夢も見るようになった。手にはシャベルを握りしめた感覚がはっきりとある。父の頭に振り下ろしたときの不快な音もありありと聞こえる。現実よりもずっとリアルな夢だ。

山の中の家なので底冷えがする。白い息を吐きながらコーヒーを淹れる用意をした。豆を入れミルのハンドルを回していると、眼を覚ました蓮子が寄ってきた。

「なにしてんの」

「豆を挽《ひ》いてる」

清秀はハンドルを回し続けた。蓮子はじっと見ている。コーヒーが珍しいようだ。

そして、思い出した。昔からあの男はコーヒーを飲まない。それが清秀がコーヒー好きになった理由だ。

「あたしもしてみたい」

黙ってうなずくと、蓮子は早速おそるおそる回しはじめた。ミルは鋳鉄《ちゅうてつ》製だ。縦型でハンドルは側面についている。色は黒。重いが安定はいい。

清秀は蓮子がハンドルを回す様子をじっと見ていた。これまで一緒に豆を挽いたことがあるのは妻だけだ。夏梅はいつも白い手で楽しそうにハンドルを回していた。

――ねえ、子供ができたら、これ、やりたがるやろうね。

――そうか？

――絶対そう。子供はこねーなの大好きじゃけ。

施設で暮らした経験のある夏梅は様々な人間に囲まれて大きくなった。清秀のような偏屈な人間を受け入れてくれたのは、そのせいかもしれなかった。

「ねえ、こんなんでほんまに豆が挽けてるん」蓮子が心配そうな顔で言った。

清秀は上蓋を開けて中を見せた。豆がすこしずつ吸いこまれて減っていく。蓮子が嬉しそうな顔をした。

夏梅の言うことは本当に正しかった。こんな些細《ささい》なことで十一年前に引き戻される。

蓮子は蓋を閉めて再びハンドルを回しはじめた。その蓮子の手もやはり白い。真っ黒なハンドルをぎこちなく回している。

清秀は慄然と蓮子の手を見つめていた。昨夜、この手が己を包んだ。見れば見るほど畏ろしい手だ。だが、そのおののきは己の浅ましさ、薄汚さから眼を逸らすための都合のいい方便だということがわかっていた。つまり、畏れることで蓮子に罪をなすりつけようとしているのだ。

一人前の豆を挽き終えると蓮子はふうっと大きな息を吐いて得意そうに笑った。清秀は一瞬なにか叫びそうになったが懸命に堪えた。落ち着け、と己に言い聞かせながらサイフォンの準備をしてアルコールランプに火を点けた。沸騰するタイミングを見計らって長い木べらでかき混ぜる。その様子を蓮子はじっと見つめていた。まるで夏休みの自由研究に夢中になっている子供だ。昨夜の忘我は微塵も感じられない。なにもかもがままごとだ。妻とするはずだったことも子供とするはずだったことも、すべて蓮子とやっている。己のやっていることは蓮子を代用品とした家族ごっこだ。

コーヒーを飲むとポータブルテレビを提げて外へ出た。石垣に腰を下ろしてニュースと情報番組をチェックした。

清秀は画面に映し出された三木達也の顔に思わず息が止まりそうになった。画面の上には緊急生出演という文字がある。蓮子に聞こえたらまたパニックを起こすかもしれない。慌ててボリュームを下げた。

「妹は今、竹井清秀に誘拐されて行方不明です。蓮子は十一年にわたる監禁の傷も癒えてないんです。加害者を慕っています。ストックホルム症候群の影響を受けたままです……」

不自然に語尾が途切れた。三木達也がハンカチで慌てて眼を押さえる。すると、キャスターが後を引き取って説明した。

「ストックホルム症候群とは実際の事件から名付けられたそうですね。監禁されていた人間が監禁している人間に好意を持ってしまうことだ、と」

背後に清秀と蓮子の大きな写真パネルがある。清秀の写真は数年前に浅田画廊で個展を開いたときのパンフレットのものだった。今よりずっと健康そうに見えた。

蓮子の写真はランドセルを背負わされ困惑しているところだった。清秀は思わず舌打ちした。蓮子の写真はあまりにも痛ましく、しかもそれは目を背けたくなる不愉快さを伴うものだった。

「そうです。妹はストックホルム症候群という……要するに病気なのです。妹は竹井康則と息子の竹井清秀を同一視しています。だから、竹井清秀に好意を持ち、一緒に逃げることを選択したのです」

「なるほど」

「病院の監視カメラの映像を見せてもらいました。妹は無理矢理に拉致されたのではありません。竹井清秀の後を自分の意思でついていっていました。なんのためらいもない、しっかりとした足取りでした。ですが、これは妹の本当の意思ではありません。完璧な洗脳です。私はそれを見て妹が哀れでたまらなく、竹井清秀に激しい憤りを感じました」

「ストックホルム症候群の洗脳とは凄まじいものなのですね」

「そうです。実は両親はこのテレビ出演に反対でした。妹はまだ十九歳です。将来を考えると、事件をあまり公にすることはやめたほうがいい、と言うのです。ですが、私の考えは違います。妹の奪われた十一年を人々の眼から隠し、なかったことにするのは、妹自身を否定することです。兄として、私はそんなことをしたくない。あの部屋でなにがあったかを知って欲しい。洗脳の恐ろしさを伝えたいのです」

「竹井清秀は一体なんのために蓮子さんを誘拐したんでしょうか」

「わかりません。ですが、あの男は私が妹に過去を思い出させようとしたら、邪魔をしました。いつまでも自分の支配下に置いておきたいのか、それとも都合が悪いことがあるのかもしれません」

「なにか隠し事があるのでしょうか」

「断定はできません。でも、あの男はあきらかに妹に執着していました。親子揃って異常者なのです。何度でも言います。妹は洗脳されて誘拐されました。だからこそ、皆さんに事件のことを、いえ、妹のことを知ってもらいたいのです。お願いです。妹、もしくは竹井清秀を見かけた人はすぐに通報してください」

「今、テレビで訴えたいことはありますか」

「竹井清秀。あなたは卑劣な誘拐犯です。妹が洗脳されていることにつけ込み、妹の心を奪った。あなたのしていることは、ある意味、あなたの父親がしたことよりももっと酷い。いえ、もっと薄汚い。自分一人ではなにもできないくせに、父親の尻馬に乗って妹をさらった最低の犯罪者です。妹を返してください。私の大事な妹なんです」

三木達也が涙ながらに訴えた。インタビューはそこで終わった。

清秀は思わず拳を握りしめた。あの男の尻馬か。一番言われたくないことだった。だが、今さら動揺するな、と己に言い聞かせる。あの娘をさらって逃げようと決めたとき覚悟したはずだ。あの娘を描くためならどんな非道もする。外道の人でなしになるのだ、と。

カメラがスタジオに切り替わると並んだタレントや識者が非難のコメントを述べた。

「これで『たけ井』は完全にダメになりましたね。竹井康則個人の犯罪ということなら、まだ復活の可能性はあったかもしれませんが、その息子も同じことをしたとなると……失礼な言い方ですが竹井一族そのものの問題ということになりますから」

「本当にもったいない話だと思います。伝統のある料亭なのに。料理に関しては竹井康則は天才でした。それは間違いありません」

「竹井康則の妻は自殺してるそうですね。やはり家庭内に何らかの原因があるということでしょう。そして、母親の自殺が竹井清秀の強いトラウマになっている可能性がありま す」

訳知り顔のコメントに堪えられず清秀はテレビを消した。思わず大きな息を吐く。それだけで胸と背中が痛んだ。

未成年者誘拐罪で清秀は指名手配されていた。己自身はどれだけ非難されようとかまわない。慣れている。だが、「たけ井」の建て直しのために奔走していた治親伯父のことを思うと自責の念が抑えられなかった。伯父貴、すまん。清秀は歯を食いしばって心の中で何度も詫びた。子供の頃からどれだけ世話になっただろう。今、俺が絵を描いていられるのも伯父のおかげだ。その恩を最悪の形で裏切ったのだ。

そこでふいに咳き込んだ。なかなか止まらず胸と喉がちぎれそうになった。

だが、もう後戻りはできない。そもそも後戻りする時間などない。画室に戻って昨夜描いたスケッチを見た。

蓮子の寝顔は自分でも驚くほどに「描けて」いた。今にも小さな寝息が聞こえてきそうなほど無防備でありながら艶めいている。夏梅を写したときですらこんなふうには描けなかった。まるで夏梅に対する冒瀆《ぼうとく》のようで清秀はすこし混乱した。

乱れた心のまま机に向かった。皿に緑の絵具を調合する。鮮やかな松葉緑青だ。筆を執ると一気にまだ青い梅の実を描いた。

青梅だ。固さとみずみずしさを同時に感じさせなければならない。梅の実の割れ目はやはり女の尻だ。子供を産んだ女ではない。まだ若い女の尻だ。

梅の実に光が当たって輪郭がぼやける。なめした皮のような、肌に吸い付くような質感を描け。そして、思い出せ。青梅には毒がある。自分を守るための毒だ。これは美しいけれど哀しい実だ。

そこではっと手が止まった。俺はなぜ梅を描いているのだろう。夏梅への罪滅ぼしのつもりか。人の心など捨てたつもりでもやはり捨てきれないのか。

だが、梅を描きたいという衝動は心の奥底から湧き上がってきたもので決して薄っぺらな贖罪《しょくざい》などではない。もしかしたら、その混沌《こんとん》とした未練こそが人の心というものなのか。それが俺を絵に駆り立てるのか。

青梅を見つめながらぽつねんとしていると蓮子が画室に入ってきた。絵の梅を見てはっと息を吞む。

「綺麗な翡翠色《ひすい》」

それからわずかに眼を細め思い出すような表情をした。

「ヤスノリが言うてはった。豌豆《えんどう》の色は翡翠色、って」

翡翠煮のことか。野菜の清々《すがすが》しい緑色を生かした料理を「翡翠」と呼ぶ。初夏の豌豆を薄味で炊いた物、冬瓜《とうがん》の皮を薄く剝いて炊いた物などが翡翠煮だ。豆ご飯を翡翠ご飯と言うこともある。どれもまずは色を楽しむものだ。

「空豆のお料理も作ってくれはった。茴香豆《ういきょうまめ》、っていうやつ。ちょっと変わった匂いがするけど美味しかった」

なつかしそうに微笑む蓮子を見ていると胃がきりきりと痛んだ。それは身体を蝕《むしば》む病のせいか、あの男への怒りのせいかわからなかった。

「ヤスノリとキヨヒデはあんまり似てはれへんな、と思てたけど、やっぱり似てはるわ。ときどき気難しい顔しはるとこがそっくり」

蓮子がくすくすと笑った。清秀はぞくりと全身が粟立って震えた。

蓮子がまた「ジュ・トゥ・ヴ」を歌い出した。甘いメロディと甘い声だ。その生々しさが酷たらしい。頭がおかしくなりそうだ、と思った。

また咳き込むと腰の辺りが激しく痛んだ。一声呻いて身を折り曲げる。痛み止めを、と思ったがやめた。これくらいで飲んでいてはすぐになくなってしまう。

「キヨヒデ、大丈夫?」

蓮子が背中をさするとじんじんと下腹の奥が痺れた。

もう時間がない。俺は描かなければならない。人の心など捨てろ。妻と子の死体を写した俺ではないか。堕ちるところまで堕ちるのだ。

＊

ヤスノリとはいろいろな遊びをした。

――組香《くみこう》という遊びがある。簡単に言うと香り当てゲームや。

ヤスノリが面白そうな、ほんのすこし悪そうな顔をする。

――香り当て? あたし、やってみたい。

――じゃあ、ちょっとした趣向で遊んでみるか。

本当なら「香道」と言ってややこしい作法があるそうだ。だが、ヤスノリは食いしん坊の蓮子のために、お菓子で組香をしてくれた。

ヤスノリがテーブルの上に五種類の小瓶を並べた。

――丁字、肉桂《ニッキ》、茴香、カルダモン、ナツメグ。この匂いをちゃんと憶えておくんや。

小瓶に鼻を近づけて真剣に匂いを嗅いだ。甘いもの、すこし尖ったもの、胸がすっとするものなど、どの匂いも個性的だった。

――これは松風《まつかぜ》という菓子や。味噌を使った生地を焼いて芥子《けし》をまぶしてある。今回、この五種類の中から二つ選んで香りを付けた。どれとどれを使ったかわかるか。

茶色のカステラかパンか、といった見た目は地味なお菓子が皿に載っている。まず匂いを嗅いだ。この香りは一番馴染みがある。きっと肉桂だ。じゃあ、あと一つは？口に入れてみると、なんだかすうっとした。

――肉桂とカルダモン。

――素晴らしい。正解や。じゃあ、次はどうや？

もう一つの松風を出してきた。蓮子はまた匂いを確かめ、食べてみた。一つは前にヤスノリが作ってくれたプリンのソースと同じ匂いだ。あとはなんだろう。ちょっと変わった匂いだ。自信はないが勘で答えることにした。

――丁字と茴香。

――正解。蓮子、おまえはほんまに賢い子や。

――ううん、二つ目はまぐれやし。

ヤスノリがキスしてくれた。嬉しくてたまらなかった。

*

夏蜜柑の家に隠れ住んで一ヵ月が経った。

二月に入って寒さはいっそう厳しくなった。このあたりは海流の影響で比較的温暖なのだが、さすがに山の中だから寒い。雪がちらつく日も多く、ある朝などは一面真っ白になっていて蓮子が大喜びした。

警察の捜査はどれくらい迫っているのだろうか。今、この瞬間にも警察がやってきて逮捕されるかもしれない、と就寝中も何度も目が覚める。恐怖に神経をすり減らす毎日だ。

夜は雨戸を閉め切って灯りが漏れないようにする。風呂を沸かすのも煙が見えないように完全に暗くなってからだ。それでも怖い。毎朝、眼が覚めて隣に蓮子がいるのを見てほっとする。まだ見つかっていない。まだこの娘を描くことができる、と。

浅田檀のダットラは京都ナンバーだ。いくら観光客の多い場所とは言え県外ナンバーは怪しまれるかもしれない。職質されたらアウトだ。やむを得ず一度だけ買物に出たが生きた心地がしなかった。

警察も恐ろしいがそれよりも気を遣うのが近所の集落だ。

山を下って集落を抜けるとき、道路際に駐めた軽トラから荷物を下ろしている老人が見えた。通り過ぎた瞬間、不審の眼を向けられたような気がした。キャップを目深《まぶか》にかぶっているから顔はわからないはずだ、と思うが心臓が跳ね上がって動悸がした。京都ナンバーに不審を抱きはしなかっただろうか。観光客の車だと思ってくれたらいいが。

山口ナンバーの車が欲しい。だが、指名手配されているからレンタカーなど借りられない。かと言って、車を盗めばすぐにナンバーが手配される。犯罪者はこういったとき、みなどうしているのだろう。また、飛ばし携帯と言ったか。ああいう物はどこで手に入るのだろう。それに、浅田檀はさぞ心配しているだろう。無事の報告くらいはしたい。だが、公衆電話を使うしかないのか。

絵ばかり描いてきて世間知のない己が恨めしい。あの男ならきっといくらでもツテを知っていただろう。なにせ子供を買ったぐらいだ。

絵を描くのに倦《う》むと気分転換に蓮子と山を歩いた。

放置された夏蜜柑畑をあてもなく彷徨《さまよ》う。二月の山はうら寂しくて歩いているだけで気が滅入《めい》る。日本海から吹き付ける風が身を切るように鋭く冷たい。立ち止まると二度と歩き出せなくなるような気がして無理矢理に足を動かした。

歩き続けると蓮子の身体が変わってくる。頬が紅潮して吐いた白い息がまとわりつき、かすかに額に汗が浮く。裸で歩かせたい、と清秀は思った。この女の手足が動くところを見たい。皮膚が張り詰め筋肉が収縮するさまをつぶさに見たい。蓮子の背中はどれだけ美しいだろう。腕を振ると肩甲骨が翼のように上下する。そこに髪がなびくところを見たい。

裸で歩いてくれ、と言えばきっと蓮子は平気で歩くだろう。寒風に粟立つ肌を夏蜜柑の山に晒し、それを写し取るのだ。

蓮子は天性のモデルだった。自分が描かれていることなどまるで意に介さずリラックスして自然な表情を見せる。身体のどこにも緊張がない。なのに、だらしなく緩んだりはしない。蓮子が発する世界への違和感がどこにいようと、どんなポーズを取ろうと彼女を際立たせる。化け物じみた存在感を漂わせるのだ。

今ではスケッチブックの中は蓮子と、蓮子のイメージで埋め尽くされている。鉛筆だけの素描もあれば粗く彩色されたものもある。こんなにも特定の女を描いたのは死んだ妻を写して以来だった。

だが、まだ足らない。いくら描いても蓮子のすべてを描き尽くすことができないのだ。髪の一筋、睫毛の一本、唇、爪、乳房、尻、すべてを写さなければいけないのに。

また息が切れてきたので夏蜜柑の木の下に座り込んだ。金マルに火を点ける。一口喫うと咳が止まらなくなった。咳をすると骨に響く。じんじんと頭まで痛くなってきた。だが、休んでばかりいられない。早く仕事をしなければ。

清秀は咳をしながら家に戻った。そのまま画室に入り、蓮子は卓袱台《ちゃぶだい》で落書きをはじめた。

清秀が絵を描いている間、蓮子はすることがない。清秀が捨てた反古に落書きをしたり庭を散歩しながら歌を歌ったりしていた。

味覚には鋭敏な蓮子だが絵の才能はないようだった。蓮子が描くのは「お姫様」や「うさぎ」など八歳の子供相応のものだった。蓮子自身もそれほど興味がないらしく、あくまでも暇つぶしといったふうだった。

幼い頃、あの男は清秀が絵を描くことを嫌った。ちょっとしたいたずら描きをしただけで怒鳴りつけた。大きくなって伯父から聞かされたところによると、死んだ母は絵を描くのが好きだったという。あの男は亡くした妻を思い出させる息子を憎んだのだ。

だが、どれだけ父に疎まれようと清秀は絵を描くことを止めなかった。結果、父との絶縁という事態になった。

俺が絵を描くことはあの男への意趣返しか。純粋に絵を描いているのではなく、たんにあの男への嫌がらせか。それとも、あの男に傷つけられた己を回復させるためか。もしくは、母を思い出すよすがとして筆を執っているだけなのではないか。

だとしたら、なんと浅ましく恥ずべきことだろうか。そんな薄汚い復讐《ふくしゅう》心や甘えは絵を濁らせるだけだ。長谷川久蔵の持つ「清雅」からはほど遠い。

清雅。

俺はその境地にたどり着くことができるだろうか。あの男への憎しみを捨てて純粋に絵を描くことができるのだろうか。

三木達也のテレビ出演の翌日、治親伯父は一人で謝罪会見を開いていた。すこし痩せたようで尖った顔に苦渋が見て取れた。

――誠に申し訳ありません。甥《おい》のやったことは重罪で、一切言い訳の余地はありません。それは甥の行動を止められなかった私も同じです。心からお詫びいたします。

治親はひたすら頭を下げていた。コメンテーターや街角の声などでは、伯父の一切言い訳をしない姿を「潔い」とする声が多かった。また、竹井治親のファンが急増し既刊が売れているとの報告もあった。

清秀はすこしだけほっとした。治親伯父にどれだけの迷惑を掛けたかはわかっている。せめて本が売れたことで伯父の気持ちが楽になれば、と思った。

伯父は会見でこう呼びかけた。

——清秀。これを見てるんやったら、すぐに自首してくれ。おまえのやったことは犯罪や。たとえおまえに悪意がなくても、芸術家の正義は世間の正義ではないんや。清秀。頼む。一刻も早く蓮子さんを解放するんや。僕はおまえのことが心配や。これ以上罪を重ねるようなことだけはしいひんでくれ。

それを聞くと涙が出そうになった。治親の声は厳しかったが心の底からの情愛に溢れていた。清秀の愚かな振る舞いを責めつつも、やはりその身を案じてくれている。捨てたはずの人としての心が疼《うず》いた。伯父貴、すまん。清秀は心の中で懸命に詫びた。それでも俺はあの娘が描きたい。傑作を描いてから死にたいのだ。

一つ大きな息を吐き、清秀はスケッチブックを開いた。中には無数の蓮子がいる。どれも生々しい。だが、それだけだ。絵としてはあくまでも簡便なスケッチ止まりだ。草稿の一枚も完成しない。

俺はこの女のなにを描きたいのだろう。この女のどこに櫻があるのだろう。まだ見つけられない。

構図に悩みながら描き散らしていると、蓮子が入ってきた。

「キヨヒデ、新しい紙を……」

集中が途切れた。反射的に顔も上げずに怒鳴ってしまった。

「やかましい」

蓮子が驚いて一瞬立ちすくみ、それからみるみる怒った顔になった。唇をへの字にして清秀をにらみつけると背を向けて行ってしまった。

清秀は紙を見据えたまま肩で息をした。自己嫌悪でいっぱいだった。己の勝手で他人を怒鳴る。しかも、子供を怒鳴るというのはなんと卑劣なことか。蓮子は子供だ。たとえ身体は大人であったとしても精神は八歳の子供だ。

くそ、と清秀は咳き込んだ。後味が悪い。

夏梅と暮らしていたときもそうだった。清秀が絵を描いているとき、夏梅は息を殺して物音一つ立てぬように別室でじっとしていた。毎日、夏梅の差し出す献身を当然のように受け取り、甘えていたのだ。絵を追求する人間にはそれが許されると信じていた。そんな傲慢の行き着いた果てが死体画家だ。

また同じことをしている、と思った。俺はあの娘にも犠牲を要求している。

清秀は鉛筆を置いて立ち上がった。蓮子の様子を見に行くと卓袱台の前に座って拗ねたような顔をしている。

卓袱台の上の反故を見てどきりとした。そこに描かれているのは真っ赤な花だった。血の滴るような赤をしたひどく稚拙な花だ。その瞬間、水音が聞こえた。眼の前に真っ赤な波紋が広がっていく。

「来い、早く」

蓮子を画室に引きずり込むと画机の向こうに立たせた。

「棒のように立て。足は開くな。直立不動や。眼はどこも見るな」

蓮子は一瞬戸惑った表情をしたがすぐに黙って従った。

「そうや。なにも見たらあかん。ただ正面を向いてるんや」

蓮子はどこも見ない眼、なにも見ない眼を一瞬で理解した。清秀は彩色筆に濃い紅をたっぷり含ませて蓮子に持たせた。

「胸の前で持つんや。筆先が真っ直ぐに下を向くように。そして、おまえは生木や。でも、風が吹いてもすこしも動かへん。葉の一枚も揺らがへん木や」

そのまま動くな、と言って清秀は鉛筆を走らせた。

蓮子が胸の前で掲げ持った筆先からぽたりと赤い滴が落ちた。畳の上に小さな染みができる。

そうだ、自分の血を使って赤い花を描く女だ。筆先からは永遠に赤が滴り続ける。女はその苦痛に表情一つ変えず泣き叫んでいるのだ。女は救いを待っている。だが、救いが訪れる日はこの世が終わる日だとわかっている。だが、この世がいつ終わるのか、いや、果たして終わりがあるのか女にはわからない。ただ無窮の苦痛に血を流し続けることしかできないのだ。

荒く鉛筆で形を写すと筆に持ち替えた。顔彩のパレットを引き寄せ一気に色を付ける。

まず蓮子の足許に水を描いた。水の上に立つ女だ。筆先から滴った赤が波紋となって広がっている。同心円状に広がる赤は足許ほど濃く、周縁へ行くほど薄くなっている。あまりにも女が静かなので、赤が細波《さざなみ》となって広がっていく音が聞こえるようだ。

肌は真珠色だ。白では強すぎる。髪も漆黒には塗らない。青灰色を薄く薄く置く。唇も血の気のない灰青だ。これは女が流す赤を描くための絵だ。着ている服も丁寧に描く。薄緑のタートルネックセーターに茶のフレアスカートという特別ではない服だ。そこに日常の苦しみがある。

最後の仕上げに女の目尻に赤を差して清秀は筆を置いた。そのまま仰向けに倒れて眼を閉じる。画机の向こうでどさりと音がした。蓮子も倒れ込んだようだ。そのまま二人とも動けない。

素描に軽く着彩するだけのつもりだったのに根を詰めすぎた。頭がぐらぐらして手足の先が痺れていた。病気の痛みではなく軽い脱水を起こしているらしい。喉がからからに渇いて息をするたびにヒリヒリと痛んだ。

「……水を、くれ」

舌が口の中で貼り付いて、無理矢理喋るとちぎれそうだった。蓮子が這うようにして台所に向かう音が聞こえる。このまま気を失ってしまいそうだ。清秀は無理矢理に眼を開けた。昼間なのに眼がかすんでやけに暗い。

蓮子が裏の水槽から水を汲んで戻ってきた。清秀に差し出すが、起き上がって受け取ることができない。

「キヨヒデ、口、開けて」

蓮子が口許にコップをあてがった。なんとか口を開ける。水がすこしずつ入ってきたが、うまく呑み込むことができない。だらだらと口の端からこぼれた。くそ、と言いたいがその声すら出ない。

すると、ふっと蓮子の髪の先が額に触れた。ずしり、さわさわと暴力的な秘やかさに背筋が震えた。次の瞬間、蓮子の唇が強く押しつけられた。冷たい湧き水が流れ込んでくる。口移しで水を飲ませているのだ。

蓮子が身を離した。

「……もっと」

蓮子がふたたび水を口中に含んで清秀に移した。蓮子の口の中が冷えたせいか流れ込んでくる水は先程よりもずっと冷たかった。

「もっと？」

うなずく。再び身体中に蓮子の水が染みていく。これほど甘い水を飲んだのは生まれてはじめてだ。甘露の雨を降らせる女、水瓶《みずがめ》を小脇に抱えて男を誘う女だ。

「もっともっと?」

もう一度うなずいた。

蓮子は立ち上がると新しい水を汲みに行った。清秀は仰向けのまま天井の歪んだ杉板を眺めていた。かすんでいた眼もはっきりしてずいぶん身体が楽になっていた。

蓮子が水を持って戻ってきた。再び口移しで飲ませてくれる。もうええ、と言おうとしたとき蓮子の舌が清秀の中で跳ねた。清秀の舌を求めるように動き、ごく自然に絡まる。ぬめぬめとした鮎《あゆ》のようだ。速い流れを泳ぐ鮎だ。おとり鮎を追い出そうと激しく身をくねらせる。これは美山《みやま》の鮎か、由良《ゆら》の鮎か。

そんな連想もすぐに吹き飛んだ。蓮子は両の手で清秀の頭を左右から挟むようにした。顔を傾け、ねじるように深く深く舌を差し込んでくる。それと同時に身体を強く押しつけてきた。

「キヨヒデ」

一度唇を離して名を呼び、すぐにまた強く舌を入れてきた。清秀は思わず呻いた。

蓮子の舌が跳ね回る。こんなに激しいキスは夏梅とはしたことがない。犯されているのは俺だ。このままでは喰い殺される――。

なんとか身体を離した。キスされただけで息が上がっている。

「キヨヒデ」

蓮子の眼が鈍い金色に底光りして、じっとこちらを見た。清秀を咎め、望み、命令している。恐ろしい眼だ。切り裂かれるようだ。

「立って全部脱げ」

清秀は懸命に声を絞り出した。お前がその眼で俺を犯すなら俺は絵で犯してやる。

蓮子は一瞬戸惑ったが無言で従った。セーターとスカートを無造作に脱ぎ捨てて傍らに押しやった。下着も取り素裸になる。ざっと肌が粟立つのが見えた。

清秀は裸足《はだし》のまま庭に降りた。削った氷のような風が吹き付ける。服を着ていても寒さで全身が震えた。

「そこへ座れ」

夏蜜柑畑の石垣を指さした。蓮子が裸の尻を石の上に下ろした。

「足は組むな。ぴったり閉じろ。手は組んで膝の上。背筋を伸ばせ。かわいそうなクラス委員のように。一度も外の世界を知らない頑《かたく》なな修道女のように」

矢継ぎ早に怒鳴ると、蓮子は要求を一瞬で理解して完璧なポーズを取った。清秀は石垣の下に座り込み一心に鉛筆を動かした。

ちょうど海に陽が沈む頃であたりは一面暗いベンガラ色だった。蓮子の姿は逆光に浮かんでかえって猛々しい。風でスケッチブックがめくれるのを押さえながら清秀は描き続けた。

ふいに頭の上からあの旋律が降ってきた。清秀はびくりと震えた。蓮子がジュ・トゥ・ヴを口ずさんでいる。

強い風にジュ・トゥ・ヴが切れ切れに舞った。歌う女の輪郭は朧《おぼろ》でありながら、熱い金床のようなずっしりとした厚みと重みがある。廃寺に遺された錆《さ》びた青銅の像を思わせた。

ようやくスケッチが終わると清秀は顔を上げた。石垣の上から見下ろす蓮子は影の中で薄く笑っているように見えた。

＊

革のソファの足許にヤスノリがいる。

ひざまずいて、まるで土下座でもしているかのように触れる。もどかしくなって窓の外を見た。満月にあとすこしの月が出ていた。

せめて半分、いっそ三日月のほうがずっといい。中途半端に欠けているから危なっかしい。収まりが悪くて空から落ちてしまいそうだ。

――早く満月になればええのに。

そう言うと、ヤスノリが大真面目な顔で答えた。

――私は十三夜の月も好きやけどな。でも、おまえは満月が好きか。

――うん。全部綺麗やから。

――そうか、完璧な月が欲しいんか。なるほど。

ヤスノリが足許で喉を鳴らして笑った。

――蓮子、おまえは嫦娥や。

――ジョウガ？

――月に住む不老不死の仙女や。元々月で幸せに暮らしていたが、地上に降りて普通の人間になった。だが、不死の薬を飲んで再び月へ上り、月の宮殿でたった独り暮らしたという哀しい女や。でも、一説には夫を裏切った罰でヒキガエルになったと。

ヒキガエルと言われてすこしむっとした。足許に這いつくばるヤスノリを見る。

――ヒキガエルはヤスノリのほうや。

足を反らしてぴんと突き出す。ヤスノリは戸惑ったような顔をしていたが、やがてゆっくりと伸ばした足の甲に唇を付けた。

――ああ、そうや。ヒキガエルの私を月に連れて行ってくれ。

ヤスノリの声はすこし震えているような気がした。ヤスノリを見下ろしながら歌うように言った。

――あたしはジョウガ。じゃあ、ヤスノリを月へ連れて行ってあげる。

おお、と一声呻いてヤスノリが強く足を抱きしめた。

――蓮子。おまえは嫦娥。月の女王。夜を支配する。

ヤスノリは這ったままだ。高い月の下には、数え切れないほどの小さな灯りが広がっていた。

そう、と心の中で繰り返した。あたしはジョウガ。月の女王。夜を支配する、と。

空の赤みがどんどん失われていく。

石垣の上で蓮子はがくがくと震えていた。もう陽が暮れかけて氷のような風が吹いている。裸だから身体の表面がヤスリでも掛けられたように痛い。お尻に砂や石やらがチクチクと突き刺さる。

キヨヒデを見下ろすと、うずくまってスケッチブックに顔を埋めるようにして描いていた。ヤスノリがヒキガエルならキヨヒデはスッポンだ、と思った。

＊

二月も終わりに近づいた。

夏梅と腹の子の命日も過ぎた。例年ならその日は筆を執らないのだが、今年はひたすら蓮子を描いた。

清秀と蓮子の話題は情報番組の定番になっていた。三木達也はあちこちに顔出しをして清秀を非難し続けていた。

スタジオには「ランドセルを背負う十九歳の蓮子」と誘拐犯「死体画家　竹井清秀」の二枚の写真パネルが並んでいる。その前で三木達也はいきいきと喋り続けた。彼はすっかり垢抜けていた。カメラの前で力強く蓮子の救出を訴えたかと思うと、ふっと苦悩をにじませる。「被害者家族」として節度を持った振る舞いは完璧だった。これまで不遇な人生を送ってきた男がようやく見つけた居場所だった。

治親伯父も情報番組の常連だった。伯父は当初の方針通り取材には真摯に対応するという姿勢を続けていた。そして、指名手配されている清秀の行いについて、すべての責任は自分にあると謝罪した。甥の暴走を許した自分が悪いのだ、と。その潔さは視聴者の胸を打った。街頭インタビューでは「竹井清秀サイテー」「治親さんは悪くない」「一人で責任を負わされてかわいそう」「負けないで」といった声ばかりが取り上げられた。

食料や燃料が尽きてきたのでまた調達に行くことにした。これまで以上に人目を避けなければならない。今はどこに行っても防犯カメラがある。だが、気にする素振りを見せれば却《かえ》って怪しまれるだろう。人目に付いてはいけないのでわざとらしい変装もできない。短髪にキャップをかぶって黒縁眼鏡を掛けるのが精一杯だ。

山を下って集落に差し掛かったときだ。道端で高齢の男たちが三人ほど話をしていた。みなよく陽に焼けているので柑橘農家のようだった。狭い道なのでゆっくりと通り抜けようとすると、その中の男の一人がダットラの前に立ち塞がった。後ろがメッシュになった作業帽をかぶった七十くらいの男だ。

まさかバレたのか。一瞬で血の気が引いた。

「あんた、最近よう下りてくるのお。どこの者じゃ」

不審と敵意の入り交じった眼だった。京都ナンバーのダットラだ。言い訳はできない。黙って逃げると余計に怪しまれる。清秀は覚悟を決めて車から降りた。

「上山の本庄です」

夏梅から聞いていた名を言い、頭を下げた。

「上山の？　じゃ、あんた、あの本庄さんの縁続きか。孫か。帰ってきたのか」

知った名前が出ると途端にメッシュ帽の警戒の色が緩んだ。残りの二人も顔を見合わせ、驚きながらもうなずいている。

「いえ、遠縁です。京都から来ました」堂々と認めた方がいい。後ろ暗いところなどないというふうに振る舞うのだ。「あの家の手入れをしてこいと言われて、しばらく住んでます。ずっとほったらかしでご迷惑をおかけしました」

もう一度頭を下げる。

「いやいや、迷惑なんか。あねーなとこまで誰も上って行かんし」メッシュ帽がほっとしたように眼を細めた。「しかし、あねーなぼろ家を今さら手入れたあ大変じゃ」

みなが笑った。もうこちらを疑う様子はない。それどころか親しげにこう言った。

「なにかあったら言うてくれ」

「ありがとうございます」

軽くお辞儀をしてダットラを出した。なんとかやり過ごしたものの本当は恐ろしくて倒れそうだった。夏梅が助けてくれた、と思った。

町に着くとすぐに公衆電話から浅田檀に連絡した。

「えっ、竹井さん……」浅田檀が驚きの声を上げ、すぐに声を潜めた。「今、どこにいてはるん。あの子は一緒なん」

「警察は来たか」

浅田檀の問いを無視し状況を訊ねた。

「警察もマスコミも来た。いろいろ訊いてきはったけどなんにも喋ってへん。車のことも言うてへんから。でも、怖かったわあ」

あはは、と浅田檀が電話の向こうで笑った。だが、その笑いが尻切れトンボになると今度は歯切れの悪い濁った声が聞こえた。

「青い服の絵のモデルってあの子なんやね。つまり、あの子は竹井さんにとって生きてたんやね」

清秀は黙っていた。浅田檀の声の揺らぎから微かな悔恨が伝わってきた。清秀を焚《た》き付けてしまった責任を感じているようだった。浅田檀はしばらく黙っていたが、ふいに強い口調で話し出した。

「竹井さん。一体なに考えてはんの。あの子が竹井さんにとって無比のモデルやということはわかる。でも、こんなことしたらあかん。今すぐ自首して。これ以上阿呆なことはせんといて」

浅田檀の声を聞くと胸が鈍く痛んだ。厳しい叱責には真っ直ぐな情愛がこもっている。だが、己は応えられない。清秀は受話器を強く握りしめた。

「あの子は洗脳されたままなんやろ？　一刻も早く解放したげて。このままやったらどんどん罪が重《おも》なる。何十年も刑務所に入れられたら絵なんか描かれへん。頼むから自首して。私は本気で心配してるんや」

浅田檀には一つの嘘もなかった。彼女が言っていることは正しい。そして、清秀のことを真摯に思ってくれているのも本当だ。だからこそ、もうなにも返事ができなかった。

「ねえ、竹井さん、聞いてはるん？　なにか言うて。お願いやから……」

浅田檀は懸命だった。涙混じりの懇願に堪えきれず清秀は黙って電話を切った。

電話ボックスを出ると、ロードサイドのショッピングセンターに入った。スーパー、ファストファッションの店、ドラッグストアが同じ敷地《しきち》に並んでいる。

食料品と燃料を買って駐車場を出ると対向車線からパトカーが来た。どきんと心臓が跳ね上がる。だが、パトカーはそのまま通り過ぎていった。清秀は思わず大きな息を吐いた。どっと汗が出て、しばらくは手が震えたままだった。

夕食の後、蓮子が風呂を沸かした。最近はずいぶん火を焚くのが上手くなってきた。真剣な顔で木っ端屑《こぱくず》を火にくべる。水汲みや料理など蓮子がいろいろと手伝ってくれるようになり、ずいぶん身体が楽になった。

清秀は新しい紙を置いて筆に淡墨をたっぷりと含ませた。松煙《しょうえん》で作った墨だから普通の墨より青い。

火を焚いている蓮子を描く。うつむいたままなので顔は見えない。ただ、髪と肩から背中へのカーブを表すことに集中する。一息に筆を動かすと、にじんだ青墨の線がゆらゆら揺れながら立ち上ってくる。清秀はぞくりと粟立つのを感じた。もっと、もっとだ。骨の硬さが伝わるように描くのだ。

新しい紙を置いて別の角度から描きはじめる。今度は横顔だ。炎に照らされて輪郭が浮かび上がる。耳に掛けた髪束の先が仔兎《こうさぎ》のように跳ねていた。勢いを付けて筆を動かす。かすれた線が弧を描く。煙に混じって花の匂いがする。甘く青く、汗の塩味がわずかに感じられる。

画室に戻り、清秀は次から次へと蓮子を描き続けた。この女を描くにはなにもかもが足りない。もう一本手が欲しい。もう一組眼が欲しい。もっと時間が欲しい。もっと、もっとだ。もっとだ。

咳が続いて息が切れてきた。清秀が筆を置くと、いつの間にか蓮子がそばに立っていた。

「見せて」

その声は山奥のひっそりとした沼の底から鐘が響いてきたようだった。清秀は一瞬息を呑んだ。子供じみた口調なのに有無を言わせぬ力がある。清秀は絵を差し出した。

蓮子はじっと青墨で描かれた自分を見つめていた。そして、呟いた。

「……青備前」

「なに?」

「この色、青備前みたい。それから、キヨヒデも青備前みたい。ひんやりした稲妻」

そう言って蓮子がくすっと笑った。そして、さっと髪を揺らして去って行った。

一瞬息が詰まった。己の頬を蓮子の髪でひと撫でされたような気がした。青備前はあの男が好んだ器だった。

じくじくと身体の中が痛み出したと思うと、すぐに激しい痛みに変わった。清秀は深呼吸をして痛みを逃がそうとした。すると、再び咳が出て、到底我慢できないほどの痛みになった。仕方がないのでポケットを探って痛み止めを取り出した。水がないので上手く飲めない。喉に引っかかる。苦労して飲み込んだ。座っていることができずそのまま畳の上に倒れ込んで薬が効くのを待つ。

あの男は蓮子を素材に料理を作った。俺はそれ以上の絵を描いてやる。あの男を超えるものを創り出し、この世に遺す。そのためには、この娘を引き裂いて臓腑《ぞうふ》を引きずり出し腹の中の中まで描いてやる。この娘の血も汗も涙も糞《くそ》もなにもかもだ。料理は食えばなくなる。だが、絵はたとえわずかな時間であったとしても、ちゃんと残る。

あの男は俺の絵を見て地獄で歯軋りし、地団駄踏んで悔しがるだろう。どれだけ醜く俺を呪って怨みを吐き散らかすだろう。己の発する業火で己の身を焼きながら亡者として永遠に苦しめばいい。

妻と子を殺した俺もどうせ地獄行きだ。一つだけ望むならあの男とは別の地獄に堕ちたい。ただそれだけだ。

＊

「水族館でイルカショーが見たい」

夕食後のコーヒーを飲んでいると、蓮子が言った。

蓮子がサイフォンで淹れたコーヒーだ。あまり美味しくないが、よく味がわからないのは己の病気のせいかもしれない。文句は言わずに全部飲んだ。

「電器屋さんのテレビで観た。飼育員の女の人がボールを投げはったら、イルカがジャンプして尾びれで打ち返さはるねん」

昨夜、蓮子を連れて買物に行った。いつもなら蓮子は留守番なのだが、タンポンが欲しいというので一緒に行くことにした。蓮子にも変装をさせた。ニット帽を深くかぶり大判のチェックのマフラーを巻いて口許まで隠す。黒の小さなリュックを肩に掛けるとよくいる大学生に見えた。あたし、ちょっとお姉さんみたい？　と嬉しそうだった。

ドラッグストアでタンポンを買った後、電器屋に寄って電池を買った。蓮子は大型テレビの前で釘付けになっていた。

「そんとき、あたし思たんや。大人になったら水族館でイルカと遊ぶ人になりたい、って」

大人になったら、か。返事をせずに流しでカップとサイフォンを洗った。

「あたし、ほんまにイルカショーを観たい」

黙ってサイフォンを丁寧にすすいだ。

「ヤスノリやったら、ええ子にしてたらイルカショーに連れてってやる、って絶対に言うてくれはった」

背後で蓮子の声が大きくなる。無視して濾過器《ろか》を洗った。

「ヤスノリは優しかった。ちゃんと約束してくれはった。キヨヒデみたいにいけずやない。ヤスノリの部屋にいるほうがよかった」

「ええ加減にせえ」

振り向いてすこし大きな声で言う。

「キヨヒデは冷たい。氷みたいに冷たい」

相手にしても仕方ない。背を向けると後ろで蓮子が呟いた。

「スッポンのくせに」

思わずはっと振り向くと、蓮子がこちらをにらんでいた。

「キヨヒデはスッポンや。この前の、石垣の下で這いつくばって絵を描いてはるとこ、まるでスッポンみたいやった」

かっと頭に血が上った。俺はあの男の食材か。喉を掻き切られ解体される獣肉か。

「やかましい」

思わず怒鳴ると喉と胸がずきずき痛んだ。喉が切れたようだ。口の中に血の味が広がった。

「ヤスノリの部屋に帰りたい」

蓮子がわあっと大声で泣き出した。子供の泣き方だった。たまらず逃げるように外へ出た。

月のない夜だ。闇が喉元まで迫ってくる。顔に寒風が吹き付け一瞬息ができなかった。

裸で石垣に座り女王のように清秀を見下ろしたかと思うと、水族館へ連れて行けと泣く。あの男と清秀を比べ当然のようにセックスをねだる。

蓮子は触媒だ。清秀に火を点け変化を起こさせる。だが、混乱をも呼び起こす。脳を、精神をかき乱し汚泥混じりの土塊《つちくれ》に変えてしまう。

とうにわかっていたことだ。この女は十九歳で八歳。その矛盾がすべてに影響している。くそ、と清秀は咳き込みながら煙草を喫った。絵を描かなければならない。なのに、こんな気持ちではまともな絵が描けない。

煙草をもみ消して家に戻ると、蓮子はまだ泣いていた。

くそ、と言いながら画室にこもる。それでも描かなければならない。もう時間がない。清秀は紙に向かった。だが、蓮子の泣き声が耳について集中できない。

「泣くな。やかましい」

画室から怒鳴りつけると泣き声が止んだ。

突然家の中が静まりかえった。清秀は筆を執った。だが、一度乱れた心はそう簡単には戻らない。それに静かすぎる。

舌打ちして、蓮子の様子を見に行った。すると、蓮子は畳の上にくるりと丸くなり両手で口を押さえて懸命に泣き声を堪えていた。

「……すまん。もう泣くな」

それだけを絞り出すように言って画室に戻った。そして、今、見た蓮子を描いた。

蓮子とはじめて会った夜、やはり身を丸めた。クリムトの「ダナエ」のようだと思った。あのときと同じだ。ショックを受けると逃避して貝のように丸くなる。

鉛筆を握り一気に描いた。丸くなる蓮子だ。そして、その身体にオウムガイのような縞《しま》模様を辰砂で塗った。貝の状態のまま蓮子はじっとこちらを見ている。紙から悲嘆が聞こえてきそうだった。

翌朝、画室の床で眼を覚ますと、すでに陽は高かった。

身体中が重い。結局、オウムガイを描いた後はなにも上手く描けず、なにもかも放り出して倒れるように寝てしまった。

画室の床にはいくつも丸めた反古が落ちている。一つ拾って広げてみた。蓮の葉を持った夏梅の絵だ。昨夜、半ば夢現《ゆめうつつ》で描いた。じっとこちらを見ている。怨みのこもった眼差しに見えた。だが、夏梅がそんなことを思うはずがない。わかっている。そんな怨みがましい絵を描いてしまう己に問題がある。

放り出したままになっていた筆を洗った。膠が乾いて固まっている。ぬるま湯で丁寧にほぐしながらすすいだ。日本画の筆は消耗が激しい。すぐに穂先がだめになる。どれだけ粒子を細かくしても、岩絵具はあくまで「石の粉」だからだ。急ごしらえの筆吊《つ》りに洗った筆を吊《つる》して乾かした。

縁側から外を見るとよく晴れている。鳥の声があちこちでしてまるで春のような陽気だ。明日からは三月。もう春なのだ。

あと俺の身体はどれくらい保《も》つのだろう。夏を迎えることはできるのだろうか。

清秀は振り返って蓮子を見た。卓袱台で落書きをしている。太ったナメクジのような下手くそなイルカの絵だった。その横にはボールを持った女の子が立っている。ウインクをしていた。

「水族館に行く。用意をしろ」

最初はぽかんとしていた蓮子だが、すぐに色鉛筆を放り出して満面の笑顔を見せた。やった、やった、水族館、と跳ねる蓮子を見るとすこし気が楽になった。

ダットラに乗って下関《しものせき》の海響館《かいきょうかん》を目指した。

中国道を使えば速いが、警察の捜査のことを考えれば高速道路は使えず県道で行くしかなかった。片道およそ二時間程度か。長い距離を運転するのは久しぶりだ。昨夜まともに寝ていないせいもあってすぐに疲れを感じた。ハンドルを握るだけで息が切れる。やたらとまぶしくて眼がかすんで困った。

何度も休憩しながら海響館にたどり着いたのは昼過ぎだった。

この港の一帯が公園になっていて遠くに観覧車が見えた。駐車場に車を駐め入口へ向かう。金色のイルカのオブジェを指さして蓮子はもう興奮していた。

「チケットを買ってくるから待ってろ」

蓮子を少し離れたところで待たせて大人二名分のチケットを買った。蓮子は自分でチケットを持ちたがったが、落とすといけないからと言って清秀が管理した。

青い照明のトンネルを抜け、まずはゆっくり水槽を見ていった。関門海峡《かんもんかいきょう》潮流水槽という巨大水槽では速い潮の流れが再現されていて、流れに逆らって魚が泳いでいる。蓮子はその様子を食い入るように見ていた。他にもトラフグの水槽もある。ペンギンもいる。スナメリの水槽では「バブルリング」に眼を輝かせていた。

清秀は何度も途中でつまずいて転びそうになった。ただ水槽を見て歩くだけだが美術館と同じで想像以上に歩く距離が長い。家の周りを散歩するときは疲れたらいつでも座り込んで休めたが、人前ではそうはいかない。自分の想像以上に体力が落ちていた。

すべての展示を見終わって、イルカショーを見るためにアクアシアターに向かったときはもうふらふらだった。蓮子は最前列に座りたがったが目立つので止めた。中段あたりに腰を下ろすとふっと気が遠くなりかけた。

軽快な音楽が聞こえてきた。トレーナーが数名出てきてショーがはじまった。

イルカが水中から飛び出し、山なりに跳ね上がってまた水の中に消える。大きな水しぶきが上がってそのたびに客席から歓声が上がった。イルカたちは一回転したり何度も捻ったり、さまざまなジャンプを見せた。

「ねえ、すごく賢いんやねえ、イルカって」

水音と拍手が響く。最初は笑っていた蓮子の様子が次第におかしくなってきた。不安そうな顔でプールを見つめている。

「ねえ、イルカはずっとあのプールに居はるん」

「さあな」

「じゃあ、水槽に居はる前は？　あのイルカたちはどこから来はったん？」

なぜそんなことが気になるのか。座っているのがやっとで、蓮子の質問攻めがうっとうしかった。

「どこかの海や」

「どこかの海で泳いではったのに、ここに連れて来られたん？」

返事ができない。イルカがさらわれてきたと心配しているのか。蓮子に責められているような気がした。

「ここに連れて来られて、あの女の人の言うことを聞いてはるん？」

そのとき、六頭のイルカが同時にジャンプして揃って水中に消えた。

「すごいねえ。きっとすごく練習しはったんやろうね」

しばらく拍手をしていた蓮子だったが大真面目な顔で言った。

「あの女の人は毎晩こっそりイルカに言うてはるんやと思う。……私の言うことを聞いてええ子にしてたら海へ帰したる、って」

それきり蓮子は黙ってしまった。

＊

イルカが水中から飛び出して山なりに跳ね上がってまた水の中に消える。

ぼちゃん。どぼん。

トレーナーがほんのすこし合図をするだけでイルカたちは指示通りに動く。文句を言ったり逆らったりしない。

きっとヤスノリはイルカを誉めるだろう。ちゃんと言うことを聞いて「ええ子や」と。

ぼちゃん。どぼん。

そのとき、頭の中で声が響いた。

――声を立てるな。おとなしくしてろ。

今の声は誰だろう。キヨヒデでもヤスノリでもない。一体誰だっただろう。

次の瞬間、わけのわからない震えが全身に起こって急に眼の前の風景が遠くなった。耳鳴りがして周囲の音がよく聞こえなくなる。なんだか頭の中がぐちゃぐちゃで潰れた豆腐のようだ。

ぼちゃん。どぼん。

さっきよりは大きな音がした。

キヨヒデが横でなにか言ったような気がした。だが、まるで聞こえなかった。胸が痛くて息が苦しい。耳が詰まったようで頭の中が痺れている。

ぼちゃん。

あたりは一面のれんげ畑だ。れんげを摘んで冠を編んでいた。ピンクの可愛い冠だ。

そして、ぼちゃんと音がしたのだ。

＊

ショーを観た後、夏蜜柑の家に戻ることにした。

あれほど楽しみにしていたくせに蓮子はショーを観て以来黙り込んでいる。思い詰めたような表情だ。

出口の横にはミュージアムショップがあってカップルやら親子連れで混雑していた。みな、手に手に土産物が山盛りのカゴを提げている。両手で抱えるほどの大きなぬいぐるみをレジに運ぶ子供もいた。

蓮子はかわいがっていた妹分のウサギのぬいぐるみ「ロンコ」を病院に置いてきてしまった。夏蜜柑の家での慰みになにか買ってやるべきではないか。

清秀は逡巡した。自分たちの顔は散々テレビで流れて知っている者は多いだろう。いくら変装していても気付かれないとは限らない。もし、通報されて逮捕されたら二度と蓮子を描けない。最期の一枚、傑作を描けないまま檻《おり》の中で死ぬことになる。

ふっと胸が疼いた。夏梅の腹の中で死んだ「蓮子」にはなにもしてやれなかった。また同じ事を繰り返すのか。せめて、この「蓮子」にはたとえ身勝手な贖罪であろうと、人間らしいことをしてやりたい。

短時間で買物を済ませれば大丈夫だろうか。清秀は覚悟を決め店に入った。

「大急ぎで選べ」

蓮子は黙ってうなずいた。清秀はあたりに気を配りながらカゴを持って蓮子の後をついて歩いた。挙動不審でも怪しまれる。自然にしなければ、と思うがやはり緊張で動悸がする。

蓮子はまずイルカのぬいぐるみを買った。一番大きなサイズの物だ。それからペンギンのボールペン、メモ帳、シュシュをカゴに入れた。最後にイルカショーのＤＶＤを買った。だが、あまり喜んでいる様子はない。機械的にカゴに放り込んでいるように見えた。

　蓮子について売店を歩き回っているとまた咳が止まらなくなり痛みも出てきた。なんとか会計を済ませたが今にも倒れそうになった。

　そのとき、先程レジで後ろにいた中年の女性二人連れが、ちらちらとこちらを見ているのに気付いた。

「……なんか似てない？」

「まさか」

　そんな声が聞こえてどきりとした。

「マユミ、おまえ、買いすぎじゃ。そろそろ帰るで」

　咄嗟に浅田檀の名を借りて精一杯軽い調子で蓮子に声を掛けた。

　痛みを堪えて蓮子の腕を取った。何事もなかったかのように売店を出る。そのまま無言で駐車場まで歩いた。

　ダットラに乗り込んでエンジンを掛ける。急発進などせずにそろそろと出た。ミラーを見るが追跡されている様子はない。助手席の蓮子に眼を遣るとまるで無表情だ。千年も前の水死体のように静まり返っている。

　一体どうしたのだろうと心配になったが気遣う余裕がない。時々来る強い痛みを堪えながらのろのろと下道を走った。途中、何度も車を駐めて休み、夏蜜柑の家まで戻った頃にはすっかり夜が更けていた。

もう限界だった。家に入った途端、清秀はほとんど気を失うかのように倒れ込んで眠ってしまった。

どれくらい眠ったのか。清秀は寒さで眼が覚めた。いつの間にか毛布が掛けられている。蓮子がしてくれたのか。息を切らしながら起き上がると外はもう白みはじめていた。

あたりを見回したが蓮子の姿がない。

家中を探したがどこにもいない。まさか警察に連れて行かれたのか。それとも自分から出て行ったのか。よろめきながら庭へ出た。東の空は明るいがまだ月も星も残っている。風はないが明け方の寒さは身体の芯に応えた。

裏の水槽から水音が聞こえてくる。裏に回って思わず立ちすくんだ。

蓮子が水槽の前にいた。手桶《ておけ》で水を汲んでいる。手桶に水を一杯満たすと、それを水槽に投げ落とした。再び手桶を拾うと水を汲んで投げ入れる。その度に大きな水音が立った。同じことを延々と繰り返すその異様さに清秀はしばらく啞然《あぜん》としていた。

「なにをしてるんや」

気を取り直して訊ねたが蓮子の返事はない。手桶で水を汲んでは水槽に投げ入れる動作を繰り返すだけだ。清秀は蓮子の顔をうかがった。薄闇の中の蓮子はまるで表情がなかった。

「……ぼちゃん、どぼん、って音がしてん」

蓮子が呟いた。舌足らずな子供の声なのに干涸《ひか》らびたミイラが喋っているような気がした。

「あのとき、ぼちゃん、どぼん、って音がしてん」

「あのとき?」

蓮子の手が止まった。そのまま硬直する。触れると身体は完全に冷え切って、水を汲み続けた手は氷のようだった。慌てて家に連れて帰ってストーブを点けた。火の前に座らせ手をマッサージしてやる。

「ぼちゃん、どぼん、って」

次の瞬間、蓮子の身体が軋んで大きく跳ね上がった。

「あたし、あの日、れんげ畑にいた……」

「なに?」

「学校の帰りに寄り道をしてん。家からすこし離れたところに綺麗なれんげ畑を見つけたから。ほんまは寄り道は禁止されてて、通学路以外を歩いたらあかんことになってる。そやから、友達は誘わんと一人でこっそり行った」

蓮子は虚ろな表情のまま話し続ける。清秀は愕然とした。まさか、これは蓮子がさられた日の記憶か。

「畑はれんげがいっぱい咲いてて、どこを見てもピンク色やった。あたし、ランドセルを置いてれんげを摘んだ。冠を作るつもりやってん」

蓮子の声が次第にかすれて震えてきた。眼が大きく見開かれ、ひゅうひゅうと喉の鳴る音がした。

「……大急ぎで花を摘まなあかん。寄り道したら悪い子になるから。冠を一つ作ったらすぐに帰る。家に帰ったらおやつを食べるねん。たしか、昨日の草餅がまだ残っとったはずや。固くなっとったらオーブントースターで焼いて食べよと思て……」

＊

さっきから胸がちりちりする。一体なにを思い出してるんだろう。

草餅ではない。食べたのは鶯餅だ。だから、ヤスノリはいつも鶯餅を持って来てくれた。

鶯餅の上に掛かっているのは青きな粉だ、とヤスノリが教えてくれた。豊臣秀吉が名付けた鶯餅だ。あたしは鶯餅が大好きで毎日でも食べたいと思っていた。でも、ヤスノリが言ったのだ。鶯餅は春の菓子で、と——。

あれ、なぜだろう。春だけの鶯餅を何度も食べた。ヤスノリに頼んで持って来てもらったのだ。

——鶯餅が食べたい。

——また今度持って来たる。

また今度、と言ったのに、なかなか持って来てくれなかった。でも、忘れた頃に持って来てくれた。あたしは喜んで食べた。

ヤスノリとそんな会話を何度も繰り返したような気がする。どうしてこんなに鶯餅が気になるのだろう。なにに引っかかるのだろう。

なにか思い出しそうな気がする。だが、胸の奥でちりちりと焦げるような音がする。思い出すな、と警告している。

ぼちゃん。どぼん。

水の音が頭の中で響いて思わず両耳を塞いだ。それでも水音は消えない。

ぼちゃん、どぼん、ぼちゃん、どぼん。

手を自分の胸に当てた。ちりちりと焦げたような胸の奥の痛みが今はじんじんと虫歯のときのように強くなっている。れんげの花の甘い匂いがする。いやだ、思い出したくない。でも、思い出してしまう。あのとき、れんげの匂いのする風は冷たかった

——。

井戸の横でれんげを摘んで冠を編んでいたら知らない男が二人やってきた。一人がいきなり腕をつかんだ。逃げようとしたけど放してくれなくて、口を塞がれて抱きかかえられた。もう一人の男がランドセルを拾い上げて井戸に放った。

ぼちゃん。どぼん。

無理矢理、車の後部座席に押し込まれた。

車はあっという間に走り出した。怖くて泣き出したら、男に頬を叩かれた。男は無表情で怒っている様子はなかった。また男が叩いた。一発、二発、三発……。何度叩かれたか憶えていない。鼻血が出てきて頭がぐらぐらして、泣くことも悲鳴を上げることもできなかった。リアシートに押しつけられ頭の上から毛布をかぶせられた。

毛布の上から声が聞こえた。

——声を立てるな。おとなしくしてろ。

泣いたらまた叩かれる。両手で自分の口をふさいで声が漏れないようにした。そして、ダンゴムシのように丸まって震えていた。

——ようし、それでいい。いい子だ。

男が毛布の上からぽんぽんと軽く叩いた。飛び上がりそうになったが、ぎゅっと強く口を押さえて悲鳴を呑み込んだ。

恐ろしくてたまらなかったが懸命に泣くのをこらえる。強く両手を口に押しつけ、これ以上は小さくなれないというくらいに身を丸めた。

助けて。誰か助けて。お母さん、お父さん。お兄ちゃん。

心の中で叫び続け、そのまま気を失った。

何時間も走り続け、ようやく蓮子は車から降ろされた。毛布をかぶせられたままエレベーターに乗せられ、気がつくと広い部屋にいた。

――ご苦労やったな。たしかに受け取った。

痩せた男はテレビで見る芸人のような、おかしなアクセントだった。そして、自分はまるで荷物のようだ、と思った。

二人きりになると男はこう言った。

――もう安心や。怖ない。大丈夫や。

そう言って、腫れた頰に氷を当てて冷やしてくれた。

――かわいそうにこんなに殴られて。痛かったやろう。こんな小さな子になんて酷いことをするんや。でも、ここにいれば安心や。もうなにも怖いことあらへん。

頰の痛みがまざまざと蘇《よみがえ》ってきて、思わず頰を抑えた。

あのとき、何度も殴られたので顔は腫れ上がり片眼は半分塞がっていた。奥歯がずきずき痛んで口の中は血の味がして気持ちが悪かった。

――かわいそうに。でも、もう大丈夫や。私が守ったるからな。

ヤスノリは優しく手当てをしてくれた。じっとしていると、ええ子や、と何度も頭を撫でてくれた。だから、ヤスノリが好きになったのだ。

*

蓮子は弾かれたように立ち上がると、また動かなくなった。眼は大きく見開かれ瞳孔が小さく見えるほどだった。清秀は愕然と蓮子の表情を見守っていた。

「……れんげが咲いてた。ピンクの雲みたいで、マシュマロみたいで……。そして、あたしは車に乗せられて、さらわれた」

蓮子は一言一言をゆっくりと、まるで自分で自分の言葉を確認するかのように口にした。

「気がついたらヤスノリの部屋にいた。帰して、って言うたけど許してくれはらへんかった。ここで暮らすんや、って」

蓮子が首を左右に振った。なにに否を言ったのかはわからない。だが、蓮子は何度も何度も首を振った。否、否、否、と。

「あたしは鶯餅が好きやった。ヤスノリが持ってきてくれはった。何回も食べた。春だけのお菓子やのに何回も食べた」

蓮子の声が詰まって震えた。ひゅうひゅうと不安げな息の音が聞こえる。

とうとう思い出してしまったのか。これから真実に向き合わなければならないが、果たしてこの娘は堪えられるだろうか。

「あたしは何回も言うた。おうちに帰して、って。お母さんとお父さんに会いたい、って。そうしたらヤスノリが言わはった。あれは蓮子をいじめた酷い人たちや。そやから、私と一緒に暮らそう、って。ずっとずっと一緒に暮らそう、って……」

ああ、と蓮子が甲高い声を上げて身をよじった。

「食べ物を運んでくる男の人もいた。部屋の掃除をしてはった。その人に話しかけたけど、返事をしてくれはらへんかった。あたしは何回も話しかけた。その人の前に立ち塞がってみた。でも、無視された。あたしが全然見えてはらへんみたいやった。あたしは幽霊になった気がした。そのことをヤスノリに言うた。そうしたらヤスノリはこう言わはった」

——あれは怖くない幽霊みたいなもんや。蓮子は私だけ見てたらええ。

「ねえ、あたし、何回鶯餅を食べたんやろ。何回春が来たんやろ」

蓮子の眼がぎらぎらと油膜のように光っていた。もうこれ以上は隠し通せない。この娘は溢れてしまったのだ。

清秀は覚悟を決めて告げた。

「十一回や」

その言葉を聞くと蓮子の身体が激しく震えた。その震えをすこしでも止めようと強く抱きしめ己の胸に押しつける。

「十一回。あの男の部屋で十一年過ごした」

「十一回、十一年……」

蓮子が愕然とした表情で鸚鵡返しに呟いた。

「八歳のときにさらわれたんや。そして、竹井康則があの部屋に閉じ込めた。それから十一年が経った。今、おまえは十九歳や」

「十九歳？　嘘」

蓮子がふいに笑い出した。

「なに言うてはるん。あたし、まだ八歳や。十九歳やない。あたしはまだ子供やし」

「違う。おまえはもう子供やない」

こんな乱暴な形で真実を告げることになってしまった。蓮子は真実に堪えられるだろうか。あまりの残酷に堪えきれず、さらに壊れてしまったらどうすればいいだろう。

「違う。そんなことあらへん」

蓮子が洗面所に向かって走った。清秀も後を追った。

蓮子が洗面所の鏡をじっとのぞき込んだ。やがて、鏡の中の蓮子の表情が怒りから当惑へ、そして、怯えへと移り変わって行った。

「キヨヒデの嘘つき。ほら、あたし、子供や」

蓮子が中途半端に裏返った声で笑った。だが、その身体は震えている。まだ唇の端に笑みを浮かべたままだったが、大きく見開かれた眼には隠しようのない混沌と恐怖が見て取れた。

「子供やない。三木蓮子という名の十九歳の女性や」

蓮子の顔から表情が消えた。そのまま鏡の中の自分をじっと見ていたが、ふいに崩れ落ちた。床に座り込んだまま、のろのろと自分の両手を見た。そして、顔に触れた。頬、鼻、唇と撫で回して確かめた。

このまま宙ぶらりんの状態にするのはただの生殺しだ。清秀は蓮子を見下ろし、きっぱりと宣言した。

「竹井康則がおまえを傷つけて壊した。だから、おまえは八歳で時間が止まった」

「嘘や。ヤスノリはそんな酷いことしはらへん。あたしを悪い人から助けてくれはったんや」

蓮子がかすれた声を絞ってすがるような眼で見上げた。清秀は血を吐く思いで言葉を続けた。

「おまえは三木蓮子。竹井康則に金で買われて閉じ込められた被害者や」

「違う。ヤスノリがあたしを買わはったとしても、それはあたしを助けるためや。閉じ込めはったのも悪い人から守るためや。あたしのことを大事にしてくれはったからや」

「違う」

「違わへん。ヤスノリは何度も言わはった。愛してる、って。私にとってこの世で一番大切なのは蓮子、おまえや、って」

蓮子は叫ぶと床の上でオウムガイのように身を丸めた。髪が乱れて広がる。また、あの「ダナエ」のポーズだ。そのまま眼を閉じて動かなくなった。

清秀は息を呑んだ。哀れなのになんと挑発的な渦巻きだろう。たまらず蓮子の横に膝を突いてかがみ込み、丸くなった背に指を伸ばした。背骨を数えるように一つずつなぞっていく。こりこりした凹凸に触れるだけで指先に快感が生まれた。

背骨から尻、尻から太股《ふともも》まで指を滑らせる。次に、蓮子の膝から足の甲まで掌で包み込むようにして繰り返し撫でた。突き出した膝の皿の骨の驕った艶めかしさ、足の甲に浮き上がった腱《けん》の禁欲的なラインにとてつもなく興奮した。下腹から胸に掛けて引き波のような痺れが走る。

人差し指で蓮子の足の甲の腱を弦楽器でもかき鳴らすように弾いた。すると、風の音がした。もう一度試そうとしたとき、はっと蓮子が眼を開けた。

蓮子がじっとこちらを見上げている。その眼に涙が膨れ上がった。だが、眼の奥には小さな赤い火が揺れている。幼き鬼女の眼だ。

「あたしは子供やない。でも、大人でもない。八歳でもない。十九歳でもない。自分で自分がいくつなんかわからへん」

蓮子が床の上からゆっくりと手を伸ばす。ぽろぽろと大粒の涙が頬を伝って滑り落ちた。清秀の首に両の手を回すと静かに引き寄せた。

「でも、わかってたような気もする。あの部屋で長い長い時間が経ってたこと」

蓮子の指が清秀の頬を撫でる。耳を、顎を、首筋をあてもなく彷徨ったかと思うと唇で止まった。触れるか触れないか、といったもどかしさで行ったり来たりする。

「あたし、帰りたい。どこかに帰りたい。でも、どこに帰りたいのかわからへん」

ふいに、蓮子の指が清秀の唇に差し込まれた。最初は人差し指だけ、次に中指が入ってくる。二本の指が清秀の唇をこじあけ口中をまさぐった。

「助けて、キヨヒデ」

その瞬間、わけがわからなくなった。清秀は舌と喉を犯す蓮子の指を強く吸った。蓮子が軽く悲鳴を上げる。そのまま蓮子の上に覆いかぶさった。

己の口から蓮子の指を抜き、乱暴に蓮子の唇を吸った。深く深く舌を入れる。蓮子はすぐに応えてきた。スカートをめくり上げ下着を剥ぎ取る。蓮子は内も外もどこもかしこも熱い。我慢できずに繋がった。蓮子はわずかに顔を歪めたがすぐに強くしがみついてきた。清秀も強く深く抱きしめた。

蓮子の内股の奥が震えて引きずり込んで締め付ける。背筋を反らすと肋骨《ろっこつ》がくっきりと浮かび上がる。くぼんだ下腹に汗が溜まる。

こんな激しいセックスなど命を縮めるだけだ。それがわかっているのに己を抑えられない。涎を垂らす阿呆のように浅ましく蓮子を求めてしまう。

「キヨヒデ」

蓮子が叫ぶ。

二人とも本当はこの結合が間違っていることを知っている。だが、結合せずにはいられない。この先になにもないことを知りながら互いを求めずにはいられない。性器も、口も、肌も、髪もありとあらゆるところで繋がっていたい。

頭の奥でゆらゆらと陽炎《かげろう》のような光が揺れている。その光はずいぶん遠い。たぶん、もう二人とも人間ではない。どんどん形と意味を失っていく。二つなのか一つなのか、それすらわからない。どこにもない、どこでもない世界でどろどろに崩れた異形の姿で漂う。

「キヨヒデ、あたしはなんやの」

蓮子が上になり泣きながら清秀を犯す。

「おまえは三木蓮子。竹井康則の被害者や。そして」

竹井清秀の被害者でもある。蓮子はいや、と悲痛な声を上げて清秀の胸に倒れ込んだ。

「助けて、キヨヒデ」

もっと欲しい。蓮子を強く抱きしめた。ほんのわずかの隙間もないくらいにこの女と肌と肌とを合わせたい。もっともっとだ。もっともっと欲しい。この女からあの男を追い出し、すべてを自分のものにしたい。すべて、すべてをだ。

＊

キヨヒデに抱きしめられ何度も気が遠くなった。

キヨヒデはヤスノリとはまるで違う。ヤスノリはまるで口の中の飴玉《あめだま》をころころと転がすように蓮子を翻弄した。右の頰から左の頰へ、左の頰から右の頰へと行ったり来たりするうちに蓮子はすこしずつ溶かされていく。

だが、キヨヒデはたった一嚙みで蓮子を砕いてしまった。あっと思った瞬間には、蓮子はもうばらばらになってあちこちに飛び散っていた。慌てて懸命に砕けた身体を拾い集めるのだが、またすぐにキヨヒデに嚙み砕かれてしまう。蓮子はまた自分の破片を拾い集める。その繰り返しだ。

だが、気付いた。散らばっているのは蓮子の破片だけではない。キヨヒデの破片もある。蓮子を砕くキヨヒデもやっぱり砕けていたのだ。蓮子が懸命に拾い集めた中にはキヨヒデの破片もあり、知らない間に蓮子はキヨヒデと混ざり合っていた。キヨヒデは知っているのだろうか。自分が砕けていること、そしてその破片はもう蓮子の中に混じってしまって取り戻せないことを。

ストーブの火が小さくなった。

砕けて欠けてしまったキヨヒデは気を失うように眠ってしまった。蓮子は裸のまま一人で外に出た。裏の水槽で身体を拭う。声が出そうになるほど冷たい。

見上げると満天の星だった。数え切れない大小様々な星々が頭の上に輝いている。ぐるりと見渡し月を探した。すると、氷のような真白い大きな月がちょうど頭の真上、空の一番高いところにあった。

蓮子は石垣の上に登り大きく手を広げた。

あたしには帰る海がない。もし帰るとしたら一体どこへ帰ればいいのだろう。

ヤスノリの部屋で浴びた月や星の光はガラス越しで柔らかかった。だが、今、この夏蜜柑の家では違う。月の光は蓮子を軽々と押し潰し、星の光は尖った針のように蓮子を突き刺した。骨が砕けて血が噴き出るようだ。だが、その痛みは生々しく心地よい。自分が荒々しい原始的な生き物になったような気がする。

後ろで物音がした。

振り向くとキヨヒデがよろめきながらやって来た。おぼつかない足取りでほんの小さな石にもつまずいて転びそうだった。

手を下ろそうとするとキヨヒデが掠れた声で言った。

「動くな。そのまま」

蓮子は両手を挙げたままじっとキヨヒデを見下ろした。キヨヒデは影の中だ。暗がりから真っ赤な眼で蓮子を見上げている。

キヨヒデの眼が身体を貫いた。棘《とげ》だらけで無情な槍《やり》だ。ざりざりと削られるように穴が開く。

「キヨヒデはもうすぐ死ぬんやろ？」

はっとキヨヒデの顔が強張った。蓮子は黙ってキヨヒデを見下ろしていた。キヨヒデはじっと蓮子を見上げていたが、やがて低く潰れた声で呻いた。

「ああ、俺は死ぬ」

「じゃあ、はよあたしを描かなあかんね」

「……はよおまえを描かなあかん」

キヨヒデが鸚鵡返しに答えた。蓮子は黙ってうなずいた。

月の光が皓々《こうこう》と輝いている。波のない海は白銀の板のようだった。蓮子は再び大きく手を差し上げた。

再びキヨヒデの眼に削られる。痛くてたまらない。全身の力を振り絞って言った。

「あたしは……ジョウガ。月の女王。夜を支配する」

「嫦娥、もっともっと描かせてくれ……」

そう言って、キヨヒデは咳き込んで血を吐いた。

＊

翌朝、ふと思い立ってイルカが還るはずの海に浮かぶ蓮子を描いた。

碧と灰と緑の混じった春の海を想像しながら墨一色で描く。息を詰めて墨を置いたが穏やかな海はどこにも現れなかった。そして、波間に浮かぶ蓮子は陸を恋う人魚なのか、安心しきって羊水に浮かぶ胎児なのか、それとも腐臭漂う土左衛門《どざえもん》なのか自分でもわからなくなった。

ここに来てから一体何枚蓮子を描いただろう。様々な構図を工夫し、下書きをし、彩色をした。白い肌を塗る。薄い胡粉を塗り重ねて厚みと透明感を両立させる。唇にはやはり櫻鼠だ。眉と睫毛で表情を表そうと細心の注意で極細の面相筆を動かした。だが、すこしもうまく行かなかった。浅田檀なら「生きている」と褒めてくれただろうが、清秀の眼には薄っぺらで空《うつ》ろな生き人形にしか見えなかった。

――キヨヒデはもうすぐ死ぬんやろ？　じゃあ、はよあたしを描かなあかんね。

蓮子の眼の奥に白い光が揺らめいていた。支配という名の慰撫《いぶ》は無自覚だったからこそ痛烈だった。

――あたしはジョウガ。月の女王。夜を支配する。

石垣の上に立って傲岸と蓮子がそう言い放ったとき、清秀は己が這いつくばるスッポンどころか卑小な土中の虫にでもなったかのように感じた。だが、それは決して不快ではなかった。それどころか陶酔を呼ぶものだった。描かせてくれ、という懇願は心の底から出た言葉だった。

あの夜、清秀の前に現れたもの、それは残酷で、不遜で、愚かでいながら光のように人の頭の上に君臨するものだった。その畏ろしさを描けない限り蓮子は生き人形のままだ。清秀はひたすら絵と格闘し続けた。だが、やはり嫦娥は現れなかった。

気分転換をしようと、清秀はポータブルテレビを提げて画室を出て山に入った。咳と痛みは日に日に酷くなる。すこし歩いただけで疲れて休まなければならない。海の見える斜面まで来ると、倒れるように木の下に腰を下ろした。

テレビで午後の情報番組をチェックした。すると治親が映った。画面隅のテロップには最新独占インタビューとある。

「竹井清秀はかなり衝動的な性格のようですね。若い頃、個展を勝手に中止したとか」

「ええ。前日になっての中止でした。主催者は相当な宣伝をしていたこともあって、問題になりました」

「前日はキツいですね。なぜ中止にしたんでしょうか」

「なにか父親との確執があったように聞いています。実際、そのトラブルのせいで画壇から無視されるようになった、と」

「なるほど。そのあたりの鬱屈が今回の事件に関係しているのかも知れませんね」

ええ、と治親が眼を伏せた。そして、しばらく黙ってから顔を上げた。

「あれは気の毒な人間なんです。ですが、それはなんの言い訳にもならない。私は甥の行動を許すことはできません。この償いは私が責任を持って行います」

司会者もひな壇のコメンテーターも一瞬息を呑んだのがわかった。それほどまでに治親の言葉は潔く自己犠牲の美しさに溢れていたからだ。

清秀は呆然とした。治親伯父の言葉が信じられなかった。

たしかに個展を前日に中止したことはある。その原因があの男にあるのも間違いない。だが、治親はことの成り行きを知っていたはずだ。

「蓮を持った女」が特選を取ると、顔の広い治親はマスコミに清秀を売り込んでくれた。すると、竹井康則の息子であると知ったあるプロデューサーが企画を持ち込んできた。「父と息子、華麗なる才能の競演」と銘打って、親子の確執、個展での和解というお涙頂戴のドキュメンタリーを製作しようと言うのだ。それに合わせて作られた個展のパンフレットも酷いものだった。当時、まだ院生だった清秀の容貌をアイドルのように利用していた。それは清秀にとって非常に屈辱的なことで個展の話はこじれた。挙げ句、前日に中止という最悪の結果となった。

そのことで賛を寄せた画壇の重鎮の顔を潰すことになり、彼はそれまで清秀の絵に好意的だったのだが態度を一変させた。後に、清秀を「死体画家」と揶揄したのはこの男だ。期待の若手画家として注目されていた清秀はこの一件で干されたのだった。

――すまん、清秀。まさかこんなことになるとは。

あのとき、治親は本当に申し訳ないと詫びた。なのに、今になってなぜあんなことを言うのだろう。

たしかに、清秀のしたことを思うと治親の怒りは当然だ。清秀は治親を裏切り「たけ丼」を守ろうとする努力を無駄にした。たとえどれだけ悪し様《あざま》に言われようと言い返すことはできない。だが、わざわざ清秀を貶《おとし》めるような嘘をつく必要はないではないか。

そのとき、ふっと間宮の言葉を思い出した。

――会長は治親さんのことを狢やとおっしゃって、あまり信用しておられませんでした。

狢。人をたぶらかす妖怪だ。背筋がぞくりと震えた。

テレビの中では司会者がもっともらしいしかめ面を作っていた。

「……このたび出版された『蓮情』についてですが、まず、なぜこれをご執筆になったのか、というのが最初の疑問なのですが」

一体なんのことだろう。伯父の新刊はこの事件に関係あるのだろうか。わけがわからぬまま小さな画面を注視した。

「執筆に関してはずいぶん悩みました。これを発表してよいものか、と。ですが、被害者の三木蓮子さんの兄、三木達也氏から了承と協力を得ることができました。それが僕を後押ししてくれたんです」

「ということは、被害者のご家族も了解済みということですね」

「そうです。三木達也氏とお会いして、何度も内容に関して打ち合わせをしました」

「仮名で書かれていますが、あの事件だとすぐに特定することができます。私も早速読ませていただきましたが、かなりショッキングな内容でした。どういったお気持ちでご執筆なさったのでしょうか」

「正直に言うと、この本を書くのは非常に辛い作業でした。ですが、中途半端な描写ではこの事件の特殊性、蓮子さんの受けた被害の重大さが伝わらないと感じました。ですから、綺麗事は排そう、と覚悟を決めたんです」

治親は真摯を装いながらも明らかに高揚していた。苦渋の末の刊行だと言いながら、その実は歓喜の興奮が透けて見えた。その表情は不快で羞恥を覚えさせるものだった。己が絵を描き上げたときの満足げな得々とした顔とまるで同じだったからだ。

「この本の印税はすべて三木達也氏が受け取ることになっています。蓮子さんの治療に役立ててもらうつもりです。それは僕の個人的な償いでもあり、また『たけ井』という会社からの謝罪でもあります」

治療費なら両親に渡したほうがいいはずだ。つまり、伯父と三木達也の間で「蓮子」の使用に関して何らかの取り決めがあったということだ。そして、その事実を明らかにすることにより、伯父は将来起こりうるかもしれない問題を三木達也にも担保させた。

司会者がカメラに向き直り、いかにも深刻そうに眉を寄せた。

「竹井清秀は全国に指名手配をされて警察の捜査が続いていますが、まだ見つからないようです。蓮子さんの状況が心配されます。一日も早い逮捕を願うばかりです」

そのあとカメラが切り替わり伯父が映った。伯父は深々と頭を下げた。

「蓮子さんを保護するために、どうか視聴者の皆様もご協力をお願いします」

伯父の抑えようにも抑えきれない、といった苦悶の表情は完璧だった。

治親伯父。あんたは一体なにを考えている?

清秀は混乱していた。今すぐ京都に帰って治親を問いただしたいような気がした。息を切らしながら夏蜜柑の家に戻ると、すぐにダットラに乗った。

「キヨヒデ」

蓮子が心配そうな、だが怒ったような表情でこちらを見ている。清秀はなにも言わず車を出し、山を下りて真っ直ぐに書店に向かった。

入口横の目立つ場所にポスターが貼られていた。黒の大きな活字で『蓮情』竹井治親とあり、その下に緊急出版と赤で書かれていた。

伯父の新刊はレジ横に積んであった。清秀は帯を読んだ。

男は少女のすべてを奪った。身体を、心を、そして十一年という時間を。閉ざされたマンションの一室にあったのは凄惨か、それとも至福か。痛ましくも美しい愛の日々を描いた衝撃作。

カバーは古い座敷の写真だ。書院の円窓からは仄明かりが射し床の間には櫻が一枝活けてある。手前の黒漆の机の上に置かれているのは八寸を盛り付けた杉盆と首に赤いリボンを巻いた白いウサギのぬいぐるみ、ロンコだった。

ふっと眼の前がぼやけた。仄明かりの中から白い手が伸びてくる。母の手だ。清秀の首を絞める。母の着物の袖がふわりと揺れた。

白く盛り上げた胡粉が艶やかに咲き誇る。櫻だ。満開の櫻だ。

そうだ。思い出した。俺を殺そうとしたとき母は櫻の着物を着ていた。俺の首を絞める母の袖には一面の櫻が描かれていたのだ。

今、わかった。なぜこんなにも「櫻図」に惹きつけられたか。俺はあの絵に母を見たのだった。

その瞬間、歌が流れ出した。

真っ白い人形のような顔だ。わずかに開いた唇から歌が流れてくる。そうだ、母はいつもこの甘くけだるげな旋律を無表情で歌っていた。

ジュ・トゥ・ヴ。

櫻の着物を着た母は「ジュ・トゥ・ヴ」を歌いながら清秀の首を絞めたのだった。

清秀は呆然と駐車場に戻った。ダットラまでたどり着いた瞬間、急に身体から力が抜けた。それが痛みだと認識できないほど激しい痛みが襲ってくる。そのまま崩れ落ちた。

こんなところで座り込んでいたら目立つ。捕まったら絵が描けなくなる。とにかく車に乗らなければ。車体に摑まりながらなんとか立ち上がった。ドアを開け、運転席に倒れ込むように腰を下ろす。

痛み止めを取り出し震える手で口に放り込んだ。水なしでそのまま飲み込む。上手く喉を通らない。

書院の円窓から柔らかな光が射し込み櫻の袖が揺れる。

あのときに殺されていたなら、俺は今、苦しまずに済んだのだろうか。

四　蓮情

私は孤独だった。

天才として賞賛されながらも、その心が満たされたことは一日たりともなかった。

それは私の生い立ちに起因する。

私の母親はいわゆる妾《めかけ》であった。丹後地方の寒村の出身で、中学を出るとすぐに料亭「さかい」で仲居として働きはじめたのだ。写真は残っていないので私は母の顔を知らない。人の話によると浅黒い肌をした野暮ったい田舎娘だったという。

そんな母に「さかい」の亭主が眼を付けた。花街で遊び慣れた男にとって山出しの少女は物珍しかったのだろう。あっという間に深い仲になり母は子を身ごもった。そして、生まれたのが私だ。

男の子が生まれると父は我に返った。最初は少女の純朴さに魅力を感じたが、見慣れてしまうとただの垢抜けない下品な女だった。男にはすでに正妻と長男がいた。妻の機嫌を損ねてまで関係を続けるほどの女とは思えなかった。父は女から子を取り上げ、手切れ金を渡して放り出した。そして、私は父の家に引き取られ、長男の邦孝《くにたか》と共に育てられることとなった。

　父の正妻は菊子《きくこ》という。料亭「さかい」の名物女将として君臨し、戦前戦後を通じて政界、財界の大物にかわいがられた女傑だった。菊子の自慢は何冊ものアルバムで、歴代の総理やら映画スターやら、著名人と撮った写真が大切に保存されていた。菊子は女将としては有能だったが情緒的には母親には向いていなかった。菊子は自分の子も妾の子も分け隔てなく接した。それは愛情が潤沢だったからではなく、そもそも子供に関心がなかったからだ。その意味で公平な人間だったと言える。息子二人の養育は住み込みの女中に任せきりだった。

　だが、私たち二人を育てた女中の正子《まさこ》は昔気質《かたぎ》の人間だった。自分と同じ下働きの女中が産んだ子供が、正妻の子供と同じ扱いなど我慢できなかった。それは間違ったことだと信じていた。正子は信念により、大事なお坊ちゃまである長男に愛情を注ぎ、私を冷遇した。

　――吉信《よしのぶ》さん。あんたは勘違いしはったらあかんえ。あんたはお妾さんの子で邦孝さんとは立場が違う。なにもかもわきまえて、一歩下がって生きて行くと肝に銘じておかな。

私は幼い頃から厨房で修業をさせられた。

だが、私は生来不器用で、いつも叱られてばかりだった。皿洗いをすれば皿を割り、皮剝きをすれば包丁で怪我をした。

父は私の手を見て嘲った。

「吉信、おまえの手はほんまに不細工やな。ひょろひょろ黒い、まるで牛蒡か松の根みたいや」

私の肌は母に似て浅黒かった。指は細く長かったが、節が目立ってゴツゴツしていた。

「ほんまに品のない手や。おまえが触ったら、それだけで野菜も魚も不味くなりそうや」

父はそう言い捨てると背を向けた。私は何も言い返せなかった。

義兄も私と一緒に修業をさせられていた。長男である彼は私と違って器用で、なにをやらせてもそつなくこなした。だが、彼は料理に一切興味がなかった。

「僕は料理人になるつもりはない。僕は芸術の道に進むつもりや。そやから、この店はおまえにやる。頑張ってくれ」

私は才能があるのに料理を捨てる義兄が憎かった。なにもない私は料理にしがみつくしかなかったのだ。

＊

冒頭、私は孤独だった、と書いた。だが、それは完全に正しいとは言えない。私の生涯においてその孤独を癒やしてくれた少女が二人いる。私はその二人といるときだけ孤独を忘れることができた。

従妹の桐絵《きりえ》は九歳下の美しい少女だった。彼女を見た者はみな、こう思った。将来が楽しみだ、きっと美人になる、と。無論、私も思った。彼女の肌は抜けるように白かった。私の母譲りの浅黒い肌とは全く違っていた。私は彼女の手を引くたび引け目を感じた。彼女の白く美しい手と比べて自分の手は薄汚かったからだ。

幼い頃、父から浴びせられた侮蔑は私の心の底深くに澱《おり》のように沈んでいた。私は厨房でいつも絶望していた。思うように料理ができないことも悔しかったが、己が手を触れると食材が汚れるような気がしたからだ。

例えば、まろやかな蕪《かぶら》の皮を剝く。白い蕪の肌に、私の土に汚れたひょろひょろの牛蒡のような指が触れる。まるで冒瀆のように思えた。

つまり、私は私の手が大嫌いだった。こんな指で料理をしても良いものができるはずはないと思っていた。その思い込みを排してくれたのが桐絵だ。桐絵は私の生い立ちなど知らず無邪気に慕ってくれた。

彼女は自分から手を差し出した。だが、私は彼女の手を取ることができなかった。彼女を汚してしまうのが怖かったからだ。

「兄さん、吉さん、手え繋いで。ほら、はよ」

桐絵は無邪気に催促をした。どこにも驕り高ぶったところはないのに、私には彼女が女王か女神のように思えた。私は命令に従っておずおずと彼女の手を握った。すると、桐絵は満足げに微笑んだ。

瞬間、私の心の固く閉ざされた扉が開き、その隙間から光が差し込んだ。そう、彼女はまさしく女王、天照《あまてらす》のようだった。

その日以来、私は九歳年下の少女の虜《とりこ》になった。彼女のことが頭から離れなくなった。彼女を愛おしいと思い、彼女をこの手で守りたいと思い、その一方で彼女にひれ伏したいような気がした。

かといって、彼女が高圧的だったというわけではない。桐絵はその名の通り春の山に咲く桐の花だった。柔らかな陽光の下、桐の淡い薄紫の花は天上から雲が降りてきたようだ。そこに霞《かすみ》が掛かっているのでまるで紗《しゃ》を掛けたようにも見える。

私は頭の中で妄想した。幾重もの紗のカーテンの奥に桐絵がいる。私は一枚、また一枚と紗をめくって彼女へと近づいていく。最後の一枚をめくると、そこには桐絵がいて私に無邪気に微笑みかけるのだ。

私の頭の中には常に桐絵が光り輝いていた。私はまだそれが異常であることに気付いていなかった。だが、そのとき彼女は十歳で私は十九歳だったのだ。

桐絵は清らかだった。世間のヒッピーまがいの女たちとはまるで違っていた。付け睫毛もアイラインもアイシャドウも口紅も香水もない。化粧をしない白い肌には細かい産毛《うぶげ》がきらきらと陽光に透けていた。

桐絵の身体からはなんとも言えない乳臭い匂いがした。私はときどき、身をかがめて物を拾うふりをして、彼女の髪の匂いを嗅いだ。そのなんとも言えない甘ったるい匂いを嗅ぐと、私の身体は途端にもどかしくなった。こんな状態を人に見られては大変だと思い、私は大慌てで匂いを鼻腔《びこう》いっぱいに満たすと彼女から離れた。平気なふりをしていたが、本当は桐絵の香《かぐわ》しさに気が遠くなって倒れる寸前だったのだ。

桐絵のすべては私の精神の隅々にまで浸透してある種の法悦をもたらした。それと同時に疑うべくもなく地上世界の快楽と直結した。そうだ、私は十歳の少女にはっきりと性的興奮を覚えていたのだ。なのに、何も知らない桐絵は私を無邪気に誘ってくる。私は精神と肉体の滾りに苦しめられた。そんな日々が続いて、とうとう私の理性は決壊してしまったのだ。

彼女を連れてドライブに出たときがあった。日本海まで海を見に行くという小旅行だった。私はお気に入りの曲を集めたカセットテープを持参してカーステレオで流していた。桐絵は曲に合わせてハミングしたり身体を揺らしたり、とても楽しそうだった。

帰り道、彼女は遊び疲れて助手席で眠ってしまった。私が彼女の髪に触れてもすこしも眼を覚ます様子はない。まるで、まだ眼の開かない犬の仔のようだった。

私は車を駐めた。そして、彼女の唇に指で触れた。小さく柔らかだった。すると、桐絵は微かな声を上げて身体を震わせた。その瞬間、私はもう自分の身体が制御できなくなった。私は彼女の唇を指でこじ開けた。まるで模型のような小さな歯が並んでいた。私はその歯の隙間にそろそろと人差し指と中指を押し込んでいった。すると、桐絵が眼を開けた。驚いた表情で私を見る。

「桐ちゃん。ええ子やからじっとしとき」

私は彼女の髪を撫でながら静かに言った。猫撫で声でもなく脅すのでもなく、ごく当たり前のことのように言ったのだ。桐絵は上目遣いで私を見ていたが、やがて私の指をくわえたままうなずいた。

私はカーステレオのボタンを押した。柔らかで甘い旋律が流れ出し私たちを包み込んだ。

私は彼女の狭い口中に右手の指を差し込んだまま左手で己の股間に触れた。痛みさえ感じるほど張り詰めている。ファスナーを開けて取り出すと、彼女の手を取って私に触れさせた。つい今し方まで眠っていた子供の手は熱かった。

桐絵は私の言いつけ通りじっとしていた。私は二本の指を動かして彼女の口の中を探った。小さな舌が隅っこに隠れていたので捕まえた。指で舌を挟まれた桐絵は喉の奥で声を漏らした。

私は浅黒い牛蒡のような下品な指で何も知らない少女の清らかな唇を汚していた。なんという冒瀆、なんという背徳だ。今、私は彼女の神聖な世界を蹂躪《じゅうりん》し汚辱へと変えようとしているのだ。

「ええ子やから我慢やで」

私は桐絵の舌を指で挟み、左右に揺らしたり軽く引っ張ったりした。彼女はときどきうめき声を上げ、眼に涙を浮かべながら懸命に堪えていた。だが、とうとう唇の端から涎がこぼれた。それを見た私はこの上もない歓喜を覚えた。なんと美しいのだろう。なんと神々しいのだろう。

桐絵が眉を寄せ苦しげな顔をした。だが、決して私の指には歯を立てずされるがままに堪えている。この少女がごく自然に発揮する自己犠牲の精神に私は感動した。これが正しい美しさというものだ。そして、深い感謝の念を覚えた。

「桐ちゃん、ええ子や。ほら、もう片方の手も」

私は彼女の空いている手を取って私に触れさせた。私は彼女の両の手で包み込まれた。彼女の手は柔らかでぎこちなく、そして頼りなかった。なにもかもが未熟なのだ。ああ、なんという至福だっただろう。一瞬で私は昇り詰め、彼女の舌を指で強く挟んだまま自分と彼女の手を汚した。

我に返ると桐絵はぽろぽろと泣いていた。私は指を引き抜き彼女の髪を撫でた。

「桐ちゃん、ええ子やったね。ありがとう。ほんまにありがとう」

私が礼を言うと彼女は顔を上げた。そして、不思議そうな顔をした。なぜ礼を言われるのかわからない、と言った顔だった。

「桐ちゃんのおかげでほんまに気持ちよかった。最高に幸せやった。ありがとう」

「あたしのおかげで兄さんは気持ちよかったん？」

「そうや。すごくすごく気持ちよかった」

「ほんまに？　よかった」

途端に桐絵の顔が満足げに輝いた。小さな古墳のようにこんもりと盛り上がった頬の丸みに朱が射した。私は我慢できず桐絵を抱きしめた。すると、小さな身体がすっぽりと私の腕に収まった。なんという儚《はかな》さ、頼りなさだ。私は夢中で彼女の唇を吸った。

「ほら、桐ちゃん、これがキスや。桐ちゃんは今、僕とはじめてのキスをしてるんや」

「うん。キスしてる……」

彼女がうっとりと夢見心地で言った。もうすっかり身体の力を抜いて私の胸にもたれていた。

「桐ちゃん。お願いや。このことは僕と桐ちゃんだけの秘密や。そして、約束してほしい。これは桐ちゃんと僕だけの大切な大切な秘密の遊びや。他の人とは絶対にしたらあかん」

「うん。わかった」

「絶対やで。僕も他の人とはしいひん。そやから桐ちゃんもせんといてくれ」

「うん。絶対」

彼女は大真面目な顔でうなずいた。私はもう一度強く抱きしめた。

私は桐絵のすべてが欲しかった。女としてのすべて、母として、恋人として、そして、娘としてのすべてだ。そのすべてを私のものとして心ゆくまで味わいたかったのだ。

私は彼女と愛し合うために部屋を借りた。板場の修業の合間を縫って布団以外になにもない部屋に通った。

　彼女の身体はまだあまりにも小さすぎたが、私は彼女の手だけでも充分喜びを感じることができた。彼女が慣れてくると私は唇と舌で触れることを教えた。私の喜びはいっそう深まった。

　私は自分だけが快楽を享受するのは不公平だと思い、彼女にもきちんとお返しをした。私は彼女の身体の隅から隅まで丁寧に指でなぞった。最初は恥ずかしがってくすくすと笑っていたのだが、次第に指の動きに自分の意識を集中することを憶えた。彼女が自分の身体を知っていく様子を眺めるのは非常に興味深いことだった。

　彼女は良い生徒だった。私の指示したこと、教えたことをきちんと吸収して自分のものにした。そのたびに私は彼女を褒め、感謝を伝え、彼女が心地よく感じるものすべてを与えた。甘い菓子だったり、かわいらしい小物だったり、肉体的な交渉で得られる快感だったりした。彼女はそのすべてをためらいなく受け取った。

　彼女は自分の精神と肉体が変化していくことをはっきりと意識していた。私も驚きをもって彼女を見ていた。人間の精神と肉体にはこれほど多くの喜びを感じるための抽斗があるのだ。

　そう、彼女は簞笥だった。仄明るい静まりかえった座敷に置かれた美しい薬簞笥だ。何十という小さな抽斗が並び、そのすべてに細かな細工を施した柔らかな曲線を描く鐶《かん》が取り付けられている。私は毎日、彼女の新しい抽斗を開けた。すると、かちん、と鐶が鳴った。かちん、かちん。私が開けるたびに彼女がひそやかに鳴る。いくら開けても抽斗は尽きることがないように思えた。

春が過ぎて夏を迎えようとした頃、桐絵は十二歳になった。

その日、私は彼女に告げた。

「今日はとても大切なことをする。桐ちゃんは笑ったりふざけたりしたらあかんよ」

「うん」

「とてもとても大事な儀式なんや。神様にお参りするのと同じくらい真面目な気持ちにならなあかんよ」

私はこの部屋に布団以外の物を決して置かなかった。ここは純粋な寝所だ。それ以外の目的では使用してはならない。それが桐絵に対する私の覚悟であり、責任であり、真実であった。

私は彼女を布団の上に横たえた。彼女は神妙な顔をしていた。眼を閉じようとしたので、私は注意した。

「桐ちゃん。眼を閉じたらあかん。眼を開けてきちんと見てるんや」

私は時間を掛けてそろそろと己を進めた。彼女の細い小さな身体は青々とした榊《さかき》、神聖な玉串だった。

桐絵は私の言いつけ通り真面目な顔で痛みを堪えた。私は彼女の涙をすべて舌ですくい取った。子供の涙は私の血管に直接届いてあっという間に混ざり合った。苦労しながら私はようやくのことで彼女と深く繋がることができた。だが、そこは息苦しいほど狭くてすこしも動くことができないような気がするほどだった。

＊

やがて、私は桐絵を娶《めと》り、男の子が生まれた。だが、子を産んで以来、彼女はすこしずつおかしくなっていった。

桐絵の絶望は深かった。だが、私はその孤独を理解することができなかった。なぜ母であることに満足できないのだろう。赤ん坊に愛情を注げばいいだけではないか。なのに、なぜ毎日泣くのだろう。あれほど美しかった彼女の精神が病み衰えていく様子を見るのは辛かった。

そして、ある日、決定的な事件が起こった。

桐絵が息子の首を絞めたのだ。周囲にいた者が止めて大事には至らなかったが、彼女は鬼女のごとき形相で家を飛び出していった。そして、その夕、彼女が深泥池に浮いているのが見つかった。

浮き草にまみれた桐絵の亡骸を前にしたときの喪失感を言葉で表すことができない。彼女は私にとってすべてだった。幼い頃の彼女を天照だと感じた。まさに彼女は私の根源を照らすなにかだったのだ。彼女が飛び去ってしまうと私は深い暗闇に置き去りにされてしまった。

彼女の部屋には私宛の遺書があった。そこには息子を道連れに死ぬことへの詫びが綴《つづ》られていた。彼女は発作的に息子を殺そうとしたのではない。なにもかも覚悟の上で心中を図ったのだった。

私は遺書を読んだ。何度も読んだ。そして慟哭《どうこく》した。

酒井《さかい》吉信様。

私は幼い頃から貴兄に愛されてきました。貴兄が私を愛したことに間違いはありません。ですが、その愛は私にとって非常に辛いものでした。貴兄の愛は一方的に与え、一方的に奪うものだったからです。そして、さらに問題がありました。私は与えられていることには気付きましたが、奪われていることには気がつかなかったのです。

貴兄の愛は緩慢に私を殺していきました。そう、血を抜かれているようなものでした。一日二十四時間三百六十五日、ぽたりぽたりと一滴ずつ、休むことなく、私の身体と精神は奪われていきました。はっきり言います。貴兄は自覚のない吸血鬼でした。

貴兄を責めているのではありません。貴兄には私を損なう意思などありませんでした。貴兄が私から与え奪うのであれば、私も貴兄に与え、貴兄から奪えばよかったのです。対等な関係とは互いに与え合い、奪い合うものですから。

幼い頃の私は貴兄に与えることができませんでした。ですが、成長するにつれて与えることをすこしずつ憶えていきました。私は貴兄のために心と身体を割いて差し出しました。それはある種の悦楽であり、自分自身に満足と自負を与えてくれる行為でした。

ですが、どれだけ経っても奪うことはどうしても憶えられなかったのです。結果、私は失うばかりの人間になりました。

私はいわば水琴窟《すいきんくつ》でした。貴兄が愛を注げばごく微かな、貴兄だけにしか聞こえない美しい音を響かせました。ですが、私自身は土中に埋められた空っぽの甕なのです。私の中にはなにもないからこそ、貴兄のほんのわずかな仕草、声にも反応して音を鳴らすことができるのです。

気が付くと、もう私の中にはほとんどなにも残っていませんでした。貴兄の子供を産んだとき、私はとうとう自分の中に残っていたものをすべて失ったことに気付きました。子供を産むということが、これほど恐ろしいものだとは知らなかったのです。子供は私の腹の中から洗いざらい掻き出していきました。喜びも悲しみも、快さも苦しみもすべてです。

子を産むと寿命が尽きて死ぬ。そんな生き物が自然界にはたくさんいます。私もそんな魚や虫ならよかった。でも、私は人間でした。抜け殻になってもまだ生きていました。

子供を持つということの恐ろしさに気付かなかったのは貴兄も同じです。貴兄を責めるつもりはありません。貴兄は守りたくても守ることができなかったのですから。

貴兄はこう言いましたね。

――あれほどおまえのことを愛しいと思てたのに……今はもう堪えられへん。子供を産んだ女など汚いとしか思われへん。

貴兄は嘘などつける人間ではありません。貴兄が口にしたことは真実でしょう。ですが、貴兄に汚いと言われても、私はすこしも傷つきませんでした。傷つくなにかが残っていなかったからです。貴兄が愛を注がなくなったので、私は今はもう鳴らない水琴窟でした。土中に埋められたまま忘れられた乾いた甕でした。

私の産んだ子供は私を無心に求めました。私には与えられるものなどありませんでした。乳の一滴も愛撫《あいぶ》も、笑みも言葉も子守歌も、なにひとつ与えることができませんでした。子供は寂しい、無表情な子に育ちました。いつも一人きりで絵ばかり描いていました。

私は自分が子供だった頃、絵を描くことが好きだったのを思い出しました。試しに筆を執ってみました。ですが、なにも描けませんでした。空っぽだったからです。それでも私は描こうとしました。でも、駄目でした。そのとき、わかったのです。私の絵に関するなにかは壊れてしまってもう治らない。貴兄に愛されることと引き換えに駄目になったのだ、と。そのことに気付いてもやっぱり哀しむことはできませんでした。

子供が五歳になったときのことです。ある日、私に一枚の絵を差し出しました。幼稚園で描いたのです。たどたどしい字で「おかあさん」とありました。五歳の子供にしては非常に上手に描けていました。線の一本一本に明らかな才能が感じられました。

ですが、その絵はとても恐ろしかったのです。そこに描かれていたのは人形だったからです。参考にしたのは飾り棚にあった博多人形でしょう。胡粉を塗った真っ白な顔で微笑んでいる冷たい素焼きの人形です。

子供は不安そうな顔で私を見上げていました。褒めてほしいのでしょう。私はなんとか褒めようとしました。でも、なにも言えませんでした。絵を受け取ることもできませんでした。子供は諦めて去って行きました。

これが決定的な出来事となりました。私は進退窮まりました。母になることも母を止めることもできず、ただ老いていくだけだということがわかったからです。

私にはもう生きていく力がありません。貴兄はきっと哀しむでしょう。私を愛せなくなった自分を責めるでしょう。でも、もうなにもかも仕方がないのです。私はただ楽になりたいのです。

子供は連れていきます。貴兄のいない彼岸の世界でなら、この子をかわいがることができるかもしれません。どうぞ、桐絵の勝手をお許しくださいませ。

酒井桐絵

桐絵の産んだ息子は私を嫌って早くに出て行った。

やがて、息子の妻が孕んだと知って私は激しい嫌忌を覚えた。母という生き物は諸悪の根源だ。腹の中の醜い赤子は災厄を垂れ流して世界を破壊してしまうだろう。

私はその赤子の前では無力だ。声一つあげることもできず、かといってひれ伏すこともできず、ただ阿呆のように突っ立って赤子が蹂躙する世界を眺めているだけだ。

やがて、その赤子は私を呑み込み跡形もなく擂り潰してしまうだろう。

だが、その腹の子は生まれなかった。「蓮花《れんか》」と名付けられるはずだった子は一度も世界を見ることもなく、私を壊すこともなく母と一緒に死んだ。私はほっとしたような裏切られたような気持ちになった。

私を壊してしまうはずではなかったのか。私を喰ってしまうはずではなかったのか。

私は生まれなかった赤子のことばかり考えていた。

＊

そんなときに出会ったのが「蓮花」だった。

彼女はリストの真ん中ほどにいた。八歳とあり、色白のおかっぱ頭の美しい少女の写真に私は一瞬で惹きつけられた。その瞬間、私の精神は再び動きはじめたのだ。

私は己の理想を追求するために料理をした。皿に盛り付けた段階で完璧な宇宙を形成するのだ。食べる人間は必要ない、と。

だが、蓮花に出会って私は変わった。

彼女は私の作る料理に眼を輝かせて感嘆の声を上げた。その瞬間、私は生まれてはじめて料理で快楽を与えるという喜びを知ったのだ。私は蓮花に喜んでもらうために様々な工夫を凝らした。たとえば、ほんの遊びで作ったスッポンラーメンは大好評だった。

畢竟《ひっきょう》、蓮花は骨、爪、髪の一筋にいたるまで私の料理で形作られるのだ。それは一種の人造人間で窮極の恋人ではないか。そして、私の霊感の泉を管理する鍵を持っているのだ。

これまで「さかい」では「桐」と名付けたコースを出していたが、新しいコースをはじめることにした。「蓮」と名付けたコースで評判になったのは「蓮の葉のジュレ」だった。スッポンのコンソメで作ったジュレを朝露に見立て、蓮の葉に盛ったものだ。具材も薬味もない。銀の匙《さじ》ですくって食べる。ジュレの香りと食感を極限まで追求した一品だった。

泥の中に棲《す》むというスッポンに泥から咲くという蓮。この二つを組み合わせて料理をするのは私にとって俗から聖を生み出す行為であった。

あるとき、私は生きたスッポンを持って彼女の部屋に行った。

スッポンの首を切り落としてその生き血を彼女に飲ませた。私は震える蓮花をソファに座らせて血だらけの手で髪を撫でてやった。そして、怖がらせたことを詫びた。だが、蓮花は首を横に振った。ああ、と私は呻いた。彼女の精神はなんと高潔なのだろう。スッポンの血で髪を汚しながらそれでも私を許そうとするのか。

私は蓮花に服を脱ぐよう命じた。蓮花はおずおずと身につけていた物を脱ぎはじめた。下着を取る手がやはり震えていた。彼女がすっかり裸になると私は感動に打たれて気が遠くなりそうだった。

私はカーテンを開けて大きな窓から月の明かりを入れた。そして、部屋の灯りを暗くした。彼女の身体は青白く輝いていた。

私は彼女の足許にひざまずいた。そして、彼女の足を抱くと頬を寄せた。ひんやりと真っ直ぐで細い、名の通り蓮の茎のような足だった。

私は彼女を壊すつもりはなかった。ただ、私が触れることに慣れさせるだけだった。それは、蓮の花びらを剝ぐようなものだった。周囲から一枚一枚そっと丁寧に剝いでいく。傷つけないよう細心の注意を払って私はこの汚い指で蓮花を剝ぐのだ。

私は若かった頃よりもずっと自制が利くようになっていた。無論、年齢的な衰えもあったが、それは精神的、芸術的成熟の結果でもあった。私は「蓮の花びらを剝ぐ」というイメージそのものを楽しめるようになっていた。私は自分で自分を焦《じ》らした。もどかしさそのものを楽しんだのだ。

私はゆっくりとことを進めた。蓮花は自分が剝がされていくことに気付かなかった。そして、彼女は私の想像以上の反応を見せるようになっていったのだ。

＊

あの部屋には二種類の時間があった。

一つは圧縮された非常に濃密な渦のような時間だ。外界から隔絶された空間では、たった一時間を過ごすだけでも私たちはまるで一年を過ごしたほどの証《あかし》を得ることができた。彼女の部屋では息をすることさえ忘れるような気がした。そう、彼女の与える安らぎは純度の高い麻薬のようなものだ。二人でソファに座ってほんの数分黙って過ごしただけで私は永遠の幸福を感じることができた。

もう一つは止まったきり動かない凪《なぎ》のような時間だ。

私は彼女を一週間近く放置することがあった。彼女は一人で私を待ち続けた。やがて、私が訪れて数時間の時を過ごす。彼女にとって価値があるのは私との数時間だけ。一人でただ私を待ち続ける一週間は無為で無価値、つまり存在しない凪の時間だった。

無論、それは私にとっても同じだった。彼女と過ごす時間だけが私の生きている時間だった。彼女のために料理をし、彼女を眺め、彼女と話し、彼女に触れる。世間でどれだけ賞賛されようと、星の数が増えようと、私にはどうでもいいことだった。蓮花の笑顔に勝るものはなかった。

桐絵をはじめて愛したのは彼女が十二歳のときだった。やがて、蓮花も同じ歳になった。私はその日に備え、彼女を心置きなく愛することができるように身体の機能を制限する処置を受けた。

とうとうその夜が来た。

私は天井から吊された緞帳《どんちょう》のようなカーテンを開けた。月は細く痩せていた。弱々しく寂しい光が滲んでいるだけだ。本来なら皓々と輝く満月の下で蓮花を眺めたかった。この私たちの交わりを天上天下あまねく示したかった。

私は蓮花を窓の前に立たせた。そして、大きく手を広げるように言った。蓮花は月に向かって手を差し上げた。

青い月の光を取り込んで蓮花の身体が夜光虫のように輝くのを私はうっとりと眺めていた。彼女は恥じるふりなどしなかった。それどころか処女の傲慢でもって誇らしげに私の前に立っていた。

彼女は私に無言で命じた。私は彼女を供物を奉じるようにソファに横たえた。

無論、私たちの間には如何《いかん》ともしがたい不均衡があること、それは一方的に彼女に犠牲を強いるものだということを私は理解していた。

だが、躊躇《ちゅうちょ》はなかった。彼女が供物なのではない。私こそが彼女に捧《ささ》げられた粗末な侘《わび》しい供物なのだ。

私は彼女を見下ろした。清雅な少女は無垢の精神で匂い立つように私を誘っていた。私たちはもう二人とも我慢ができなかったのだ。

＊

蓮花と出会って十一年という月日が流れた。

蓮花はいつしか私と同じ言葉で喋るようになっていた。十一年という時の流れはやはり彼女を変えてしまっているのだ。

私はすこし倦んでいた。恐ろしくなってきたというふうに言うこともできる。

彼女は背が伸び、初潮を迎え、胸が膨らんで股間には春の野のような淡い草叢《くさむら》が育った。彼女の身体はきちんと時を刻んでいたのだ。だが、その時の流れは彼女の精神には作用しなかった。

蓮花は完璧な少女のままだった。出会ったときのまま、純粋無垢のまま、八歳の少女として私の前に君臨し続けた。それは奇跡だった。私が彼女をどれだけ汚そうと清らかなままだった。

だが、私は心も身体も時の流れの影響を受けて老いていった。それは抗うことのできない残酷な事実だった。まるで彼女の時が止まった分、私の時が二倍の速度で進んだかのようだった。

彼女の内には力強く畏怖すべき神聖な永久機関があるが、私の内にはない。彼女がこの完璧な世界を維持したとしても、私は劣化し崩れていく運命だ。

私は彼女に触れようとするたび、染みと皺の目立つ己の手を恥じるようになった。無論、彼女がそんなものを気にしないことはわかっていた。きっと彼女は今でも言うだろう。私の手は綺麗だ、と。それはお世辞でも慰めでもない、彼女の真実の言葉なのだ。

それがわかっているから私は余計に苦しくなった。彼女は無邪気で神聖であるがゆえに私を傷つけた。

もし、彼女が気付いたら。私が老いた醜い男だと気付いてしまったら。十一年間の時の流れに気付いてしまったら。

彼女は私を捨てるだろう。そして、罵るだろう。そんなことには堪えられない。いや、彼女がそんなことをするわけがない。彼女は私がどれだけ錆びて脆《もろ》くなろうと、一心不乱に私の名を呼んで全身全霊を挙げて応えてくれるだろう。

あの娘の純粋を疑うのか。そんな浅ましいことができるのか。私は私が信じられなくなって毎夜堂々巡りの苦悩にさいなまれた。

私は愚かな老人だ。この先老いていくことはあっても若返ることはない。どれだけ蓮花が私に愛を注いでくれたとしても、いつかきっとそれを信じられなくなる日がくる。瑕疵《かし》のない完璧な世界を疑い、己の手で壊してしまうだろう。私にはその日がはっきりと見えた。そこでは、私は己の卑小さに怯えて醜態を晒し、蓮花を哀しませていた。

私は彼女との愛をほんのわずかかも損ないたくなかった。完成された完璧な愛にほんのわずかな染みもつけたくなかった。

とうとう私は認めざるを得なかった。古今、先人たちの言ったことは正しい。愛の行き着く果ては死である。私たちに残された道は死だけである、と。

彼女は月明かりのソファの上で眠っていた。私はナイフを彼女の首に押し当てた。そして、突き刺した。だが、やはりできなかった。ナイフは横滑りして首筋を切りつけただけだった。

蓮花は眼を覚ました。その眼が大きく見開かれた。わずかの驚きがあったものの、すぐに信頼と安堵が輝いた。彼女は私のすることをなに一つ疑っていない。首を差し出せと言えばすぐに差し出すだろう。寝込みを襲うような卑怯《ひきょう》な真似をする必要などなかったのだ。

なぜ彼女の精神を疑ったのだろうか。なんと愚かだったのだろう。私は己を恥じた。

そして、己の間違いに気付いた。

死ぬのは私だけでよい。だが、私に死を与えるのは彼女でなくてはならない。彼女が私を断罪することによって、私は彼女の精神に永久に生き続けることができる。

蓮花。哀れな娘よ。私がいなければおまえは完璧な少女ではいられない。それでも、私はおまえの心に傷を刻み込んで、今は消えていこう。

私は蓮花にナイフを渡した。

「蓮花。おまえの手で殺してくれ」

長い間蓮花はためらっていた。だが、やがて静かにうなずいた。

蓮花よ。私はおまえの手で死んでいく。だが、哀しむな。これからは私はおまえの中にいる。永遠におまえの中からおまえを愛し続けるのだ。

蓮花よ。忘れるな。今から私はおまえで、おまえは私だ。

首筋がひやりとして、すぐに温かいものが噴き出した。

至福に包まれながら私は理解した。今、まさに私は生まれたのだ。

五　ジュ・トゥ・ヴ

清秀は『蓮情』を地面に叩き付けた。

三月の午後の陽光が眩《まぶ》しすぎる。じくじくと眼が痛んで涙が止まらない。もしかしたら潮風が目に染みるのかもしれない。清秀は夏蜜柑の木にもたれて眼を閉じた。あの男の顔が浮かぶ。あの男の声も聞こえる。あの男の足許では、あの男に壊された女たちが折り重なって倒れていた。やめてくれ、やめてくれ――。

身も心もごうごうと荒れ狂っている。嵐の海に放り出され波で擂り潰されているようだ。抑えきれない怒りで全身が破裂しそうだった。

こんなものを読みたくなかった。母が、蓮子がどんなふうに壊されていったかなど知りたくなかった。なぜ伯父はこんなものを書いたのだろうか。

『蓮情』はあまりにも浅ましかった。果てしない自己陶酔と自意識の過剰に満ち満ちている。この上もなく身勝手で陳腐で下劣な純愛ポルノ小説だ。おぞましく薄汚い獣欲を薄っぺらな砂糖衣で覆い、それを美しいと言い張る厚顔には軽蔑と拒否感しかなかった。

くそ、と思わず吐き捨てると血の味のする咳が出た。俺に伯父を責める資格があるのか、と清秀は手の甲で口の端を拭いながら思った。かつて俺も「おぞましい」と評された絵を描いた。妻と子を描いた連作の「櫻の孕女」「屍図」「衣領樹」「非時香菓」はすべて己の満足のためにだけ描かれたものではないか。

息を切らしながら立ち上がった。眼の前がくらんで傍らの夏蜜柑の木で身を支えた。父が壊した女を、さらに壊そうとした俺に誰かを責める資格など欠片《かけら》もない。俺も伯父も、そしてあの男も同類というわけだ。

『蓮情』は刊行されるとあっという間にベストセラーになった。

また、既刊にも増刷が掛かってテレビやら講演のオファーもひっきりなしだということだ。竹井治親は世間の同情を一身に集めることに成功した。応援のメッセージが全国から届き、一刻も早い「たけ井」の再開を待ち望む声も日に日に大きくなった。

清秀の想像以上に伯父は有能だった。

ある朝、清秀がニュースをチェックしていたときのことだ。

話題の人を紹介するコーナーに治親が出演していた。まず、司会者が『蓮情』がベストセラーになった祝いを述べた。

「かなり話題になっているそうですね。書店でも品切れが続いているとか」

「ありがとうございます。おかげさまで好評をいただいています。内容が内容だけに心配していたんですが……全国の皆様の応援に心から感謝します」

「早速、新作を出されるご予定があるとか？　今度はどういった内容でしょうか」

「ええ。タイトルは『櫻図』といいます。とある日本画家の話です」

思わず清秀は耳を疑った。膝の上の小さな画面をのぞき込む。

「それはつまり竹井清秀のことでしょうか？」

そこで伯父は一瞬眉を寄せ、すこしためらってから口を開いた。

「創作の参考にした人物が身近にいます。いえ、身近にいました。子供の頃からかわいがっていたつもりでしたが……今はその男に憤りながらも心配しています」

簡単なコメントだったが、ほとんどの視聴者には竹井治親の苦悩が伝わったはずだ。作家としての矜持《きょうじ》と不祥事を起こした甥への捨てきれぬ慈愛、その狭間《はざま》で苦しむ誇り高き芸術家だ。

「なるほど。具体的にはどういったお話なのでしょうか」

「孤独で哀れな男の半生です。男は両親の愛に恵まれず、妻子を失い、絵も認められず、衝動的に罪を犯すまでに至るのです」

「なるほど、なるほど」司会者が大きくうなずいた。「実に興味深い物語ですね」

「作者の身勝手な希望なのですが『蓮情』を読まれた方は、是非今度出る『櫻図』もお読みになっていただけたらと思います。これは二作揃ってはじめて成立する小説だと思っています」

「では『蓮情』『櫻図』は二部作で、『櫻図』が完結編ということですか」

「そう思っていただいて結構です」

苦渋の表情を浮かべながらも治親伯父の眼には抑えきれない興奮と満足が見て取れた。

清秀はテレビを消してそのままじっとしていた。形容しがたい怒りと不快、そして哀しみで息が止まりそうだった。

『蓮情』を読めば、『櫻図』で己がどんなふうに描かれているか想像が付く。醜い自己憐憫《れんびん》に満ちあふれた傲慢で幼稚な男の一人語りだろう。そしてそれは正しい。

今さら他人によく思われたいなどと望んでいるつもりはない。愛されないのも誹《そし》られるのも憎まれるのも嫌われるのも慣れている。なのに、どうしてこんなに哀しいのだろう。どうしてこんなに傷ついているのだろう。

子供の頃からずっと伯父だけは味方だと思っていた。だから、今回の件では顔向けができない、本当に申し訳ないと思っていたのだ。だが、伯父はあの男の言ったとおり、まさに狢だった。

いつから伯父は「小説家」の眼であの男と俺を見ていたのだろう。母の手から俺を助けてくれたときは？　絵の道に進む手助けをしてくれたときは？　夏梅との結婚を喜んでくれたときは？　なにもかも小説のネタに過ぎなかったのか。実の兄を貶め、実の甥を嗤いものにしてまで、売れる小説を書きたかったのか。

そのとき、ふいにどろどろとした苦い物が腹の中から突き上げた。草むらに吐くと黒く粘っこい液体だった。血なのか胆汁なのかもわからない。

そのまま草むらに倒れて眼を閉じた。一体いつから痛んでいたのだろう。それすらわからないが、もう我慢できないほど痛い。身を折り曲げて呻きながら清秀は微かに笑った。

伯父の小説には足りないところがある。それは「死」だ。伯父は男の半生を描いたと言った。だが、もうすこし待てばよかった。そうすれば男の一生を描けたのだ。慌てる乞食は貰いが少ない、だ。

もう一度黒い液体を吐いた。口許を拭うことすらできない。涙と嘔吐《おうと》物にまみれながら呻き続けた。

どこからか「ジュ・トゥ・ヴ」が聞こえてきた。櫻の袖が近づいてくる。母の白い手が喉に触れた。我が子を殺そうとするとき、母はなにを思ってあの歌を口ずさんだのだろうか。

そのとき、はっと思い出した。

かつて伯父はこう冗談めかして言ったことがある。よほどあの男は蓮子を大事にしてたんやな、と。

――康則とあの娘にとっては幸福な日々やったんやないか。おまえが欲しい、あなたが欲しいという甘い甘い愛の生活と……。

「ジュ・トゥ・ヴ」の意味はおまえが欲しい、だ。伯父はあのマンションで「ジュ・トゥ・ヴ」が流れていたことを知っていた。

つまり、伯父はあの部屋で行われていたことをずっと前から知っていたのだ。

＊

窓を向いて置かれたソファに二人で座る。尻と太股にソファの革が貼り付いた。

ヤスノリの長い指で開かれると、身体の中に冷たい月の風が吹き込むような気がした。

――ほら、蓮子。おまえが月を見てるように、月かておまえを見てるんや。

――月があたしを見てるんやったら、ヤスノリのことも見てる。

――いや、それは違う。月が見てるのはおまえだけや、蓮子。

——あたしはジョウガで月の女王やのに？

——女王やからや。すべてのものから見られてる。

ヤスノリが開き続ける。身体の奥深くまで冷やされてぞくぞく身震いする。月に見られているのを感じる。ヤスノリが開くのを止めてくれないから奥の奥までのぞき込まれているのだ。

スピーカーから「ジュ・トゥ・ヴ」が聞こえてくる。

ヤスノリが脚の間にひざまずいた。指で開いたまま唇ですこしずつ登ってくる。丁字の匂いが強くなってくる。身体の力が抜けて頭がくらくらしてきた。ヤスノリに力を吸い取られているような気がした。

——蓮子。脚は閉じたらあかん。もっと開くんや。でも、開きすぎたらあかん。もっと慎《つつ》ましやかに、ひっそりと。そう、おまえの脚は雨の伝う鎖樋《くさりとい》や。

さっきまでは月の風が吹き込んで身体の中が冷えたような気がした。だが、今は違う。月の風が吹き込んでいた場所にはヤスノリがいる。

——蓮子、おまえはええ子や。

身体を半分に折り曲げられている。ヤスノリが料理で使うトングのようだ。

——ええ子や。蓮子。おまえはええ子や。

何度も何度もヤスノリが繰り返す。

このまま半分に折れてしまったらどうしよう。折れるところもすべてのものから見られるのだろうか。革と丁字の匂いを吸い込みながら考える。

――蓮子、よう我慢したな。偉かった。

ヤスノリが涙を浮かべながら髪を撫でてくれた。

＊

三月も半ばを過ぎた。

朝夕は冷えるが昼間の陽射しは日ごとに確かな温《ぬく》もりを伝えてくる。山を歩けば木々の新芽、下生えの青臭さがなぜか懐かしく感じられた。

あれから蓮子は混乱したままだ。八歳でもなく十九歳でもない、淀んだ淵《ふち》のような時間で溺れている。苦しくてたまらなくなると、朝だろうと昼だろうと夜だろうと清秀を求めた。助けて、キヨヒデ、と。

もう体力などない。身体中が痛みの巣だ。それでも清秀は蓮子に応え、そしてさらに求めた。快楽など得られないと知っているのに繋がらずにはいられない。ところ構わずさかる二匹の浅ましい春の野犬だった。

病院で処方された痛み止めは残りがあと一回分だ。市販薬を大量に買ったがほとんど効かない。胃がいっそう荒れて吐血の回数が増えただけだった。

山ではそろそろ早咲きの山櫻が開きはじめている頃だ。これが最期の櫻になるだろう、と清秀は思った。身体が動く間に見に行かなければならない。警察に見つかるかもしれないという危険は承知の上で、それでも櫻を見たいという欲を抑えることはできなかった。

翌日はよく晴れた。空は春特有の柔らかい青で風もほとんどない。暖かくなりそうだったので思い切って出かけることにした。

清秀は久しぶりに髭を剃った。本当は髭があった方が変装になるのだろうが、うっとうしさに我慢ができなくなったのだ。キャップを目深にかぶってサングラスを掛ける。最近、やたらと眼が疲れて痛むので黒縁眼鏡ではだめなのだ。蓮子はお気に入りのニット帽、大判マフラーにリュックを背負った。

ダットラで夏蜜柑の山を静かに下っていった。ほんのすこしの振動でも全身に響いて苦しい。蓮子は見え隠れする海を探してずっと窓の外を見ていた。

櫻を求めてくねくねとした山道を走った。真正面に遠い山並みが見えている。頂上がうっすら白いのは雪が残っているからだ。裾野は溶けたように青かった。

もう長時間の運転ができない。三十分もハンドルを握ると背中と腰が痛んでアクセルを踏むことすらできなくなる。前方に道の駅が見えてきたので休憩をすることにした。道の駅はあまり流行《はや》っていないようで建物も小さく駐車場は空いていた。警察車両は見あたらずほっとした。

蓮子はトイレに行き、清秀は建物の端にある喫煙所で金マルを喫った。ほとんど味もわからないのにただ惰性で喫っているだけだ。

煙草を喫い終わって戻ると、蓮子が野菜販売所を眺めていた。新鮮野菜、手作り草餅と書かれたのぼりが立っている。のぼり以外にも手書きのチラシが何枚も貼ってある。やわらかい朝掘りタケノコ、血圧を下げるそば粉、美容と健康に蓬《よもぎ》、などだ。

「ヤスノリはね、いろんなお菓子を持ってきてくれはった。花びら餅、椿餅《つばきもち》、花見団子、柏餅《かしわもち》、葛櫻とかたくさん。あたしが好きやったのは鶯餅。楕円形で、ちょっと端がきゅっとなってて」

蓮子の口調はまるで棒読みだった。清秀はただ黙って聞いていた。

「鶯餅はないんやね。豊臣秀吉の鶯餅」

販売所の店番をしているのは七十歳は超えているような女性だった。顔を上げてこちらをちらりと見た。

「草餅、美味《うま》いよ。血が綺麗になるよ」

面倒臭そうに言って、すぐにまたうつ伏せた。

あまり長居はできない。二人一緒だと怪しまれる確率が上がる。蓮子を車に戻して、清秀は一人で手早く買物を済ませた。蓮子のために草餅を一パック、そして売店でサンドイッチとおにぎり、ペットボトルの茶、それからレジャーシートを買った。

再びダットラを走らせる。ふっと浅田檀のことを思い出した。どれだけ心配しているだろう、と思うとやはり辛かった。彼女には世話になりっぱなしだった。画家としての清秀を支え、ろくでもない人間としての清秀の面倒も見てくれた。彼女がいなければ、と清秀は唇を噛んだ。妻を失ったあと俺は完全に駄目になっていたかもしれない。すまん。だが、なんの恩も返せそうにない——。

フロントガラスを通して春の陽光が降り注いでくる。サングラスをしていても眩しいくらいだ。山がどんどん近づいてきて稜線《りょうせん》が高いところに見えた。先ほどまでは青だったが今は茶色と緑も交じった色だ。

蓮子がじっと山を見ている。頂上にわずかに残る雪を見て呟いた。

「……山のてっぺんの白いとこ、キヨヒデだったらすぐに切ってしまわはるやろね」

清秀に話しかけたのか、独り言なのかわからなかった。清秀は黙っていた。やがて、蓮子は「ジュ・トゥ・ヴ」を口ずさみはじめた。あなたが欲しい、と繰り返し歌う蓮子は人型をした古い蓄音機のようだった。

いつの間にかずいぶん山奥に入っていた。道路はもう舗装されていない。轍に草が生えているので滅多に車が通らないようだった。ガードレールの向こうは渓谷だ。大きな石がゴロゴロ転がっているのが見える。雪解けの時分なので水量が多い。

林を抜けたその先でダットラを駐めた。ドアを開けて降りるなり蓮子が小さな声を上げた。

眼の前になだらかな丘と草地が広がっている。灌木《かんぼく》の茂みはもう新芽が出て春の色だ。草は柔らかく色はまだ薄い。それでも春の光に暖められた草からは、はっきりと青い匂いがした。

小さな丘の向こうから水の音が聞こえてきた。

蓮子が駆け出し、清秀はゆっくりと丘を越えた。一歩踏み出すだけで息が切れる。ほんの低い丘なのに途中で何度も足を止めて息を整えなければならなかった。

丘を越えると雪解け水が白く輝く小川が流れていた。蓮子が恐る恐る手を浸して、冷たいと悲鳴のような歓声を上げて笑った。そう、今は八歳の蓮子のようだった。

川のほとりにレジャーシートを広げて食事にした。蓮子はどんどん食べたが、清秀はサンドイッチを一切れ食べるのがやっとだった。

食べ終わると蓮子が先ほど買った草餅のパックを開けた。

「キヨヒデも食べて」

「いや」

断ったが、蓮子が強く勧めてきた。

「ちょっとでええから食べて。……蓬は血が綺麗になるんやって」

蓮子の顔を見た。真剣そのものだった。これは八歳か、十九歳か。どちらの蓮子だろうか。清秀は黙って食べた。甘ったるい草餅は乾いたサンドイッチよりもずっと美味かった。

野原の奥は雑木の林が広がってそのまま緩やかに山へ続いている。山裾に何本か山櫻が咲いているのが見えた。清秀は早速絵を描く準備をした。

山櫻は花と同時に赤みがかった若葉が出る。江戸時代にソメイヨシノが作出されるまでこれが日本古来の櫻だった。長谷川久蔵が見たのも山櫻だ。

来年の櫻はもう見られない。今年の櫻が最期の櫻だ。清秀はなにもかも忘れてひたすら櫻を描いた。

＊

――草餅？　変わった形。美味しそうやね。

――これは鶯餅と言うのんや。上に掛かっているのは青きな粉。青大豆を煎って碾《ひ》いたもんや。

――綺麗な緑色。ねえ、これって翡翠色？

──そうやな。青大豆の料理は翡翠の名で呼ばれることが多いが……これは早春だけの菓子やから、言うとしたら若竹色やな。

──草餅も好きやけど、あたし、この鶯餅も大好きや。綺麗でとっても美味しい。

──鶯餅は、五百年ほど昔、ある茶会の折に豊臣秀吉に献上された菓子が起源やという説がある。秀吉がその美味しさに感動して「鶯餅」と名付けたんや。その菓子は「御城之口餅《おしろのくちもち》」という名で今でも売られてる。

──すごい、ヤスノリはなんでも知ったはるんやね。じゃあ、草餅は？　誰が名前を付けはったん？

──誰が名付けたとかはない。あれは古来より作られてきた神聖なものや。蓬はな、邪を祓《はら》う神草でもあり血を綺麗にする薬草でもあるんや。

──ねえ、草餅食べたらあたしの血も綺麗になる？

──蓮子、おまえの血は充分綺麗や。食べるなら私やな。私こそ蓬を食べるべきや……。

＊

櫻に酔ったようだ。

清秀は筆を置いて立ち上がった。強張った身体をほぐして煙草に火を付けた。まだ空は明るいが風がすこし冷たくなってきた。

櫻ばかり見ていて気付かなかったがあちこちに花の茂みがある。あれはれんげ、オオイヌノフグリ、タンポポなどか。風で草が揺れるとピンク、青、黄色などのぼんやりとした塊が見え隠れした。

煙を回しながら何度か咳き込んだ。そして、胸の痛みと息苦しさを我慢して最後まで煙草を吸った。自分でもなぜこんなことをしているのかわからない。夏梅ならきっと泣いて怒って止めるだろう。いつも俺の愚挙を叱ってくれたのだ。そして、俺はそれに甘えていた。

清秀は思わず顔を覆った。今ほど妻に会いたい、そして詫びたい、と思ったことはなかった。夏梅は俺の唯一の良心だった。あれが死んだとき俺のほとんどは失われ、たった一つ残ったもの、それが絵を描くことだ。俺はもう人ではなくて絵を描くなにかだ。そのなにかとして生にしがみつき、蓮子と出会い、じきに死んで行こうとしている。

そのとき、さあっという音が近づいてきて清秀は顔を上げた。後ろから吹いてきた風が背中にまともに当たった。息が止まるような心地がした。

清秀の背中で二つに割れた風はさらに前へ前へと進んでいく。手前から向こうへ、奥へ奥へと見渡すかぎりの草と花が順番に揺れていった。

清秀は草原を眺めていた。かすんだ眼には美しい芦毛《あしげ》の馬の腹が波打つように見えた。あの草の波に乗ったらどこへ行けるのだろうか。もしかしたら安息の地への行き方を示してくれたのだろうか。

遠く遠く、ずっと遠くまで草が揺れていき、やがて見えなくなった。風は清秀と蓮子を残して行ってしまった。二人は取り残されたのだった。

蓮子が身をかがめ這うようにして白い花を摘んでいる。ハート形の実のついた枝をすこしだけ割いてでんでん太鼓のように振り回した。

「ほら、ぺんぺん草」

しゃらしゃらと小さな音がする。蓮子は大真面目な顔でぺんぺん草をくるくる回し続けた。

「なずな」

「え」

「それは、なずな、と言う」

蓮子が摘んだなずなを地面に挿した。またすこし風が吹いた。なずなが揺れてかすかに鳴った。

「……怖い」

蓮子がぼそりと呟いた。しばらく黙っていたがやがて静かに話しはじめた。

「ここでなずなが鳴ってること、世界中の誰も知らはらへん。こんなにちゃんと鳴ってるのに、聞いてるのはキヨヒデとあたしだけや」

蓮子の気持ちがよくわかった。こんなちっぽけな草が鳴っているのを知っているのは俺たちだけだ。でも、なずなは鳴っている。春の野原でたしかに鳴っている。鳴っているのに誰も知らない。それはとても恐ろしいことだ。

清秀は野原を見渡した。蓮子も立ち上がって見た。今度はすこし強い風が吹いた。また背中にぶつかると清秀と蓮子を残して通り過ぎていった。風が行ってしまうのを今度は二人で見た。

「キヨヒデが死んだら、あたし、一人でなずなの音を聞かなあかん」

蓮子が空を見た。清秀もかすんだ眼で見上げた。西の空は綺麗なグラデーションになっている。どの色もくっきりと鮮やかなのにどこにも境目がない。紅から薔薇色、紫から青灰色へとなめらかに変化していく。

美しい空だ、と思った瞬間、凄まじい痛みが来た。心臓が止まるかと思うほどの激痛だった。清秀は地面に転がった。

鼻血が出ていた。止まらない。喉に血が詰まって激しく咳き込んだ。背骨が折れそうだ。痛い、ただひたすら痛い。この世には痛みしか存在しない。

我慢しきれず血まみれの手で最後の痛み止めを飲んだ。これでもう痛みから逃れる術《すべ》はなくなったのだ。

＊

血。赤い血。

スッポンスープが好きだと言うと、ヤスノリが生きたスッポンを持ってきた。

──スッポンは死ぬとすぐに臭みが回る。そやから、料理する直前に殺すんや。

生きたままのスッポンをまな板の上に裏返しに置いた。慣れた手つきで頭を引き出すと、首を切り落としたのだ。

思わず悲鳴を上げた。だが、ヤスノリは厳しい声で言った。

──ちゃんと見とくんや。

あまりに恐ろしくて、その場から動くことができず、目を背けることもできなかった。

──この血が栄養満点なんや。

ヤスノリは首のなくなったスッポンを逆さにすると胴体から滴る血をグラスに溜めた。

スッポンは首を切り落とされてもしばらくの間動いていた。手足をバタバタさせていたが次第にその動きが遅くなっていき、やがて動かなくなった。

——よし。

ヤスノリは血を赤ワインで割って眼の前に差し出した。嫌だと言ったが許してくれなかった。

震える手でグラスを受け取って泣きじゃくりながら飲んだ。血は半分もこぼれて顎を伝って胸を汚した。

——ええ子や。

ヤスノリは抱きしめてキスしてくれたのだった。それでも身体の震えは止まらなかった。

あのとき、まるで自分が殺されたように感じたのだ。

＊

帰りの車の中で、蓮子は一言も口をきかなかった。途中で何度も休憩を取ったが車から降りようともしなかった。

陽が堕ちると空には凄まじく赤く大きな月が出ていた。縁まで一杯に血を湛えたガラスの皿のようだ。蓮子は助手席の窓からじっと月を見ていた。

夏蜜柑の家に戻っても助手席に座ったまま蓮子は動かなかった。ドアを開けて無理矢理に降ろしたが、そこからまた動かなくなった。

「家に入れ」

だが、棒立ちのまま蓮子は動かない。

「入るんや」

何度声を掛けてもまるで聞こえていないようだ。仕方なしに腕を取って家へ入れようとして清秀は驚いた。蓮子の身体は冷え切って硬直していた。瞬きも呼吸もほとんどしていないように思えるほどだった。明らかに尋常ではない。

どこを見ているのかわからない空ろな眼で蓮子が呟いた。

「……一緒に死んでくれ、ってヤスノリが言わはった。でも、あたしは死にたなかった」

清秀は息を呑んだ。蓮子は抑揚のない声で話し続けた。

「ヤスノリが亥《い》の子《こ》餅《もち》を持って来はった。秋のお菓子やから、って」

――おまえは鶯餅のほうが好きやろうけどな。

――そうやね、亥の子餅も好きやけど、やっぱり一番好きなんは鶯餅や。

「そのとき、あたし、気付いた。あたし、何回鶯餅を食べたんやろう、って。そうしたら、突然なにもかも思い出した」

――あたし、さらわれてここに来た。

――なに夢みたいなことを言うてるんや。蓮子は寝ぼけてるんやないか。

――違う。夢やない。あたし、思い出した。

――蓮子。阿呆なことを言うな。私の言うことを聞け。ええ子になるんや。

――あたし、帰る。お家《うち》に帰る。

――蓮子。おまえは賢い、ええ子やろ？　今さら、あんなところに帰っても仕方ない。ここで私と一緒に暮らすほうが幸せや。

――いや、あたし、帰るから。

――蓮子。私を一人にせんといてくれ。おまえを愛してる。私にはおまえしかいいひん。

「あたしはいきなり押さえつけられた。無理矢理にされた。そんなことはじめてやった」

「もうええ。とにかく家に入れ」

清秀は蓮子の腕を摑んだが振り払われた。次の瞬間、蓮子が駆け出した。あっという間に庭を突っ切って見えなくなる。清秀は慌てて後を追った。息が切れて足がよろめいて何度も転んだ。

「キヨヒデ」

頭の上から蓮子の声が降ってきた。見上げると、蓮子が石垣の上に月を背にして立っていた。

「聞いて」

蓮子が叫んだ。清秀は思わずぞっとした。人間の声とは思えない。夜の山に棲む禍々《まがまが》しい鳥の声のようだった。

「そこで黙って聞いて」

蓮子が清秀を見下ろした。清秀は息を呑んだ。蓮子の眼が真っ直ぐに清秀を射た。なんと恐ろしい眼か。背後に凄まじい炎が見える。ああ、この炎を描くにはどうすればいいのだろう。

速水御舟《はやみぎょしゅう》の「炎舞」が脳裏に浮かんだ。様式化されながらも緻密に描かれた炎に蛾《が》が引き寄せられている絵だ。あの背景の幽玄たる闇はどれだけ真似してもできない。

「ヤスノリにされて、すごく痛かった。いつもと違て全然気持ちようなかった」

蓮子の髪が風で逆巻いた。憤怒相《ふんぬそう》だ。燃え上がる火焔光背《かえんこうはい》だ。怒りですべてを焼き尽くす。だが、この女の炎は赤で描いてはいけない。

——あたしはジョウガ。月の女王。夜を支配する。

この女の炎は月の色、銀だ。銀の箔《はく》を押して、その上に硫黄粉《いおうふん》を撒いて焼く。ひやりと静かな青黒い月だ。

「あたしはなんとか逃げようとした。嫌で嫌でたまらへんかったから。そうしたら、ヤスノリがこう言わはった」

——二度と帰るなんて言うな。もし、言うたら殺したる。

——やめて、放して。

——そうか。おまえも私から逃げるんか。なら、いっそこのまま私と死んでくれ。

「ヤスノリがあたしの首を絞めはった。あたしは苦しくてめちゃくちゃに暴れた。そうしたら、急にヤスノリの手の力がちょっとだけ緩んだ。あたしは思いっきりヤスノリを突き飛ばした。そうしたら嫌な音がした。気がついたら、ヤスノリがテーブルの下で動かんようになってはった。でも、その眼がまだあたしを見てはった」

おおお、と蓮子が凄まじい声を上げ、空を見上げたまま慟哭した。ゆっくりとその身体が傾《かし》いで石垣から落ちそうになる。清秀は懸命に蓮子を抱き留めた。蓮子が腕の中で全身を震わせて号泣した。

「違う。おまえが殺したんやない」

そうだ。己が殺したかった。ずっとずっと殺したかった。毎晩、あの男を殺す夢を見るほどに。

「俺が殺したんや」

「キヨヒデ」

蓮子が身をよじって手を差し伸べた。

瞬間、眼の前が極彩色に染まった。ありとあらゆる色が身体を突き抜け飛散する。清秀も強く蓮子の唇を吸った。

遠い塩の味がする。子供の頃、「たけ井」の調理場でいたずらして舐めた異国の塩のようだ。あのとき、眼の前にふわっと色が広がった。

――塩の絵を描いてみたい。海の塩は青くて山の塩は赤いんや。

青は冷たくてずっしりと重く、赤は熱くてざらりと尖っている。鮮やかでリアルな質感を伴う色だった。それは眼の覚めるような体験だった。清秀は塩の味そのものよりも塩が生み出す色のイメージに興味を持った。それを正直に言うとあの男は激怒した。

「キヨヒデ、助けて」

そうだ。もっと俺の名を呼んでくれ。

清秀は蓮子の着ていた服を剝ぎ取り石垣に押しつけて足を開かせた。片足を持ち上げ一つになる。蓮子がすすり泣きながら声を上げた。やはり凶鳥のような声だった。

「あたし、壊れそうや……」

蓮子が髪を振り乱し清秀にしがみついた。清秀の胸に強く顔を埋めているので声がくぐもって聞こえた。

「壊れろ。もっと壊れろ。壊れたところを俺に描かせてくれ」

「キヨヒデ……」

蓮子が泣きながら叫んだ。

肌は冷たいのに中は熱い。動くと息が切れる。眼の前が暗くなるような気がする。なのに、勝手に唸り声が出る。もっと深く、もっと奥まで互いがすり潰されて血が噴き出すまで突いて揺さぶりたい。そして、混ざり合って一つになる。

この女と離れたくない。このまま地獄にだって連れて行きたい。針の山の上に立たせて描くのだ。俺は俺の血を絞って描く。

蓮子がまた鳥のように叫んだ。引き千切られそうなほどに震える。あっという間に終わりが来て清秀も叫んだ。

蓮子が清秀の腕の中からするりと抜けて再び石垣の上に登った。軽く足を開いて立つと流れ出たものが石の上に滴ってぴしゃりと微かな音を立てた。

蓮子が清秀を見下ろした。なにも言わない。ただじっと見ている。ぞっとする眼だ。裸の女王。月の女王。夜を、俺を支配する気か。

「キヨヒデはなんであたしを描かはるの？」

俺はなぜ描くのか。言葉にできる答えなどない。描かないという選択肢が存在しないからその質問は無意味だ。黙っていると蓮子の顔が再び燃え上がった。

「答えて」

口を耳まで裂けんばかりに開き大音声《だいおんじょう》で叫ぶ。ああ、この眼だ。この声だ。金の箔地にこの表情を描こう。眼は赤か。いや、いっそ水晶でもはめ込むか。そして、唇も水晶だ。玉眼《ぎょくがん》に玉唇《ぎょくしん》。どんな菩薩よりも美しく恐ろしい。

「描くためにあたしを壊したいの？」

蓮子の眼から涙が落ちた。先程足の間から落ちたものと混じり合って見分けがつかなくなる。

「あたしは壊れたないのに」蓮子がぼろぼろと涙をこぼしながら絶叫した。「痛くて痛くてたまらへんのに」

清秀は蓮子を見上げたまま肩で息をしていた。どれだけ大きく息を吸ってもすこしも楽にならない。次から次へと夏蜜柑の匂いが胸に入ってくるだけだ。

もう一度大きく息を吸った。そして、全身の血を絞り出すようにして一語一語はっきりと言った。

「俺はおまえが壊れてもかまへん」

それを聞くと石垣の上で蓮子が震えた。清秀は言葉を続けた。

「おまえが壊れようが、泣きわめこうが、どれだけ痛がろうが俺はかまへん。俺はおまえを描くだけや」

蓮子は石垣の上に仁王立ちになったまま黙っている。胸と下腹が大きく上下していた。

「おまえが切り刻まれて血を流そうが、肉を抉られて骨と皮だけになろうが、気が狂うほどの痛みでのたうちまわろうが、平気で写したる。俺の命が続く限り、おまえを写したる」

そうだ。もし、この女が野にうち捨てられ蠅《はえ》がたかって蛆《うじ》の湧く腐った屍だったとしても俺は描くだろう。うごめく蛆の一匹一匹を腐れ胡粉で盛り上げて描いてやる。

無論、俺が屍だったとしてもだ。骨だけになった手で筆を握ってこの女を描く。

「手を上げるんや」掠れた声で清秀は叫んだ。

蓮子は長い間なにも言わず清秀を見下ろしていたが、やがて、ゆっくりと手を差し上げた。

「もっとや」

もっと高く、月まで届くほどに手を上げろ。おまえは嫦娥。夜を、俺を支配してみせろ。俺はそのすべてを写してやる。

風が吹いて蓮子の濡れた陰毛が揺れた。

どす黒い血の塊をひとつ吐いて清秀は立ち上がった。

*

四月になっても山の春は名のみで風は冷たい。

清秀は来る日も来る日も蓮子を石垣の上に立たせた。清秀は石垣の下に画架を立てひたすらに蓮子を描いた。

海からの潮混じりの風に裸の蓮子は凍り付いて、唇は櫻鼠どころか濁った利休鼠《りきゅうねず》の色になった。それでも蓮子は文句一つ言わなかった。腕が痺れてもう上がらなくなるまで清秀に言われたポーズをとり続けた。

清秀は日に日に死が近づいているのを自覚していた。痛み止めはとうに尽きた。まともに身体が動かない。食料が尽きて町まで降りたがダットラを運転するのがやっとだった。車を降りることはできず買物はすべて蓮子に任せた。

毎日、清秀は歯を食いしばって筆を握った。息を切らせながら腐れ胡粉を取り出す。完全に乾いた極上の出来の腐れ胡粉だ。

長谷川久蔵。おまえはどうやって死んだのか。あの櫻は美しすぎて剣呑だ。もしかしたら、おまえはあの櫻を描いているとき己の死を予見していたのではないか。だから、あんなこの世のものとは思えない至福の花を咲かせたのではないか。

だとしたら、おまえは死ぬときなにを思った。あの櫻を遺せて満足だったのか。それとも、もっと描きたいと思ったか。もっと描きたい、描かせてくれ、と天の無慈悲を怨んで死んだのか。

俺は死ぬときなにを思うだろう。死ぬときになれば、久蔵、おまえの気持ちもわかるのだろうか。

なあ、長谷川久蔵よ。おまえが俺の遺した絵を見たなら一体なにを思うだろう。

山櫻を見に行った日の夜以来、互いに口をきくことはなくなった。声を立てるのは絵の指示を与えるときと唸りを上げて抱き合うときだけだった。

突然の痛みで石垣の下で悶絶《もんぜつ》したこともある。そんなときでも蓮子は黙って見下ろしているだけだった。清秀は地に這いつくばって蓮子を見上げた。

蓮子の眼はこう言っていた。

なんで描かはらへんの？　もう時間があらへんのと違うの？　もっともっとあたしを描いて。

一日が終わると、蓮子は石垣から下りて風呂に入った。冷え切った身体が温まるまで時間が掛かった。湯灌《ゆかん》のようだ、と清秀は思った。

真っ暗闇で濡れた髪のままの蓮子を抱くこともある。風呂上がりの火照った肌がすこしずつ冷え、そしてまた温まっていく。互いに容赦はせずひたすら互いを奪い合った。もう体力がないのでほんのすこしで眼が回る。それでもこの女に触れていたい。触れずにはいられない。

そこまでしてもまだもどかしいのだ。どれだけ蓮子と肌を重ねてもこの女の身体のすべてが理解できない。所有できない。この女を描くためにはもっともっと知らねばならない。冷たい肌も、熱い肌も、その息の甘さも、生臭さもだ。ありとあらゆるやり方で己のものにしなければならないのだ。

ある日は素裸の蓮子を縁側に横たえ、肌に直接色とりどりの花を描いた。

両の乳房には紅色の蓮の花を胸の中から開くように、両足には淡紫色の桐の花の塊を円錐形《えんすい》に、両頰には真白な八重櫻を胡粉で丸くぼってりと描く。背中には尻まで届く満開の枝垂櫻《しだれざくら》を描いた。

それから細い筆に持ち替え隙間を埋めるように櫻の花弁を一枚一枚描いていく。やがて、蓮子の身体に満開の櫻が現れた。

女の身体を花弁で埋め尽くすと清秀はさまざまなポーズを取らせた。蓮子が身体をねじり、折り曲げ、うずくまり、這う。その様を次から次へと描いていった。蓮子が身体をねじれば花もねじれる。苦しげに蓮がよじれ桐がたわむ。背中の枝垂櫻が揺れてしなった。

清秀は庭を指さした。蓮子が裸足で庭に降りた。風の強い日で、春二番だか春三番だかの風がさっと吹いた。途端に、蓮子の身体から花が散った。

「あっ」

蓮子が短い叫び声を上げた。まるで本当に自分の身体から花が飛び去ったかのような悲鳴だった。そして、吹き飛ばされる花を捕まえようと虚しく手で空を掻いた。

「そのままや。動くな」

蓮子はぴたりと止まった。苦しい姿勢だった。清秀は素早く鉛筆を動かした。一瞬の形を写し取ると蓮子に声を掛けた。

「もうええ」

その言葉を聞いた途端、蓮子が庭へ崩れ落ちた。そのまま起き上がれずに荒い呼吸を繰り返している。背中の枝垂櫻が激しく揺れていた。春の嵐に翻弄される細枝は今にも折れてしまいそうだった。

ある朝、眼が覚めると片眼が見えなくなっていた。

清秀はよろめきながら画室に入った。残った眼で描きかけの絵を見る。「女」はまだ骨描きの途中だった。髪の一筋一筋、櫻の一輪一輪を細心の注意で描いている。どうせ色を塗れば消えてしまう線だ。だが、清秀は細密画よろしく極細の線を墨で引いていた。

終わりがすぐそこまで近づいている。もうじき完全に駄目になるだろう。今、決断しないと間に合わなくなる。

あちこちぶつかりながら蓮子を探した。家の中には見つからず外へ出ると、裏の水槽で顔を洗っているところだった。四月とは言え山の中なので朝はまだ身を切るように寒い。振り返った蓮子はかちかちと歯を鳴らしていた。

「石垣の上へ」

それだけで蓮子は察し、濡れたままの顔で石垣へと向かった。

「手を上げて立つんや」

画架も立てていないしスケッチブックも持っていない。蓮子が怪訝《けげん》そうな顔をした。

「脱いで足を軽く開け。手は大きく上げろ」

蓮子がセーターとスカートを脱ぎ捨て全裸になった。足を広げて石垣の上に立つ。清秀は石垣の下から蓮子を見上げた。

朝陽を浴びて蓮子の輪郭がくっきりと浮かび上がる。産毛がきらきらと輝いて苔《こけ》の繊毛《せんもう》のようだ。高々と上げた腕は水分をたっぷりと湛えた若木だ。今にも枝葉が生い茂りそうだ。

清秀は蓮子の身体を食い入るように見た。染みも、ほくろも、毛穴の一つも見逃すまいと片方しか見えない眼で懸命に見た。

脇のくぼみからあばらに続く微かな凹凸、縦に引き延ばされたへその穴の愛らしさを焼き付ける。毛先を揃えない髪は飼い慣らされない獣の証拠だ。

見ろ。すべて見尽くせ。

足は石垣を踏みしめている。ここに来て山を歩くうち筋肉がついて引き締まった。どんな深い谷もどんな険しい峰も山姥のように軽々と駆けるだろう。この女のうちにあるものは力だ。清秀など易々《やすやす》と喰いつくしてしまう力だ。

朝から飲まず食わずで蓮子を立たせている。蓮子の顔が苦痛で歪む。手も足も痺れているだろう。すこしでも身体が傾ぐと清秀は叫んだ。

「動くな」

蓮子が歯を食いしばってまた手を上げた。丸一日がその繰り返しだった。

陽が傾いて風が冷たくなった頃、ようやく清秀は蓮子を石垣から下ろした。蓮子はもう歩くこともできず石垣の下に崩れるように丸くなった。

清秀は冷え切った肌にそっと触れた。すると、蓮子の背が跳ね上がって一瞬でそそけ立った。顔を上げて凄まじい眼で見た。二人はしばらく黙ってにらみ合った。

「……さっさと家に入れ」

清秀は背を向けた。蓮子も這うようにして後をついてきた。

疲れ切った蓮子は家に戻っても石油ストーブの前に倒れたまま動けないようだった。代わりに清秀が風呂を沸かした。薪を一つくべるだけで息が切れたが、半分の眼で見る炎は半分息絶えた炎のようでどこか優しい。火の番をしているだけで心が平らかになってくるのがわかった。

蓮子が風呂から上がると、清秀は部屋の灯りを消した。ストーブの赤い火が反射板に映って揺れながら浮かび上がった。

「そのまま、ここに横になれ」

蓮子はまだ濡れた身体でストーブの前に横たわった。清秀は火に炙《あぶ》られた蓮子の身体に触れた。両の掌でゆっくりと全身を確かめるように撫でていく。乳房も、尻も、うなじも、膝の裏もだ。蓮子は声一つ立てない。眼を閉じ身じろぎもせず、ただ触れられている。

髪にも触れる。指を櫛《くし》のようにして、何度も何度もその量感を味わった。それから、最後に顔に触れた。指で眉を、薄いまぶたを、睫毛を、そっと撫でていく。耳も、耳の穴も、耳たぶもだ。そして、口だ。上下の唇をゆっくりとなぞる。櫻鼠の唇だ。この柔らかさを忘れるな。

蓮子が眼を開けた。微かに口を開く。清秀は静かに蓮子の唇を吸った。蓮子も吸い返してきた。これまでで一番熱い舌だった。

清秀は立ち上がった。もう抱く力は残っていない。蓮子を残して画室にこもった。思うさま見た。思うさま触れた。もうこれで充分だ。

清秀は息を整えて筆に手を伸ばした。

翌朝、蓮子に声を掛けた。

「荷物をまとめろ。おまえを家まで送っていく」

コーヒーの用意をしていた蓮子が驚いて振り返った。わけがわからないといったふうで、呆然と清秀を見ている。

今は片眼がなんとか見えるがいつ見えなくなるかわからない。このときを逃せばもう運転などできなくなるだろう。今が蓮子を帰す最後のチャンスだ。それに、けりをつけたいこともある。無謀とわかっていても一度京都に戻らなくてはいけない。

「さっさと用意するんや」

「いやや。帰らへん。キヨヒデは死ぬまであたしを描くって言うたやん」

蓮子がきっぱりと言い切って清秀の正面に立った。

「おまえはもう必要ない。俺はもう誰にも邪魔されんと一人で絵を描くんや」

「そんなん許さへん。描いて。さあ、あたしを描いて」

清秀をにらみ据えながらゆっくりと両手を高く上げる。

「やかましい」

清秀は蓮子を乱暴に突き放した。蓮子は手を上げたままよろめきテーブルにぶつかった。サイフォンが倒れ熱いコーヒーがこぼれた。

「嘘つき」

蓮子が叫んでテーブルの上をなぎ払った。サイフォンやらカップやらが床に落ちてガラスの割れる音が響いた。

「今さらあたしを一人にするん……」

蓮子の眼から涙が溢れた。

清秀は荒れ狂う女を見ていた。蓮子は恐怖と裏切りに打ちのめされている。眼を見開いたままぼろぼろと大粒の涙を流す姿はもはや狂乱のジゼルではなく、地の底でのたうちまわるイザナミだった。

ああ、と思わず声が出そうになったがなんとか押し殺した。この女で黄泉比良坂《よもつひらさか》を描いてみたい。雷神と蛆が這い回る腐った身体で恋しい男の裏切りを責める哀れで痛ましい女だ。浅ましくも美しい禍《わざわい》の塊として描きたい。この女の顔で描けばどれだけ凄まじいだろう。

「描いて。あたしを描いて。あたしが壊れるまで描いて」

蓮子の絶叫にびりびりと背筋が震えた。その心地よさにくらくらと眼が眩んだ。やはりこの女だ。俺にはこの女しかいない。この女と離れたくない。二十四時間三百六十五日片時も離れずそばにいたい。そして、描きたい。この女のすべてを描きたい。いや、すべて以上を描きたい。この女がかつて持っていたもの、今持っているもの、そしてこれから持つであろうものを描きたい。

もっともっと描きたい。ありとあらゆる線と色でこの女を描きたい。時間が欲しい。死にたくない。もっと生きたい。もっともっと生きたい。

頼む。俺に時間をくれ。もっと描かせてくれ。もっと生きさせてくれ。俺は死にたくない。この女を描くのだ。このままで死にたくない。

死にたくない。このまま死ぬのはいやだ。俺は死にたくない――。

死にたくない、と今ほど切実に願ったことはない。だが、それは叶わない。これが俺に与えられた罰だ。妻と子を殺した罰だ。

清秀はゆっくりと息を吸い込み、吐いた。そして、己の浅ましさをすべて詰め込んだ、できるかぎりの醜い声で告げた。

「お前は邪魔や。俺は一人で描いて一人で死ぬ」

「じゃあ、あたしも死ぬ。あたしが死ぬまで描いて」

そうだ、この女も浅ましい。誰かに執着せねば生きていけない。だが、それも今日で終わりだ。

清秀は蓮子に近寄った。髪を鷲《わし》づかみにして壁に押しつけると指間に痛いほど蓮子を感じた。

「俺は一人で死ぬ。おまえと一緒なんてごめんや」

髪から乱暴に指を抜く。さらさらと髪が指の間を滑り抜けていく感触を懸命に記憶にとどめる。この髪の滑らかさ、重さを忘れるな。

蓮子がずるずると床に座り込んだ。口を半開きにしたままこちらを見上げている。しばらくじっとしていたが、突然、眼の色が変わった。

「……命が続く限り描くって言うたのは嘘なん？」

蓮子がゆらりと立ち上がって画室に向かった。なにを、と思って追いかけようとすると、筆を持って戻ってきた。清秀に近づくと真っ直ぐに筆を突き出した。

「さあ、描いて。あたしはキヨヒデが死ぬまで描いてもらうんや。死ぬまで一緒にいる」

蓮子は異様に落ち着いていた。青ざめた頬に色のない唇、そして赤い眼をしている。荒れ狂う海がほんの一瞬、凪いだようなぞっとする静けさがあった。

「キヨヒデが描きたいんやったら死んでも筆を握らしたる。キヨヒデの手が冷たくなって腐って骨になっても、あたしが筆を握らしたる。赤でも白でもどんな色でも塗りはったらええ」

蓮子がぐっと筆を突き出した。清秀は強い眼に気が遠くなりそうになった。なにか言い返そうと思うが声が出ない。

「あたしはキヨヒデが死ぬまで、最期の息をするまでそばにいる。そして、最期の心臓の音を聞く。だから、死ぬまであたしを描いて」

蓮子の差し出した筆が脳天に突き刺さったようだった。俺の最期の息、最期の心臓の音を聞いてくれる者がいるというのか。妻と子の最期に立ち会えなかった俺にそんなことが許されるのか。

「キヨヒデがなんて言うてもあたしは離れへん。だって、あたしはジョウガ。月の女王。夜を支配する」

蓮子がきっぱりと言い切った。清秀は歯を食いしばって蓮子の眼を見つめ返した。

身体のどこかがガンガンと棒で殴られるように痛んでいる。だが、そんな痛みすら忘れてしまうほど眼の前の女は畏ろしく、ただひたすらに美しかった。

そうだ。この女は嫦娥。俺に抗う術はない。俺はこの女に会った瞬間から支配されている。とっくに嫦娥の虜だったのだ。

もう迷いはなかった。清秀は蓮子の差し出す筆を受け取った。竹でできた軸は蓮子の体熱で仄かに温かかった。

「頼む。俺の心臓の最期の音を聞いてくれ」

蓮子は黙ってうなずいた。


夜更けを待って、清秀は町へ降りて公衆電話から浅田檀に連絡した。

「誰にも言わへんで来てくれ」

いきなり言うと、電話の向こうで浅田檀が悲鳴のような声を上げた。

「竹井さん、どうしてはるの。ねえ、今どこに……」

「頼む」

強く言うと喉が痛んだ。掠れた惨めな声だった。すこしの沈黙の後、震える声で返事があった。

「わかった。すぐに行くわ」

場所を説明して受話器をフックに戻してもう一本電話を掛けた。長電話になるのでありったけの硬貨を投入する。向こうの電話には公衆電話と表示されているはずだ。それだけで誰から掛かってきたかはわかるだろう。

コール八回で出た。清秀は挨拶もなしに切り出した。

「伯父貴はいつから知ってたんや」

「……清秀か？　おまえ、今、どこや」

「あんたはあの部屋で『ジュ・トゥ・ヴ』が流れてたことを知ってた」

治親伯父は長い間返事をしなかったが、やがて面倒臭そうに言った。

「康則は昔からあの曲が好きやった。桐子に手を出すときもあの曲を流してたからな」

母が壊されたときからか。最初からなにもかも知ってたのか。清秀は怒りに身体が震えた。予想されたことではあったが実際に聞かされると平静ではいられなかった。

「どうやって知った」

「僕は小説家志望やったからちょっとした人間観察をしてたんや。康則の持ち物にも盗聴器を仕込んでた」

「人間観察？　盗聴器を仕込むことがか？」

「ま、若気の至りや」

治親が軽く笑い飛ばした。

子供の頃は思っていた。この優しく愉快な男が本当の父だったらよかったのに、と。だが、それを愚かとは思わない。たとえ偽りであろうと伯父の与えてくれたものはたしかに愛情で、あのときの清秀には必要なものだった。

「なんで黙ってた？」

治親はまた黙った。今度も長い沈黙だった。カチャンカチャンと次々に硬貨が落ちる音がする。

清秀が焦れてなにか言おうとしたとき、ようやく口を開いた。

「あいつが破滅するのを見たかったからや」

「なぜそこまであの男を憎む？」

「原稿を焼かれたわけやない。……あれはテレビの京都特集に僕と康則が出演したときのことや。ロケの最中、たまたま通りかかった寺町通の画廊におまえの絵があった。康則は一瞬呆然とし、それから凄まじい眼でおまえの絵をにらんでこう言うたんや」

――吐き気がする。

はっと清秀は息を呑んだ。かつて胡粉塚を壊したときに口にした言葉と同じだった。

「あれはあの男の最上級の賛辞や。おまえの絵は康則の心を動かしたんや」

「まさか……」

「あいつはおまえがはじめて賞を取った絵を燃やした後、僕にこう言うたんや」

――清秀はこの世で最も醜い絵を描く。ただし小手先のごまかし、体裁だけ整えた上っ面の美がどれほど愚かで卑しいか、ということは理解しとるようやな。

「それは僕に対する強烈な皮肉やった。デビュー作の『蘇生』はヒットしたものの低俗なメロドラマ、純文風ポルノとこき下ろされた僕への」

結局、伯父にはデビュー作を越えるヒット作はなかった。今回出した『蓮情』はベストセラーになったがこう言われていた。薄っぺらで陳腐な比喩を詰め込んだ垂れ流しのオナニー小説だ、と。伯父は小説家としては望んだように評価されなかった。この男に与えられた肩書きはマスコミ御用達《ごようたし》文化人だ。

「どうせ次の『櫻図』も酷評される。わかってるんや。でも、間違いなく売れる。なにせ『櫻図』の主人公はイケメンでトラウマを抱えた孤独な芸術家。若い女に受けるように描いたからな」

伯父は電話の向こうでさもおかしそうに笑った。その声はするすると滑ってつかみ所がない。清秀はふいに「瓢鮎図《ひょうねんず》」を思い出した。瓢簞《ひょうたん》で鯰《なまず》を押さえようとするところを描いたものだ。なるほど、伯父は谺ではなくて鯰だ。俗物すぎて得体が知れない。この男はある意味「俗の天才」だ。

だが、俺も紛れもなく俗だ。ただ伯父とはベクトルが違うだけだ。

「なぜ、これほどまでに『櫻図』に惹かれるのやろう、とずっと不思議やった。が、この前ようやくわかった。あのときの母の着物は櫻柄やったな、と」

「……やっと思い出したんか」

「ああ。やっとな。だがな、あの『櫻図』は俺のくだらないトラウマなど知らんと咲き誇ってる。四百年以上の時が過ぎても、長谷川久蔵の櫻は咲いてるんや。あれこそが才能や。俺もあんたも欲しくて欲しくてたまれへん本物の才能や」

「つまり、おまえも認めたというわけや。自分には才能があらへん、と」

「そうだ。それでも俺は描く。久蔵の『櫻図』を超えるような櫻を描いてやる」

「ご立派なことやが、その徒労にいつまで堪えられるやろな。おまえみたいにプライドの高い無能は、いつかきっと己の惨めさに堪えられへんようになる。世間はおまえをどう見る。空回りする滑稽な人生やと指を差して嗤うやろうな」

伯父の言うことは間違っていない。生きていれば堪えられなくなる日も来るかもしれない。だが、それは生きていれば、だ。

「諦めろ。おまえは長谷川久蔵にはなれへん。一生、満開の櫻の花を地べたから見上げるだけや。それに我慢できへんようになって、いつか久蔵を、櫻を、世の中すべてを憎むようになる」

生きていれば、いつかそんな日が来たかもしれない。だが、そのいつかはない。そのことがわかった今、気付いたことがある。

「伯父貴の言うとおり、俺は久蔵にはなれへん。そんな才能はあれへん。それに、あの男のように周りのすべてを破壊し尽くすような才能もあらへん。……せやけど、俺は地べたから見上げる櫻の美しさを知った」

「それを負け惜しみと言うんや」

ふっと眼の前が眩んだ。一瞬、喉と胸が両方激しく痛んだ。しばらく息ができない。倒れそうになるのを堪え、懸命に言葉を続けた。

「俺は地べたから櫻を、空を、星を、天を見上げ、その美しさ、気高さを畏れる。でも、伯父貴は違う。伯父貴は自分の頭の上にあるものを引きずり下ろし、踏みつけにする。たとえどんなに崇高なものがあっても、伯父貴はわざわざ自分の手で汚して台無しにしてしまうんや。だから一生手に入らへん」

「おまえにそれを言う資格があるんか？　おまえは康則と同じ薄汚い最低の異常者や。たとえあの娘がおまえを選んだとしてもそれは愛やない。洗脳の結果や。おまえらは二人して滑稽なままごと遊びをしているだけや」

清秀は返事をしなかった。する必要がなかったからだ。そして、息を整え最後の用件を伝えた。

「伯父貴。俺はもう長くない。余命宣告を受けてる」

「え、余命？　清秀。それはほんまなんか」

驚き慌てる声にはたしかに憐《あわ》れみがあった。清秀はほっとしながらも哀しかった。この男は悪になりきれない。どれほど憧れようとあの男のような魔王にはなれない。才能がないというのはこういうことだ。

「清秀。今からでも遅ない。あの娘を解放して治療を受けるんや」

この男は小説など書かなければもっと幸せになれただろう。この世の外にあるなにかを希求しなければ虚しい思いをせずに済んだはずだ。

幸せになれたかもしれないのは伯父だけではない。それはみな同じだ。あの男も料理を作らなければ、俺も絵を描かなければ、もっとずっと幸せになれただろう。だが、無理だった。みな、それをせずにはいられなかったからだ。

「伯父貴は俺が殺されかけたとき助けてくれた。感謝してる」

電話口で息を呑むのが聞こえた。治親はすこしためらい、どことなく後ろめたそうな声で言った。

「眼の前で殺されかけてる子供がいるんや。理屈抜きに助けるのは当たり前や」

「なら、あの娘も助けてやって欲しかった」

伯父が黙り込んだ。もうこれ以上話すことはなかった。清秀はごく静かな声で言った。

「あんたは長生きしてくれ」

受話器をフックに戻すと十円玉が一枚だけ戻ってきた。死支度が一つ終わった、と思った。


正午を回った頃、浅田檀がやってきた。

ダットラのエンジン音が近づいてくると、清秀は筆を置いて蓮子と一緒に縁側から外へ出た。雑草だらけの庭にシングルキャブのダットラが入ってくる。ドアが開いて浅田が降りてきた。

「竹井さん」

感極まった声を上げると乱暴に杖を突き立てながら近づいてくる。そして、清秀の顔を見ると愕然とした表情で足を止めた。震える声を絞り出すようにして言う。

「どないしはったん。えらい痩せて、顔色も悪いし尋常やないよ」

浅田檀は混乱し今にも泣き出しそうな顔をしている。だが、詳しく説明する気力も体力もない。黙っていると浅田は困惑した顔で清秀の横にいる蓮子を見た。

「あなた、蓮子さんやね」

蓮子が無言でうなずきながらしっかりと清秀の手を握るのを見ると、浅田檀がわずかに嘆息した。安堵なのか絶望なのかよくわからないため息だった。

浅田檀はこちらを見ながらじっと立ち尽くしていたが、ふいに声を絞った。

「竹井さん、やっぱりどっか悪いんやね」

「ああ。もう長くない」

浅田檀の返事はなかった。なにも言わず清秀の顔を見つめていたが、やがて眼を伏せた。そのまま再び黙る。そして、長い長い沈黙の後にこれだけを言った。

「……そう。ショックやわ」

軽い口調だったから余計に苦しかった。彼女がどれほどの思いを押し殺してこの言葉を発したか。それを知った上で彼女を利用しようとしているのだ。

浅田が顔を上げ、真っ直ぐにこちらを見た。すがるような眼で言う。

「竹井さん、自首したほうがええ。すぐに治療を受けはったら、もしかしたら……」

「俺はここで最期の絵を描く」

浅田は呆然と清秀の顔を見守っていた。言葉が出ないようだった。それから蓮子に眼を移した。

「蓮子さん。竹井さんもあなたも……病気や。わかってはるん」

「キヨヒデは死ぬまであたしを描く。約束したから」

蓮子の声は恐ろしく静かだった。浅田が絶句して杖を握りしめたのがわかった。あまり強く握っているので指が白くなっていた。

本当はまだ心の隅では迷っている。このギャラリストを犯罪に加担させることに躊躇がないわけではない。だが、頼れる人間はもう彼女しかいなかった。

「買物をしてきてくれ。食料と燃料が切れた。あとサイフォンのセットとコーヒーカップを」

清秀の言葉を聞くと、浅田檀が打ちのめされたように小さな呻き声を上げた。血の気のない顔で清秀を見つめている。やがて、なにかを堪えるようにぎゅっと眉を寄せて眼を閉じると、一瞬天を仰いだ。それから、呆れ果てた、というふうに笑って大きなため息をついた。

「……ねえ、私、ギャラリストで家政婦と違うんやけどね。で、絵は？」

「まだ見るな」

それを聞くと浅田はもっと大きなため息をついた。清秀が書いた買物メモを受け取ると再びダットラに乗り込んだ。

二時間ほどするとダットラが戻ってきた。荷台はスーパーの袋と薪と炭で一杯だった。大量の食料と燃料、電池やバッテリーなど必要物資を蓮子と足の悪い浅田とで家の中に運び込んだ。清秀はなにもせず黙って見ていた。

荷物が片付くと、蓮子が新しいサイフォンでコーヒーを淹れた。浅田はちゃんとコーヒーカップを三客買っていた。

二脚しかない椅子に浅田と清秀が腰掛け、蓮子は縁側に座って飲んだ。

「たしかに絵を描くにはええ場所やね。素敵なアトリエや」画室に眼を遣りながら浅田が訊ねた。「他にやることは?」

「いや。今日は助かった」

「あら珍しい。御礼《おれい》を言いはるなんて」

浅田が苦笑した。コーヒーを飲み干し杖を握る。よっこらしょ、と椅子から立ち上がった。

「じゃ、そろそろ失礼するわ。私が居ったら絵を描く邪魔になるやろし」

ダットラに乗り込むと浅田が窓を開けた。バッグから自分の携帯を取り出して清秀に手渡す。

「これ、持ってて。なにかあったら連絡してや。すぐに行くから」

さっきまで笑っていたのに今はすっかり青ざめていた。それを見ると清秀は胸が詰まった。時間が巻き戻されて嵐の中に投げ出されたように心が乱れた。

夏梅をモデルにしてはじめて描いた絵を認めてくれたのは彼女だった。それからずっとギャラリストとして清秀を支え続けてくれた。

「いい絵を描いてや。待ってるから」

まだなにか言いたげに唇が震えた。

言わなければいけないことは山ほどある。清秀はじっと浅田を見つめた。自分よりも遥《はる》かに年上の女から向けられる好意に気付いていなかったわけではない。だが、どうすることもできない以上、知らぬふりをするしかなかった。それは向こうもわかっているはずだ。

「俺の絵を頼む」

清秀は深く頭を下げた。ゆっくりと顔を上げると浅田の眼に涙が浮かんでいた。だが、すぐに大きな声で笑って運転席の窓から手を振った。

「期待してるで」

清秀は黙ってうなずいた。浅田はもう一度手を振ると行ってしまった。清秀はダットラのエンジン音が聞こえなくなってもしばらく動けなかった。

ひとつ風が吹いて夏蜜柑と海の香りに背中を押された。清秀はゆっくりと歩き出した。石垣に座って煙草に火を点ける。

ふっと眼前に「櫻図」が浮かんだ。金箔地に櫻が満開だ。今にも紙からこぼれ落ちんばかりに咲いている。この櫻は変わらない。五百年も前からずっと咲き続け、この先も咲き続ける。清秀のことなどあずかり知らない。たとえ誰一人見る人がいなくなっても咲いているだろう。

春の海が見えた。穏やかな波が打ち寄せている。控えめな波頭は繊細な白縮緬のようだった。波はゆっくりと寄せてゆっくりと返す。ひたひたと清秀を洗ってくれる。

どこもかも、なにもかも静かだ。波の音も鳥の声も聞こえない。この世ではないような静かな夕暮れだ。

蓮子がやってきて黙って隣に座った。そっと手を繫いでくる。柔らかくて暖かい手だった。清秀は蓮子の唇を吸った。触れるだけの密《ひそ》やかで閑《しず》かなキスだった。

竹井康則。今ほどおまえを身近に感じたことはない。俺は今、おまえの孤独がよくわかる。おまえがどれだけ切実に母を、蓮子を欲したかがよくわかる。

突然、季節外れの雪が落ちてきた。薄瑠璃《うするり》にわずかに墨を溶かしたような空から雪がこぼれるように降ってくる。遠目には海に櫻が散るように見えた。これほどはかなく、暖かな雪ははじめてだ、と思った。まるで櫻は己の意思で海に還って行くようだった。

思わず眼を細めた。春の陽射しは控えめで柔らかだったが、今の清秀には眩しすぎた。

画室に戻ると最後の腐れ胡粉を取り出した。すこし寝かせる時間が足りず中途半端な出来だ。久蔵の描いた櫻のように五百年は保たないだろう。それでもかまうものか。今、描ければいい。

俺は地べたから見上げる櫻の美しさを知っている。

もう半分の視界しかない。清秀はすこし首を傾けて筆を動かした。

終章　人でなし

貴兄は私を女神のようにあがめ、ひれ伏した後、私が気を失うまで乱暴に扱いました。貴兄は私の愛に心から感謝しながら、もっともっと、と際限なく私に要求したのです。そう、貴兄の口癖はこのまま一緒に死んでくれ、でした。

私が妊娠したとき、貴兄は混乱して我を失いました。そして、泣いて私を責めました。醜くなったおまえが憎い、と。母になった女などもう愛せない。悔しい。おまえを愛せないのが辛くてたまらない、と。

なんと酷い言葉でしょう。母という生き物を憎むのなら、私を母にしないように避妊すればよかったのです。でも、貴兄はしなかった。心の底では母を求めていたからです。でも、貴兄はそれを認められなかった。そんなばかばかしいほど単純な理由で、私と私の子供を呪ったのです。はっきり言います。貴兄は臆病で卑怯、世界で一番惨めな人間です。

なのに、私はあの頃に戻りたいと思っていました。十歳の私、いいえ、せめて十二歳の私に戻って貴兄に愛されたい。貴兄に頭を撫でてもらいたい。貴兄に押し潰され、押し拡《ひろ》げられたい。そして、貴兄にひざまずかれたい。この世には貴兄と私だけ、他に誰もいらない、と。

子供に戻って貴兄に愛されたい。そう願わない日はありませんでした。そして、そんなことを願う自分を厭悪しない日もありませんでした。

私は貴兄が憎い。私をこんなふうにした貴兄が憎い。子供を愛せなくした貴兄が憎い。そして、自分の子供が憎い。愛さないからと言って、私を責める子供が憎い。

でも、一番自分が憎い。子供を愛せない自分が憎い。薄汚い愛の日々にしがみつく自分が憎い。貴兄を憎みながら求める自分が憎い。そして、憎しみしか詰まっていない呪いの人形である自分が憎い。憎い、憎い。なにもかもが憎くてたまらない。

これは母の遺書だ。この中でたんに「子供」と呼び捨てられているのが俺だ。名を呼んですらもらえない。

俺は母に首を絞められて殺されかけたときのことをはっきりと憶えている。母の着物の袖には満開の櫻が描かれていた。俺はそのときから「櫻」の虜になったのだ。

俺は毎夜、夢の中で母に殺され続けた。恐ろしくて、苦しくて、泣きながら眼を覚ます。そして、こう思う。いっそ殺してほしい。だが、もう母はいない。俺は誰に殺してもらえばいいのだろう、と。

＊

『蓮情』に続いてベストセラーとなった『櫻図』の冒頭は、こんなふうにはじまっていた。「俺」の一人称で描かれた物語は、とある日本画家の半生をハードボイルド風に仕立て上げたものだった。

『櫻図』はヘビースモーカーで深爪で愛想のない「俺」のかわいそうな物語だった。「俺」は父にも母にも愛されずに育ち、五歳のときに母に殺されかけた。その後、母は池に身を投げた。以来、激しく父に憎まれて絶縁することになった。

やがて「俺」は画家になって絵のモデルと結婚した。たぶん、それが「俺」の人生で唯一幸せな時期だった。だが、その妻は妊娠中に死んでしまう。「俺」は妻子を失い、また一人になった。絵も認められず鬱屈を抱え孤独に生きる。だが、父が壊した運命の少女と出会って誘拐事件を起こすのだ。

物語の最後は心中だ。半年間の逃避行の末に「俺」は誘拐した女と命を絶つ。山奥の静かな池に二人で手を繋いで入って行くのだ。二人分の波紋が一つに合わさって消えたところで物語は終わった。

浅田檀に連絡があったのは五月のはじめだった。

明け方に電話が鳴った。表示された番号を見た途端、浅田檀はすべてを察した。震える指でボタンを押して応答した。

「絵ができた」

蓮子の声だった。電話はそれだけで切れた。浅田檀はすぐに夏蜜柑の家まで車を走らせた。運転しながら涙が止まらなかった。幸い一人だったので思い切り大声で泣いた。

ダットラで深緑の山を登る。空はよく晴れて美しい五月の午後だ。夏蜜柑の家の庭は一面の緑の草に包まれてもう真夏の勢いだった。

黙って家に入ると二人は画室にいた。清秀は画机の後ろの布団に寝かされていた。落ちくぼんだ眼は開いたままだった。

蓮子はなにも身につけてはいなかった。清秀の横に座ってしっかりと手を繋いでいた。

「……竹井さん」

清秀は痩せこけて髪も髭も伸び放題だった。まるでミイラのようだったがその表情には苦悶はなかった。

「竹井さん、笑てはるわ」

眼を見開き口を薄く開けた様子は到底笑っているとはいえない。だが、その満ち足りた幸せそうな表情は笑っている、としか形容できないものだった。

蓮子は全裸で横座りをし清秀の手を握っている。空いたほうの手でずっと清秀の顔に触れていた。

「蓮子さん、眼を閉じてあげはったら」

すると、蓮子は黙って首を横に振った。

「そんなことしたら、キヨヒデはあたしが見えへんようになってまう」

蓮子は清秀の額に掛かる髪をそっとかき上げた。

「キヨヒデは地獄に行ってもあたしを描く、って言わはったから」

蓮子の顔に涙の跡はなかった。

机の上には完成した絵があった。名も入って落款も押してある。浅田檀はしばらく声も立てられずにその絵を見つめていた。ただただ凄まじかった。

「人でなし」

背後で蓮子がぼそりと言った。

「え」

浅田檀が振り向くと、蓮子は清秀の顔をじっと見守りながら言葉を続けた。

「その絵のタイトル。『人でなし』やって」

「人でなし……」浅田檀は呆然と繰り返した。

蓮子は清秀の頬を撫でながら、浅田檀に言った。

「キヨヒデの絵を見て。奥の部屋に仰山あるから」

奥の画室の隅の壁に覆いを掛けたパネルが二枚、立て掛けてあった。サイズはどちらも幅は一メートルに満たないくらいで横長の海景パネルだ、M三〇号か、と見当を付ける。

浅田檀は「海櫻図・朝」と題された絵の覆いを外した。

春の朝、季節外れの牡丹雪が舞っている。太陽がわずかに顔を出して空も海も薔薇色に輝きはじめるときだ。水平線は己の正確さを疑わない完璧な鮮やかさだ。風はほとんどなく凪の海だ。波は柔らかく、ゆっくりと寄せ、ゆっくりと返す。降りしきる雪が波の音を吸い込んでしまったのだろう。海は完全に静かだった。絵からは無音という音が聞こえるような気がした。

近寄ってよく見た。雪と見えたのは櫻だった。白く盛り上がった櫻の花が降っている。海には一面に花びらが浮いていた。

二枚目は「海櫻図・夕」とあった。冬の夕だ。空は暗く紫黒色に染まっている。水平線にわずかの赤みを残すだけだ。今にも雷が聞こえそうな空だ。厳しく荒れた海に吹雪が吹き付ける。波の花が風にちぎれて舞い上がり、無数の泡の破片となって雪と混じり合う。ここでも雪は櫻だ。ずしりと重みを感じさせる雪櫻は見ている者の身も心も穿つ。雪櫻のつぶてに息もできぬほど痛めつけられ慟哭するのだ。

凄い、と浅田檀は思った。「朝」は見ているだけで幸せになれるし、「夕」はぎりぎり締め付けられて苦しくてたまらない。魂の奥底からぐらぐら揺らされて気が遠くなりそうだった。

机の上には大量のスケッチブックが積んであった。浅田檀は早速開いてみた。

蓮子を描いた連作はどれも素晴らしかった。青い服を着た蓮子、石垣に腰掛ける蓮子、うつむく蓮子、横たわる蓮子など、切りつければ血を流しそうなほど生々しかった。

中でも、印象に残った絵が三枚ある。一枚目は「舎利」で、蓮子が両手を突き出し狂い舞っている。足許には無数の骨が散らばっている絵だった。

二枚目は「オウムガイ」だ。蓮子はクリムトの描く「ダナエ」のように身を丸めてじっとこちらを見ていた。身体には赤錆びた色で縞模様が書き込まれている。その眼に見られると浅田檀は落ち着かなくなった。ただ見ているだけなのに人の心をかき乱す眼だ。

三枚目は「散る」と題された絵だ。全身に花の紋様を刻まれた蓮子が風の向こうに手を伸ばしている。白い肌と鮮やかな花の対比が息を呑むほど美しい。こちらにまで花吹雪が降りかかりそうだった。捻れた身体は今にも倒れそうだ。だが、それでも蓮子は花を追っている。

蓮子のスケッチ、デッサン、エスキスの類いは山ほどあった。どれほど見ても飽きなかった。浅田檀は時間を忘れて絵に見入った。

スケッチブックの一番下には紙挟みがあった。開いて、浅田檀は息を呑んだ。一枚のデザイン画だった。「浅田檀様へ　杖・デザイン」とある。豪奢《ごうしゃ》な蓮がまるでウィリアム・モリスの壁紙のようにパターン化されている。それはたしかに「かわいらしくてカッコええやつ」だった。

約束を憶えていてくれたのだ。浅田檀は紙挟みを抱いて号泣した。

＊

初夏の陽射しが心地よい日だった。

日向《ひなた》にいればすこし汗ばむが、木陰にいればひんやりする。そんなどっちつかずの曖昧さが貴重な時期だ。

中庭の花壇のバラは今が盛りだった。白の花が目立つのは植えた人間の好みだろうか。それとも、ここがあくまでも病院だからだろうか。開放型の療養施設は都内にあるとは思えないほど静かで、浮世離れした安らぎに満ちていた。

清秀の一周忌が済んだ頃、浅田檀は蓮子に面会に行った。蓮子と会うのは清秀が死んだとき以来だった。

「お久しぶりやね。どう、元気にしてはる?」

蓮子は黙ってうなずいた。

二十歳になった蓮子は恐ろしく静かだった。静かとしか言えない奇妙な時間の衣をまとっていた。蓮子はときどき八歳に見えたし二十歳にも見えた。だが、一番正しい年齢は「無」に感じられた。幾千幾万年を生きて、寿命の限られない不老不死の独りぼっちの老婆のような気がした。

「竹井さんの一周忌がこの前終わってん」

「そう」

清秀の一周忌はひっそりと行われた。参列したのは治親と浅田檀だけだった。

竹井康則というカリスマを失った「たけ井」は代わりに自由を手に入れた。治親の経営手腕は確かで、神社仏閣、美術界、演劇界と様々なコラボレーションを行って京懐石をエンターテインメントとして確立した。来年にはニューヨークとパリにも出店するという。

この一連の事件の勝者である治親だが、一周忌には甥の遺影を見て涙を浮かべていた。浅田檀はこの男の真意を測りかね、どうにもやりきれない思いを覚えた。

清秀は被疑者死亡で不起訴となった。浅田檀も厳しい取り調べを受けたが不起訴となった。清秀の遺した絵はすべて蓮子が受け取り、その保管は浅田檀が引き受けていた。

「蓮子さん。竹井さんがあなたを描いた絵はずいぶんプライヴェートなものやと思うけど、公開する意思はある？」

「公開？」

「私は竹井さんの遺した絵で個展を開きたい。昔の絵は焼かれてしまってほとんどないんやけど、私の持ってる蓮とか、スケッチ、デッサン、エスキスの類いをかき集めて展示したい。あなたを描いた連作もね。あなたの絵は展示の目玉になると思う。って言うか、あなたの絵を外したら竹井さんの画業の……人生の意味が失われてしまう」

「そう」

蓮子は静かにうなずいた。それからきっぱりと言った。

「全部、なにもかも展示して。キヨヒデの絵を全部見てもろてください」

「ありがとう、蓮子さん」

浅田檀がほっとして礼を言うと、蓮子は黙ってうなずいた。

「できれば図録に制作時のエピソードを載せたい。もしよかったら、なにか話してくれはらへん？」

「なにか？」

蓮子は警察に保護されたあと一切なにも話さなかった。夏蜜柑の家で二人の間になにがあったのかは今もわからないままだ。

「ええ。無理にとは言わへんから。話せることがあれば……」

蓮子は眼を伏せてじっと自分の手を見ている。その爪は綺麗な櫻鼠色に染められていた。

非現実的な手だ、と浅田檀は思った。これは絵の中にしかない手だ。例えば「モナリザ」の組み合わされた手や、モローの「出現」でヨハネの首を指さすサロメの手だ。

蓮子は動かない。かなり長い間なにも言わなかった。浅田檀は蓮子の準備ができるまでなにも言わずに待った。

やがて、蓮子は顔を上げた。

「キヨヒデはこの色が好きやった」

呟くように言って、なにか堪えるような表情をした。それから、こんなことを聞かせてくれた。

あたしはキヨヒデが壊れていくのをずっとそばで見てました。

ずっと途切れなく痛みがあって、気を失いはることもしょっちゅうでした。筆を握ったまま倒れたり、絵具を調合しながら突然突っ伏してまうんです。

あたしは机のすぐ後ろに布団を敷きました。これなら、気を失って倒れてもそのまま眠れるからです。朝も夜もない。痛みが弱いときには描いて、強いときには気を失って眠る。そんな生活やったんです。

シーツの下にはビニールシートを敷きました。痛みのせいで失禁しはることがあったからです。でも、汚いとか恥ずかしいとかすこしも思いませんでした。

片眼はとっくに見えへんようになってましたが、残った眼もどんどん悪なっていって、細い線を骨描きするときは紙に顔をくっつけるようにして描いてはりました。

食事を取ることも難しくなりました。すこし食べても吐いてしまいはるんです。痛みが続いた後は水も飲むことすらできひんのです。あたしが口移しで飲ませてあげるのやけど半分も飲み込めへんようでした。

あたしの眼の前でキヨヒデはすこしずつ壊れていきました。痩せ細って土気色の顔をして片眼だけがぎらぎらと輝いてはりました。

キヨヒデは黙ったきりで、たまに「煙草」と呟くだけです。こんなになってもキヨヒデは煙草を喫おうとしはるんです。自分で火を点けるのも辛そうなので、あたしが吸って火を点けてからキヨヒデに咥《くわ》えさせてあげました。金色のパッケージのマールボロはあたしにはすこしも美味しいとは思えませんでした。

それから爪も切りたがりました。すこしでも伸びていると堪えられへんのです。あたしは毎日キヨヒデの爪を切りました。

キヨヒデは深爪の指で煙草を喫いながら昼も夜も関係なしに絵を描いてはりました。

でも、どれだけ描きたいと思ても痛みのせいで描けへんことがあるんです。声を立てることもできひん。涙を流しながらのたうち回って、あたしの腕を摑んで握りしめはるんです。いつも深爪になるくらい爪を短く切っているのにそれでも食い込むんです。あたしの手や腕は傷と内出血で腫れ上がっていつもどこからか血が出てました。

あるとき、とてもキヨヒデの気分のいい日がありました。外に出たい、と言いはったので、あたしはキヨヒデを支えて庭に出ました。

空は真っ青に澄んで眩しい陽射しが降り注いでました。なんだか外を歩くのが恐ろしくなるほど輝かしい日でした。潮と緑の匂いが濃密に混ざり合って身体中にまとわりつくんです。あたしはキヨヒデと泳ぐように歩きました。

石垣まで行きたい、と言うので肩を貸しながら歩きました。木箱や椅子を踏み台にして、キヨヒデはなんとか上へ登らはりました。

キヨヒデは石垣に腰を下ろすと、煙草、と言いました。あたしは煙草に火を点けて渡しました。キヨヒデはとても美味しそうに喫ってはりました。

——もっと早くおまえに会いたかった。そして、もっと早くにおまえを描きたかった。四ヵ月やそこらやなくもっともっとおまえを描きたかった。

——じゃあ、あたしも死ぬ。一緒に地獄へ行くからそこで描いて。

——阿呆。

キヨヒデは鼻で笑って煙草の煙が流れるのをじっと見てはりました。

——ゆっくりでええ。

穏やかな声でした。あたしは黙ってうなずきました。

またしばらく黙って二人で座ってました。なんの音もしませんでした。波の音も鳥の声も虫の羽音もしいひん。完璧な閑かさが満ちていて互いの心臓の音まではっきりと聞こえました。

——綺麗や。

キヨヒデがかすれた声で言いました。薄い薄い青墨のような声でした。あたしはやっぱり黙ってうなずきました。

そのとき気付いたんです。キヨヒデの眼はもうほとんど見えてはらへんのです。紙に顔をくっつけんばかりに描かれてはったんです。じゃあ、今、キヨヒデはなにを見て綺麗だと言いはったんやろう。キヨヒデにはなにが見えてはったんやろう。

すこしずつ絵は完成に近づいていき、キヨヒデの身体はどんどん駄目になっていきました。お腹に水が溜まって苦しそうでした。すぐ眼の前で人間の身体の機能が失われていくのを見るのは、とても恐ろしくて辛いことでした。

それでも、あたしはずっとキヨヒデのすぐ近くにいました。キヨヒデはもう人間ではなくて絵を描く化け物のようでした。血と涎を垂らしながら筆を動かしてはりました。絵が汚れへんよう、あたしはいつもキヨヒデの口許をぬぐってました。

ある朝、とうとう絵が完成しました。キヨヒデは筆を置くと長い間じっと絵を見つめてはりました。もしかしたら、と思うくらいに動きはらへんかったんです。

やがて、キヨヒデは再び筆を握りました。手が震えて上手く持てへんようでした。そして、苦労して絵の左下に名前を書き入れました。次は落款を押さなあかんのです。あたしはキヨヒデの前に印と朱肉を並べました。キヨヒデは真っ赤な血の色をした、大理石のような模様の印鑑を握って朱肉を付けようとしました。でも、もう手に力が入らへんで上手く押されへんのです。あたしが手を添えてキヨヒデが落款を押すのを手伝いました。

はったんです。

キヨヒデはまたじっと絵を見つめてはりました。それから、本当に嬉しそうに笑わ

やがて、キヨヒデの口から泡まみれの血がごぼごぼ音を立てて溢れてきました。キ

ヨヒデはまるで子供が宝物の自慢をするように言わはったんです。

――人でなし。

言い終わるとがくんと首が折れて、キヨヒデはそれきり動かへんようになりまし

た。

蓮子は話し終えると、小さな息を吐いた。

「あたしもいつか地獄へ行くねん。キヨヒデが待ってはるから」

そう言って蓮子も本当に嬉しそうに笑ったのだった。

*

竹井清秀遺作展は大きな話題を呼んだ。

若い頃の絵は焼かれてなくなっていたが、画像が残っている物はプリントして展示

した。訪れた者たちは「櫻の孕女」「屍図」「衣領樹」「非時香菓」を見て、息を呑ん

だり眉をひそめたりした。一方、「蓮」のシリーズと「海樱図・朝夕」の二枚は誰からも好評だった。

蓮子を描いた一連の作品は、スケッチ、デッサン、エスキスの類いまですべて展示されていた。たった四ヵ月間の仕事だったが膨大な量だった。

中でも一番評判になったのは「人でなし」だった。

金雲の空に銀箔を貼って硫黄粉で焼いた青黒い巨大な月が浮かんでいる。雪が降りしきるその中に満開の櫻と裸婦が描かれていた。雪も櫻もぼってりと厚く盛り上がっている。ふんだんに腐れ胡粉を使った絵だ。

正面を向いて立つ女はまるでこの世のすべてを包み込むかのように両手を大きく差し上げている。なのに、その表情はなんの気負いもなく静かだ。だが、よく見るとどこか晴れやかでほんの微かに笑っているようにも見えた。

女は軽く足を開き花と雪が積もった地を踏みしめている。わずかに足がめり込んでいるのは彼女が受け止めている世界の生々しい重みを感じさせた。

髪は扇のようになびいている。風ではなく自らの意思でなびいているようだ。降りしきる雪が髪の黒を引き立たせる。ただの黒ではない。青墨の黒だ。髪の先は一本一本が溶け込むように幽けく朧に描かれている。なのに、強い。触れればその重みに驚くだろう。

ずっと見ていればわかる。女は世界を包み込んでいるのでも受け止めているのでもない。女の広げた腕の中から世界が生まれている。そこですべてが形作られて名を与えられるのだ。

月の光を浴びる女には影がない。世界で女は完全に自由だった。月と櫻を従えながら驕ることもなく力を誇示することもなく、当然のように造物主として君臨しているのだ。

この絵で一箇所だけ強い色が使われている場所がある。それは女の足許に描かれた血のように赤い一輪の蓮の花だった。

「人でなし」はニューヨーク近代美術館が買い入れを決め、日本でもニュースになった。

浅田檀は嬉しい反面、苦笑した。あの絵を見ようと思ったらいちいちニューヨークまで行かなければならなくなるのか。最期の最期まで面倒を掛ける。本当に竹井さんらしい、と。

収蔵決定の報告をすると、蓮子は一言、よかった、と言った。

療養施設から蓮子の姿が消えたのはそれからすぐのことだった。あちこち探したが行方はわからなかった。

浅田檀は夏蜜柑の家を訪れてみた。

蓮子の姿はどこにもなかった。石垣の上に一本、煙草の喫い殻が落ちていただけだった。

特別収録掌編

ギャラリスト浅田檀の邂逅《かいこう》

浅田檀がはじめて竹井清秀の絵を観たのは画廊を開いて間もない頃だった。

京都学生美術展の入賞作で「白」と題された絵だ。しんと静まりかえった池にぽつぽつと白い花が浮いている。遠くから観れば白い蓮か睡蓮《すいれん》かと思った。だが、近寄ってよく観ると櫻の花だ。しかもどの花も分厚く盛り上がっている。

「これ、腐れ胡粉？」

胡粉は日本画で使われる白の顔料だ。それを腐らせて使う技法がある。腐れ胡粉を使って描かれたのが智積院にある国宝「櫻図」だ。長谷川等伯の息子、長谷川久蔵はこの絵を遺して二十六歳で死んだ。

浅田檀はじっと水に浮かぶ櫻を見つめた。真白い花なのにすこしも清々しくは感じられなかった。華やかでもない。軽やかでもない。どちらかというと重々しくて硬い。まるで生命が感じられない。まるで白い石つぶてのような気がした。

この櫻は暴力的だ。観る者をその白さで打つ。観ているだけで痛い。なのに、打たれる快感がある。だから余計に観る者を不安にさせるのか。

櫻の花はそれぞれ水に影を落としている。水は濃く鮮やかな緑青色で水面に映る影は金泥だ。その描き方は様式化されているようでよく観ると一花一花違う。絵に破調が生まれさらに混乱をかき立てる。

だが、眼を引くのは花だけではない。この池はなんだ。引きずり込まれそうだ。どこまでも深く暗く、一度沈んだら決して浮かびあがれない。櫻の木の下には死体が埋まっているように、この池の底には何千何万という真っ白な死体が沈んでいるのだ。

浅田檀は背筋に冷たい痺れを感じた。一歩下がって再び絵を観る。それでもこの絵は美しい。剣呑だけれどたしかに美しい。

作者は竹井清秀。まだ高校一年生だという。才気溢れる絵だ。だが、まだ若いせいか青臭い気負いが前面に出ている。観る者を力ずくでねじ伏せようとする傲慢な絵だ。

そのとき、横に大学生くらいの若い男が二人並んだ。一人は黒縁眼鏡、黒ずくめの尖った服装をして、もう一人は全身ユニクロだった。

「こいつ知ってる。画塾で一緒やった。竹井康則の息子や。だから、こいつが入賞してもコネや」

黒縁眼鏡が絵を指さし言った。はっきりと悪意の感じられる声だった。

「竹井康則ってあの『たけ井』の？」

ユニクロが驚いて問い返すと、黒縁眼鏡が吐き捨てるように言った。

「そう。ついでに言うと伯父さんは小説家の竹井治親」黒縁眼鏡が顔を歪めた。「この竹井清秀ってな、めちゃくちゃ嫌な奴なんや。いつも黙って独りで描いて絶対に誰ともつるまへん。俺はおまえらとは違うんや、ってオーラ出しとった。他人を見下してるんや」

黒縁眼鏡は小声で話しているが誰かに聞かせようとしているのは明らかだった。

なるほど。わかりやすい芸術家同士の嫉妬だ。どこにでもあることだ。浅田檀は男たちから離れ歩き出した。

だが、驚きもあった。あの絵の作者竹井清秀はあの竹井康則の息子なのか。

竹井康則は誰もが知る老舗料亭のカリスマ料理人で、日本料理界のトップに君臨し「帝王」と呼ばれている。浅田檀は一度だけ竹井康則の料理を食べたことがあった。独立前、老舗画廊で修業していたとき客に連れて行ってもらったのだ。

「たけ井」は上賀茂の社家の並ぶ一角にある。店の前には水路が流れ小さな石橋が架かっている。店の構えはひっそりとしていてどこにも押しつけがましさはない。政財界の大物、海外の要人、賓客が訪れる店には見えなかった。

料理は「桐」というお任せのコースだけだった。浅田檀は声も出ないほど圧倒された。どの皿も食べる者のことなど一切忖度しない潔いほどの唯我独尊だ。それはまるで神の施し、天上から降ってくるマナのようなものだった。浅田檀は納得した。天才の仕事とはこういうものだ、と。

もう一人名の出た竹井治親は康則の兄だ。有名な小説家で京都を代表する文化人としてテレビにもよく出ている。つまり、竹井一族に生まれた竹井清秀は絵に描いたようなサラブレッドだ。光り輝く未来が約束されている。すぐに日展か院展の常連になりいずれは芸術院会員か。

あの黒縁眼鏡が嫉妬するのも当然だ。浅田檀はため息をついた。駆け出しの浅田画廊の出る幕はない。声を掛けても相手にされないだろう。諦めよう。

だが、浅田檀は死の匂いしかしない櫻とどこまでも暗い池を忘れることができなかった。そして疑問に思った。なぜ竹井清秀はあんな絵を描くのだろう。誰もが羨む恵まれた環境にいるのに、と。

＊

一九七〇年代は女子マラソンの黎明期《れいめい》だった。一九七四年、ゴーマン美智子《みちこ》がボストンマラソンで優勝し、日本中の話題をさらった。彼女はさらに一九七六年のニューヨークシティマラソン、一九七七年のボストンマラソンとニューヨークシティマラソンで優勝を重ねた。女子マラソンの人気が高まった一九七九年、初の国際大会である東京女子マラソンが開かれたのだ。

その頃、小学生だった浅田檀は学年で一番足が早かった。女子マラソンのニュースを観て、いつかは自分も、と胸を高鳴らせたのだった。

だが、その夢は呆気《あっけ》なく消えた。浅田檀は中学生のときインフルエンザにかかり、運悪く脳症を発症した。以来、身体には麻痺が残って歩行には杖が必要になった。

一人娘の不幸を両親は大いに嘆き悲しんだので、浅田檀は四六時中自分は傷ついてなどいない、ポジティブな障害者であるというアピールをしなければならなかった。

そして、障害者手帳の有効利用をすることにして片端から美術館巡りをはじめたのだ。

大学卒業後は老舗の画廊に就職した。経験を積んでいつか独立するのが夢だった。仕事と勉強に没頭し、三十五歳のとき貯金と親の遺産で画廊を開くことになった。

画廊には大きく分けて二種類ある。

一つは「貸し画廊」だ。画廊を貸し出して賃料を取る。相手はプロの画家だけではなく、学生、趣味の絵画サークルなどだ。画廊の収入はレンタル料金で、そこで絵が売れた場合に手数料を取ることもある。

もう一つは「企画画廊」だ。これは画廊が企画を立てて絵を集めて展示する。画廊主、つまりギャラリストの仕事はプロデュースだ。画廊の収入は絵の販売代金でこれを作家と配分して利益とする。浅田檀は絶対に「企画画廊」をやると決めていた。

寺町通に空き店舗が出た、と不動産屋に教えられて駆けつけた。この近辺は画廊、美術工芸品、骨董《こっとう》などを扱う店が並んでいる。願ってもない立地だった。以前は薬局だったという石造りの建物は薄暗くて床にも壁にも薬の匂いが染みついていたが、天井が高いところが気に入った。大がかりなリノベーションが必要で、知り合いから紹介されたデザイナーに依頼することになった。

上野博巳《うえのひろみ》は浅田檀より五つ年上で古いダットサントラックに乗っていた。大柄で無口でよく陽に焼けている。アニメ「アルプスの少女ハイジ」に出てくる「アルムおんじ」のような雰囲気があった。

はじめての打ち合わせの際、手土産に鯖寿司を持っていった。すると、大阪出身の上野博巳はぼそりと言った。

「京都の鯖寿司は棒寿司やな。大阪では鯖の寿司はバッテラて言うて押し寿司や」

「へえ、私、食べたことあれへんわ」

「今度持って来たる」

翌日、上野博巳から連絡があった。バッテラを買うてきた、と。そして、浅田檀のマンションで二日続けて鯖の寿司を食べることになった。

バッテラは鯖寿司とはまるで違っていた。鯖寿司は巻き簀《す》で巻いて作るので出来上がりは棒状だ。鯖は半身を使い分厚い昆布で包んである。一方バッテラは木枠で押して作るので出来上がりは四角い。鯖の身は削ぎ切りだ。その上に甘酢で煮た白板昆布を載せてある。

「この昆布も食べるん？」

「どっちでもええ。俺は食べる」

上野博巳に倣って白板昆布を剝がさずにバッテラを食べた。すると、ふいに胸の中に冬の風が吹いた。甘酸っぱい昆布はなんだか子供の頃に食べたお八《や》つのようで、一瞬でゴーマン美智子の記憶が甦《よみがえ》った。そうだ、あの頃、私はマラソン選手になりたかった、と。

「私、マラソンの選手になりたかったんや」

その夜、ベッドの中で上野博巳は黙って浅田檀の麻痺の残った脚を撫でた。ゴツゴツと節くれ立った熊のような手で触れられるのはとても不思議な感覚だった。まるで三軒隣の家のドアをノックされているような、日暮れに遠くの寺で鐘が鳴っているような、もどかしさが心をざわつかせる気がした。

「ほんまやで。私、小さい頃、学年で一番速かってんさかい」

「ああ、わかる。速そうな脚や」

上野博巳はまた黙って脚を撫でた。突然眼の前が滲んで気付いた。ああ、今なら傷つくことができる、と。浅田檀は上野博巳にしがみついてほんのすこしだけ泣いた。

二人で何度も打ち合わせを重ねた。壁は漆喰《しっくい》、床は自分の杖の音が客の鑑賞の妨げにならないようコルクを敷く。薬局時代の名残、御影石《みかげいし》のカウンターは残して客が気軽にコーヒーを飲めるようにした。

画廊のオープンを明日に控えた夜だった。緊張して震えていると上野博巳は抱きしめてくれた。

「いろいろ落ち着いたら家を探そうや」

だが、上野博巳はオープニングセレモニーに現れなかった。ダットラで信号待ちをしていたら前方不注意のワゴン車に追突されたのだ。たいしたスピードではなく普通なら命に別状はないはずだった。だが、上野博巳には本人も知らなかった脳動脈瘤《のうどうみやくりゆう》があって追突のショックで破裂した。

浅田檀の恋は呆気なく終わった。そして、気付いた。もう誰かを好きになることはない。これからはただギャラリストとして生きていくのだ、と。

＊

浅田画廊がオープンして八年が経った。

「企画画廊」ではギャラリストのプロデュース能力が試される。どんな作品を置くかでその画廊の質、目指すものが評価されるのだ。だから、どれだけ頼まれても納得できない絵を展示することはしない。

浅田檀が専門に扱うのは「現代日本画家」だ。人脈を広げるためオークションの場である交換会にこまめに顔を出し、有望な新人画家を求めて個展をハシゴする。地道な努力が実を結び、すこしずつ画廊の知名度は上がっていった。

ある年の暮れ、雪の舞う中、全国高校駅伝女子が行われた日だった。

大通りが交通規制されているので迂回《うかい》しなければならない。沿道の観客を横目で見ながら、とある大きな公募展の会場にダットラで向かった。

展示会場に入ると、雪のせいか思ったよりも空いていた。そこで黒縁眼鏡を掛けた男が近づいてきた。

「浅田画廊さんですか？」

全身黒ずくめの服装に見憶えがある。ずっと昔、竹井清秀への嫉妬を口にしていた男だ。

「玉野将《たまのしょう》です。よかったら、僕の絵を浅田画廊さんに置いていただけへんでしょうか」

玉野将の入選作を観た。卒業式だろうか。臙脂の袴《はかま》姿の少女たちが笑みを含んでこちらを見つめている。だが、その絵は浅田檀の好みではなかった。テクニックがあって見た目はいかにもコンテンポラリーな美人画といった佇まいだが、観る者におもねるようなところが感じられた。

「入選おめでとうございます。とても素敵やと思いますけど、うちみたいに小さいとこでは勿体のうて。申し訳ないけどお力にはなれへんと思います」

やんわりと断ると、玉野将は心外そうな顔をした。

「僕の絵、ネットで公開してて海外でも人気がある。新しい絵に抵抗がありはるようやけど、それは勉強不足やと違いますか」

「海外で評価されてはるんは素晴らしいと思います。でも、単純に画廊の方向性の問題なんです。玉野さんの絵はうちには向いてへん。合えへんとこに展示してもその絵が不幸になるだけです。別のギャラリーに声掛けはったほうがええんでは？」

言葉は柔らかいが意味は一つ。あなたの絵はお断り、だ。玉野将の顔からさっと血の気が引いた。

「そうですか。じゃ、失礼」

玉野将は吐き捨てるように言うと足早に行ってしまった。

気を取り直して再び絵を観て回った。すると、一枚の絵の前で足が動かなくなった。

蓮の葉を捧げ持った裸婦が正面を向いて立っている。大きな葉で顔は隠れているが身体つきからまだ若い女だと知れた。

一目見ただけでわかった。この特選に選ばれた「蓮を持った女」を描いたのは竹井清秀だ。あの「白」を描いた男だ。噂《うわさ》はよく聞く。今は院生だが気鋭の若手画家として順調に売り出し中だ。

浅田檀の眼は女の火照った紅色の胸許に引き寄せられた。だが、顔を隠しているから視線が向くのではない。控えめな癖をしてなんて乱暴で傲慢な乳房なのだろう。強制的に人の眼を奪う。まるでこの乳房の奴隷になったようだ。

近寄ってもっとよく観た。ごく薄いのに張り詰めた皮膚だ。でもたとえ針で刺しても破れたりはしない。弾力があるからだ。そして、櫻鼠色で淡くぼかすように描かれた乳首も美しい。この乳首は摘《つま》んではいけない。そっと触れるだけにしなくては。指では駄目。唇でなくては。そんなふうに思わせる、壊れそうなほど優しい乳首だ。

首から鎖骨の下あたりまではごく淡い薔薇色、御本手茶碗《ごほんでちゃわん》の紅だ。乳房そのものは胡粉を生かした白で塗られている。だが、ただ白いわけではない。柔らかな膨らみには青紫色をした血管が描き入れてあった。

ぞくり、と震えた。これほど美しく誘う血管を観たのははじめてだった。ごくごく細い水路のような、貫入のような血管が薄い薄い皮膚の下を流れている。でも、この生々しい血管はなんだろう。ここを流れる血はきっと熱い。唇を付けたら火傷するくらいに熱い。欲情しそうや、と心の中で呟いた。自分が吸血鬼にでもなったかのようだった。

ため息をついて一歩下がった。今度は蓮の葉を観る。

浅田檀は蓮が好きだからちょっとうるさい。蓮は繰り返し描かれてきたモチーフなので手本も多く、誰が描いてもそれなりのものになる。それ故、無神経な蓮も多い。だが、この蓮は違っていた。蓮の葉の淡い緑は岩絵具なのに岩の硬さがない。なのに、ぴんと張って水を弾く。水の玉が転がる音まで聞こえそうだ。そして、この蓮の茎はちゃんと中空で水が通っている。しかも、この茎を通る間に濾過されて透き通った甘い水になるに違いない。

いや、違う。杖でコツンと軽く床を鳴らし首を左右に振った。濾過ではない。浄化だ。この蓮は水を浄《きよ》める。

いやいや、違う。もう一度コツンと杖を鳴らす。この蓮は人を浄める。いや、人を浄めて欲しいと願って作者が描いた蓮だ。なのに腥い。女も蓮も圧倒的な存在感がある。絵ではなく「生きたもの」として現前している。でも、致命的な欠陥がある。

肌がざわざわと粟立っている。この絵は素晴らしい。女も蓮も圧倒的な存在感がある。

かつて観た「白」はねじ伏せようとしてきた。だが、今、眼の前にある絵は違う。ここに描かれているのは作者の私的な屈折であり、欲であり歓喜であり、切実な願望であり至福だ。

この絵は作者が前に出すぎている。あまりにもあからさまでそれ故に強い。強いが観る人を選ぶ。この絵を観た瞬間、反射的に嫌悪という感情を選択する者もいるだろう。だが浅田檀は否応なしに惹きつけられた。この絵は突き刺さってくる。観ているだけで肌が粟立ち背筋が震える。

そのとき、背中にひやりとした気配を感じた。驚いて振り向くと若い男が立っている。思わず息を呑んだ。一目でわかった。この男が竹井清秀だ。

竹井清秀は父親の康則と雰囲気がよく似ていた。敢《あ》えて違いを言葉にするなら、父親が雪すら積もらない強風の吹き荒れる凍り付いた岩山だとしたら、息子は万年雪と氷河で人を寄せ付けない真白く鋭い針の山という点だ。そして、息子の方がずっと美形だった。竹井清秀は俳優でも通りそうなほど整った顔立ちをしている。背が高くスタイルがいい。

なるほど、と思った。毛並みが良くて才能があって容姿にも恵まれている。これを売り出したいと思う人間が群がるはずだ。浅田画廊には手の届かない男なのか。だが、この絵が欲しい。この男の絵が欲しくてたまらない。

「あの、竹井さん」

竹井清秀がちらりとこちらを見た。瞬間、息が止まりそうになった。なんという眼だろう。固く固く凍り付いている。永久凍土、絶対零度の眼だ。

竹井清秀は返事もしない。ただ黙ってこちらを見ている。浅田檀は心臓が高鳴って息が苦しくなってきた。二十も下の男になにを動揺しているのだろう。自分を叱ってバッグから名刺入れを取り出した。

「あの、私、浅田檀と申します。寺町通で画廊をやってます」

名刺を差し出そうとしたとき手から杖が落ちた。油を引いた床に倒れて高く音が響く。周囲の者が思わず振り返るほどの大きな音だった。

「え?」

握りの部分にストラップを付けて手首に巻いている。手から落ちるはずがない。驚いて手を見るとストラップがちぎれていた。

「え? え?」

まだ新しいストラップだ。革だからこんな簡単に切れるはずがない。困惑していると、竹井清秀が杖を拾って無言で差し出した。指が長くて爪は短い。痛々しいほどの深爪だ。その爪を見た途端ふっと全身の力が抜けた。

「おおきに」

礼を言って杖を受け取った。竹井清秀は黙ったままだ。この沈黙は針の山どころか呪われた剣だ。四方八方、見境無しに世界を切り裂く。「うちで竹井さんの企画展をやりたい。っていうか、これからうちで全部あなたの絵を扱わせて。専属契約結ばせて」

一息に喋ると、竹井清秀が黙って眉を寄せた。

「この蓮、凄い。この女の人も凄い。どっちも清らか。でも血の匂いがして腥い。蓮の中には血が流れてるみたいだし、この女の人の身体には血の代わりに透き通った綺麗な水が流れてるみたい。あなたの絵は祈りであると同時に呪い」

あまり勢い込んで口にしたので途中声が裏返った。

竹井清秀は浅田檀の顔をじっと見てかすかに鼻で笑った。そして、そのまま背を向け行ってしまった。

なんやの、あの態度、とむっとした。たしかに非常識な申し出だ。初対面で口にすることではない。相手にされなくて当然だ。だが、あんな人を馬鹿にしたような態度はないだろう。いくら才能があっても人間性は最低なのか。

わだかまりを抱えたまま歩き出す。次の部屋へ行こうと廊下へ出たところで再び玉野将に出くわした。軽く頭を下げそのまま行き過ぎようとしたら呼び止められた。

「さっき竹井清秀に振られてはりましたね。僕の絵は断るけどあいつにはヘコヘコしはるんや。やっぱ大事なんはコネか」

嫌な感じがして思わず杖に眼を遣った。こういうときに走って逃げられる人が羨ましい。

「玉野さん、コネとか関係ありません。何度も申し上げましたけど、うちの画廊にはあなたの絵は合えへんのです。うちに飾らしてもろうても勿体ないだけです。あなたの絵が生きる、もっとええところがあると思います」

「世の中不公平やと思いませんか。あいつはコネでなんぼでも賞がもらえる。僕はやっと今日はじめて入選したのに」

「コネの有り無しでお断りさせてもろうたんやありません。うちの画廊に合えへん。それだけのことです」

この世界、コネなどないとは言えない。だが、コネだけとも言えない。こういった鬱屈を抱える売れない画家はいくらでもいて、浅田檀にはその気持ちがよく理解できる。だが、コネの有り無しを言い訳にしたらおしまいだ。

「なにがうちの画廊や。偉そうに」

ふいに玉野将の顔が朱に染まった。吐き捨てるように言う。驚いて思わず浅田檀はよろめいたが杖のおかげでなんとか倒れずに済んだ。

「そりゃあいつは男前や。僕みたいな不細工と違うわ。でも、ええ歳したおばはんがデレデレして気色悪いんや。なあ、あんた、もてへんやろ？　日頃男に相手にされへんから、あんなんにキャーキャー言うんや」

玉野将は激昂して声を震わせた。

ただの八つ当たりだ。画家の激情など慣れている。いつもなら流せる言葉だ。なのに今日は涙が出そうになった。きっと駅伝の日だからだ。飛ぶように駆ける女の子を見たからだ。走りたかった、と思い出したからだ。脚を撫でてくれた上野博巳の手を思い出したからだ。

それでもこんな奴に負けるわけにはいかない。懸命に涙を堪え顔を上げた。

「なんやの。コネとか顔のせいにしてみっともない。浅田画廊にあんたの絵を飾るなんて死んでも御免や。私の画廊に置く絵は私が選ぶ」

きっぱりと言い返したとき、こちらにやってくる人影が見えた。竹井清秀だった。玉野将が竹井清秀を見てさっと顔色を変えた。だが、竹井清秀は玉野に一瞥もくれず、浅田檀にいきなり声を掛けてきた。眉を寄せ、いかにもうっとうしそうに言う。

「さっきの話、俺からも頼む」

「え？」

「俺の絵、あんたんとこに置いてくれ。あんたに俺の絵、すべて任せる」

呆然と竹井清秀を見つめていた。無礼で乱暴で人にものを頼む口調ではなかった。だが、すこしも不快ではなかった。

玉野はぽかんと口を開けてこちらを見ている。気を取り直してなにか言おうとしたが、竹井清秀がじろりと玉野をにらんだ。途端に玉野が震えた。誰の眼にもはっきりわかるほどだった。竹井清秀の眼は凄まじかった。これ以上はどうやっても冷たくできない。きっとこの眼は絶対零度を軽々と下回る。

「竹井さん、ほんまにええの？」息が苦しくなってそれ以上言葉が出なかった。慌てて頭を下げる。「おおきに。ありがとうございます……」

頭を上げたときにはもう竹井清秀は背を向けていた。

そのとき、竹井清秀に女が近づいていくのが見えた。色の白い地味な顔立ちの女だ。細身で立ち姿がはっとするほど美しい。見た瞬間わかった。この人が「蓮を持った女」だ。

女が竹井清秀になにか言った。竹井清秀は女を見たが返事をしなかった。だが、次の瞬間、浅田檀は驚いて息を呑んだ。

竹井清秀は笑っていた。眼を細めほんのすこし唇の端を上げただけだが明らかに笑っていた。

ああ、あの人、笑いはるんや。あの女の人の前やったら。

だが、その笑みは一瞬だった。すぐに竹井清秀は先程までの氷の朴念仁に戻った。

浅田檀はまだ竹井清秀を見ていた。驚きは治まったがなんだか胸が痛かった。そして、気付いた。今、自分は傷ついたのだ、と。その事実に当惑して思わず出た言葉がこれだった。

「竹井さん、鯖寿司好き？　それともバッテラのほうがええ？」

竹井清秀が振り向いた。あの竹井康則の息子になにを言っているのだろう、といよいよ混乱し恥ずかしくなった。

「私、マラソンの選手になりたかってん」

竹井清秀がまた鼻で笑って背を向けた。浅田檀は二人を黙って見送った。

その日の夜遅く、ダットラで自宅に戻るとソファに座ってテレビを点けた。都大路を飛ぶように駆ける選手を見ながらビールを飲みバッテラを食べる。まだ高揚しているのが自分でもわかった。私は竹井清秀の絵を扱えるのだ。きっと浅田画廊の目玉になる。

瞬間、女に笑いかける竹井清秀の顔が浮かんでずきりと胸が痛んだ。

あれほど恵まれた境遇にありながら、なぜあの男はあんな絵を描くのだろう。櫻も池も蓮も女もどれも死の匂いがして痛々しいほど狂おしい。
竹井清秀は一体なにを求め、なにを願っているのだろうか。

参考文献

『狩野派絵師から現代画家までに学ぶ　日本画　画材と技法の秘伝集』　小川幸治編著　日貿出版社
『日本画　表現と技法』　武蔵野美術大学日本画学科研究室編　武蔵野美術大学出版局
『桜狂の譜　江戸の桜画世界』　今橋理子　青幻舎
『もっと知りたい長谷川等伯　生涯と作品』　黒田泰三　東京美術
『新版　古寺巡礼　京都　29　智積院』　阿部龍文、横尾忠則　監修：梅原猛　淡交社
『真にそれぞれの様を写すべし　長谷川等伯』　宮島新一　ミネルヴァ書房
『西洋美術解読事典　絵画・彫刻における主題と象徴』　ジェイムズ・ホール　監修：高階秀爾　河出書房新社

本書は二〇二二年三月、小社より単行本として刊行されました。

|著者| 遠田潤子　1966年大阪府生まれ。2009年『月桃夜《げっとうや》』で第21回日本ファンタジーノベル大賞を受賞しデビュー。'12年『アンチェルの蝶』で大藪春彦賞候補に。'16年『雪の鉄樹』で「本の雑誌が選ぶ2016年度文庫ベストテン」第1位に。'17年『冬雷』で第1回未来屋小説大賞を受賞。同年『オブリヴィオン』で「本の雑誌2017年度ノンジャンルのベスト10」第1位に。'18年『冬雷』で日本推理作家協会賞長編および連作短編集部門候補に。'20年『銀花の蔵』が直木賞の候補作となる。他の著書に、『緑陰深きところ』『イオカステの揺籃《ゆりかご》』『邂逅《わくらば》の滝』など。

人《ひと》でなしの櫻《さくら》
遠田潤子《とおだじゅんこ》

2024年4月12日第1刷発行

発行者——森田浩章
発行所——株式会社　講談社
東京都文京区音羽2-12-21　〒112-8001
電話　出版（03）5395-3510
　　　販売（03）5395-5817
　　　業務（03）5395-3615
Printed in Japan

講談社文庫
定価はカバーに
表示してあります

KODANSHA

デザイン—菊地信義
本文データ制作—講談社デジタル製作
印刷———株式会社KPSプロダクツ
製本———株式会社国宝社

ISBN978-4-06-535139-0

講談社文庫刊行の辞

二十一世紀の到来を目睫に望みながら、われわれはいま、人類史上かつて例を見ない巨大な転換期をむかえようとしている。

世界も、日本も、激動の予兆に対する期待とおののきを内に蔵して、未知の時代に歩み入ろうとしている。このときにあたり、創業の人野間清治の「ナショナル・エデュケイター」への志を現代に甦らせようと意図して、われわれはここに古今の文芸作品はいうまでもなく、ひろく人文・社会・自然の諸科学から東西の名著を網羅する、新しい綜合文庫の発刊を決意した。

激動の転換期はまた断絶の時代である。われわれは戦後二十五年間の出版文化のありかたへの深い反省をこめて、この断絶の時代にあえて人間的な持続を求めようとする。いたずらに浮薄な商業主義のあだ花を追い求めることなく、長期にわたって良書に生命をあたえようとつとめるところにしか、今後の出版文化の真の繁栄はあり得ないと信じるからである。

同時にわれわれはこの綜合文庫の刊行を通じて、人文・社会・自然の諸科学が、結局人間の学にほかならないことを立証しようと願っている。かつて知識とは、「汝自身を知る」ことにつきていた。現代社会の瑣末な情報の氾濫のなかから、力強い知識の源泉を掘り起し、技術文明のただなかに、生きた人間の姿を復活させること。それこそわれわれの切なる希求である。

われわれは権威に盲従せず、俗流に媚びることなく、渾然一体となって日本の「草の根」をかたちづくる若く新しい世代の人々に、心をこめてこの新しい綜合文庫をおくり届けたい。それは知識の泉であるとともに感受性のふるさとであり、もっとも有機的に組織され、社会に開かれた万人のための大学をめざしている。大方の支援と協力を衷心より切望してやまない。

一九七一年七月

野間省一

講談社文庫 🏅 最新刊

講談社タイガ 🏅

| 下村敦史 | 輪渡颯介 | 上田岳弘 | 高原英理 | 森 博嗣 | 内藤 了 |

下村敦史 **白 医**

ホスピスで起きた三件の不審死。安楽死の疑惑をかけられた医師・神崎が沈黙を貫く理由とは──。

輪渡颯介 〈古道具屋 皆塵堂〉 **捻（ねじ）れ家（が）**

消えた若旦那（わかだんな）を捜せ！ 神出鬼没のお江戸の幽霊屋敷に、太一郎も大苦戦。〈文庫書下ろし〉

上田岳弘 **旅のない**

コロナ禍中の日々を映す4つのストーリー。芥川賞作家・上田岳弘、初めての短篇集。

日本推理作家協会 編 **2021 ザ・ベストミステリーズ**

プロが選んだ短編推理小説ベスト8。「#拡散希望」ほか、絶品ミステリーが勢ぞろい！

高原英理 **不機嫌な姫とブルックナー団**

音楽の話をする時だけは自由になれる！「好き」な気持ちに嘘はない新感覚の音楽小説。

森 博嗣 《Why Didn't Elise Speak?》 **何故エリースは語らなかったのか？**

反骨の研究者が、生涯を賭して求めたもの。それは人類にとっての「究極の恵み」だった。

内藤 了 《警視庁異能処理班ミカヅチ》 **黒（くろ）仏（ほとけ）**

銀座で無差別殺傷事件。犯人は、一度も瞬（またた）きをしていなかった。人気異能警察最新作。